JN317774

# 百舌《もず》の叫ぶ夜

逢坂　剛

集英社文庫

目次

# 百舌《もず》の叫ぶ夜

百舌《もず》は奥歯を嚙《か》み締めた。

千枚通しを握った右手が、コートの中で汗ばんでいる。恐怖や緊張のためではない。そんなことでいちいち汗をかいていたのでは、この仕事はつとまらない。すべては、いらだちのせいだった。

仕事を受けてから、もう一週間にもなる。その間筧俊三《かけひしゅんぞう》は、まさに毛ほどの隙《すき》も見せなかった。見事と言うほかはない用心深さだった。アパートの戸締まりは完璧《かんぺき》だし、外出するときも人けのない場所や暗がりを一人で歩くような過《あやま》ちは決して犯さない。地下鉄に乗るときも、電車が停まり切るまで絶対にホームの端へ寄ろうとしない。手の出しようがなかった。

百舌の腕をもってすれば、筧に悟られずに尾行するのはさしてむずかしいことではない。しかしやみくもに仕掛けるわけにはいかない。相手の息の根をとめるだけではなく、無事に逃げることも計算しておかなければならないからだ。

植木鉢を置いた仕切りの向こうの席で、筧は女と額を寄せて話し込んでいた。マンモス喫茶の喧噪《けんそう》の中では、何を話しているのか聞き取れない。

筧は二十分ほど前、その席で女と落ち合ったのだ。女は黒いコートにサングラスをかけ、長い髪で顔を包むようにしているので、人相も年格好も分からなかった。

筧が突然立ち上がり、百舌は千枚通しの柄《え》を握り締めた。組んだ脚をほどく。いつでも店を出られるように、コーヒー代は小銭でテーブルに置いてある。

筧が通りかかったウェートレスに、トイレの場所を聞いている。

百舌は肩の力を抜いた。畜生、トイレか。

しかし次の瞬間、百舌は席を立った。通路を奥へ歩いて行く筧の背中を見て、急にがまんができなくなったのだ。もしチャンスがあれば、今一思いにやってしまおう。このままではどうにも気分が落ち着かない。

筧のあとを追って、奥のドアから外の廊下へ出る。突き当たりの男子用トイレにはいる筧の後ろ姿が、ちらりと見えた。百舌は一呼吸おき、かかとを浮かせて廊下を急いだ。

滑り込んだトイレに、人影はなかった。百舌はほくそ笑み、奥の壁に目を向けた。小さな明り取りの窓がついているが、そこから大の男が逃げ出すことは不可能だ。

百舌は洗面台の前に立ち、髪を直すふりをしながら大便所の扉を見た。二つある扉の片方が閉じ、使用中の赤いマークがのぞいている。

どうやら筧は下痢《げり》をしているようだ。百舌は鼻をゆがめ、閉じた扉を見つめた。今筧は最も無防備な状態にあるはずだが、こっちが扉を乗り越えるまで、おとなしくしゃがんだまま待っているとは考えられない。

ここは不意をついてドアを押し破り、一撃で相手を倒すしかない。差し込み錠はお粗末な代物《しろもの》らしく、金具に緩みがあるのが見て取れる。よし、やってみよう。

百舌は千枚通しを右手に構え、左の肩を扉に向けた。足を踏ん張る。

そのとき、外の廊下に足音が響いた。百舌は急いで右手をコートのポケットにしまい、身を翻《ひるがえ》した。はらわたが熱くなる。くそ、もう少しでかたがつくところだったのに——。

しかし邪魔がはいったのでは仕方がない。この仕事では、見切りのタイミングも大切だ。いまいましいが、次のチャンスを待とう。

サラリーマン風の若い男とすれちがいに、百舌はトイレを出た。妙な顔でこっちを見る男のにきび面《づら》が、目の端に映る。百舌は顔をそむけ、廊下を店の方に向かった。

店へもどったとき、小走りにレジの方へ駈《か》けて行く女の姿が見えた。筧俊三の連れの女だった。形のいいふくらはぎが一歩ごとに筋張り、それが奇妙な緊張感を伝えていた。

百舌はとっさに自分のテーブルから伝票と小銭をすくい上げた。

女を追え、という直感につき動かされたのだった。女の様子に何か異常なものを感じ、それが筧の弱点をつく手がかりになるような予感がした。どうせ筧のねぐらは分かっている。この女の素姓を探れば、この膠着《こうちゃく》した局面を打開するヒントが摑《つか》めるかもしれない。

　喫茶店を出たサングラスの女は、予想に反して夕暮れの雑踏を足早に一分足らず歩いただけで、すぐに裏通りの小さな雑居ビルに駈け込んでしまった。郡司ビルと表示が出ている。

　そのビルの外観は薄汚く、水商売の看板は一つも出ていなかった。百舌は階段の下の集配ポストを調べた。田辺会計事務所。丸和広告社。花菱金融。北新旅行会。

　百舌は舗道の電話ボックスで、電話をかけるふりをしながら十分待った。その間にビルから何人か人が出て来たが、筧の連れの女の姿はなかった。

　女は筧を置き去りにして逃げたように見えたが、それにしては逃げ場所が近過ぎる。あるいはこのビルのどこかに、勤め先でもあるのだろうか。

　百舌はしびれを切らし、電話ボックスを出た。郡司ビルへはいり、小さなエレベーターを見る。表示ランプは一階でとまったままだった。一瞬喫茶店へ引き返そうかという考えが浮かんだが、筧が残っているとは限らないと思い直し、ゆっくり階段を上り始めた。

　階段はしみだらけで、古いかびのようなにおいがした。狭いうえに急角度なので、ひどく上りにくい。

　最上階へ着くまでだれにも会わず、エレベーターの動く気配もなかった。各フロアの廊下には人影がなく、オフィスのすりガラスは真暗だった。ビル全体が息絶えており、階段や廊下の明りがついているのがふしぎなくらいだった。

百舌は階段を下りながら、フロアごとにトイレをのぞいて行った。

三階まで下り、女子トイレをのぞこうとしたとき、廊下の突き当たりにごみ捨て用のポリバケツが置いてあるのが目にとまった。ポリバケツの蓋《ふた》が、不自然に浮いていた。

百舌はそばへ行き、蓋を持ち上げた。愕然《がくぜん》とする。詰め込まれていたのは、黒いコートとロングヘアのかつらだった。


ビルを出て喫茶店の方へもどりながら、百舌は自分のうかつさに腹をたてていた。郡司ビルから出て来た何人かの女の中に、あのくそいまいましい女がいたのだ。黒いコートとサングラスに気を取られ、それ以外の女に注意を払わなかったのは大失敗だった。出て来た女の顔を一人ひとり思い浮かべる。それはぼんやりした記憶にすぎず、はっきり顔の輪郭を思い出すのはむずかしかった。

どちらにせよ、まんまとしてやられたことに変わりはなかった。見失った以上、どうすることもできない。筧がまだ喫茶店に残っていればいいが、と念じながら道を急ぐ。

例の喫茶店の近くまでもどったとき、店の方から長身の男が歩いて来るのが見えた。

百舌は胸を躍らせ、映画館の看板の後ろに身を隠した。

よかった、間に合った。グレイの地味な背広、右手に下げた茶のボストンバッグ。間違いなく筧俊三だった。相当ひどい下痢だったのか、あるいは逃げた女をそれと知らずに待っていたのか、とにかく店の中でぐずぐずしていたらしい。

百舌はほくそ笑んだ。よし、とんだ道草を食ったが、もう一度やり直しだ。こうしたつきは、ことがうまく運ぶ前兆に違いない。

筧は足早に靖国通りへ向かった。百舌は小走りにそのあとを追った。靖国通りへ出て、四谷方面へ曲がる。筧の歩き方は何か怒りをぶつけるような、やけくそな足取りだった。かなり頭にきているようだ。いいぞ。頭に来た人間は、かならずどこかでミスを犯すものだ。

突然筧の歩調が緩み、百舌はあわてて足をとめた。通りの少し先で人込みが割れ、何かどなり声がしていた。百舌は街路樹に身を寄せ、爪先《つまさき》立ちになって前方をのぞき込んだ。女が二、三人立ちすくみ、その周りを一見して浮浪者と分かる汚い男がぐるぐる回っている。浮浪者は牛を追いたてる犬のように目まぐるしく動き回り、女たちに野卑な言葉を浴びせかけているのだった。

百舌がはっとする間もなく、筧は弾《はじ》かれたようにその騒ぎに向かって小走りに走り出した。

筧が駈けて来るのを見て、女の一人が何か叫ぼうとするように口をあけた。そのとたん、目の前に真赤な火の玉が飛び散り、耳を聾《ろう》するばかりの大音響が轟《とどろ》いた。百舌は壁に勢いよくぶつかってはね返されたような衝撃を受け、ガードレール越しに車道まで吹き飛ばされた。

気がついてみると、百舌は駐車した車と車の間に倒れていた。何が起こったのか分からず、ふらふらと立ち上がる。舗道を見て、百舌はつばを飲んだ。

猛烈な砂ぼこりと硝煙が一面に立ちこめ、その中におぼろげに転げ回る人間の姿が見える。うめき声が充満していた。舗道に面したビルのガラスが割れ、路上に砕け落ちる音も聞こえる。

反射的に頭に手をやる。無事だった。肘《ひじ》が少し痛いが、それ以外に怪我《けが》をした様子はない。あくまでついているようだ。

そのとき、サイレンの唸《うな》り声《ごえ》が耳に届いた。まずい。病院に運び込まれ、お巡りに事情聴取されるはめにでもなったらめんどうだ。とにかくこの場を逃げ出さなければならない。

百舌は車の間から抜け出し、軽く足を引きずりながら、集まって来る野次馬《やじうま》を押しのけて現場を離れた。何が起こったかは、テレビ・ニュースを見れば分かることだ。

暗い田舎道が続く。

赤井秀也《あかいひでや》は煙草に火をつけ、隣にすわっている新谷和彦《しんがいかずひこ》をちらりと見やった。新谷はさすがに疲労の色が出ていたが、特別不安を抱いているようには見えない。

車はあまりスピードを出さずに走っている。道は舗装されているので、揺れは少ない。運転しているのは、子分の木谷《きたに》だった。

最後の最後まで、新谷に不審を抱かせてはならない。もし失敗すれば、自分たちの命がなくなる。いくら警戒しても、し過ぎることはない。

赤井は言った。

「なあ新谷。ここでしばらくほとぼりを冷まして、東京へもどったらおれの代わりに、おまえにリビエラ・チェーンを全部任せようかと思ってるんだ」

新谷は興味なさそうにシートにもたれた。

「わたしには、赤井部長の代わりは務まりませんよ。今の店だけで十分満足してます」

赤井はわざと明るく笑った。

「まあ、おまえには別の仕事もあるし、店の方が忙しくなり過ぎるのはまずいけどな」

新谷はそれに答えず、運転席の木谷の坊主頭に声をかけた。

「木谷さん、だいぶ時間がかかるね」

木谷は肩越しに後ろを見た。

「もうすぐだ。疲れたか」

「そりゃあね。十二時間も汽車に揺られたら、たいがい疲れますよ。飛行機か、せめて新幹線を使えば、もっと楽だったのに」

赤井は口を挟んだ。

「急なことで、切符が取れなかったんだ。それより今度は、いつものおまえらしくない、荒っぽい仕事だったじゃないか。爆弾なんか使ってよ」

「あれは――」

言いかけて、新谷は途中でやめた。赤井はあとの言葉を待ったが、それきり新谷は口をつぐんでしまった。

赤井が口を開こうとしたとき、突然車が大きくバウンドした。

「くそ、道が悪くなりやがった」

木谷が毒づく。未舗装道路にはいったようだった。赤井は思い直し、そのまま口を閉じた。

やがて車は道路を外れ、草の生い茂った小道へはいって行った。ヘッドライトの中に暗い木立ちが浮かぶ。張り出した小枝が、ボディに当たっていやな音をたてた。新谷は落ち着かない様子ですわり直した。

しばらく走ったあと、車は砂地に突っ込んで停まった。赤井は木谷に言った。

「おい、懐中電灯はあるか」

「ええ、レンタカーのオフィスで買って来ました」

木谷はエンジンを切り、ライトを消した。あたりが闇《やみ》に閉ざされる。赤井は新谷を促し、ドアをあけて外に出た。

新谷も車を下りた。不審そうに言う。

「どうして別荘の前につけないんですか」

赤井は猫撫《ねこな》で声《ごえ》で答えた。

「前の道を工事していてな、はいれないんだよ。歩いてもすぐだ」

新谷は口を閉じた。暗くて分からないが、何かおかしいと思い始めたようだ。赤井は緊張で膝《ひざ》が固くなるのを感じ、そっと額の汗をふいた。

車を下りた木谷が、タイミングよく懐中電灯で木立ちの中に延びる小道を照らす。かすかに波の音が聞こえてくる。

木谷が先に立つのを待って、赤井は新谷の背中を押した。

「その道だ。行こうぜ」

三人は小枝を払いながらしばらく歩いた。波の音が少し高くなった。

新谷が足を止めた。

「おかしいな。別荘はこんな所じゃ――」

そう言いかけるところへ、木谷がいきなり振り向いて懐中電灯の光を浴びせかけた。驚いて足を止める新谷の首筋に、赤井は素早く拳銃《けんじゆう》を押しつけた。

「動くな。頭を吹っ飛ばすぞ」

不意をつかれた新谷は、体をこわばらせた。赤井はそのままの姿勢で、足元にちらりと目を走らせた。光の中に、手頃な石が落ちているのが見える。

赤井は拳銃をしっかりと握り直し、石を爪先で引き寄せた。

声を抑えて言う。

「よし。両手をゆっくり頭の上に載せるんだ」

新谷は言われたとおりにした。その隙に赤井はかがんで、石を拾い上げた。

新谷がとがめるように言う。

「どういうつもりだ、こんなに遠くまで連れ出しておいて」

「黙って歩け」

新谷は動かなかった。赤井は緊張し、息を詰めた。できれば拳銃は使いたくない。

やがて新谷が、自嘲《じちよう》めいた口調で言った。

「殺すつもりなら、もっと近い所でよかっただろうに」

「殺すのは簡単だが、死体から身元を探られるとまずいからな。ここならおれたちまで糸を手繰《たぐ》られる恐れはねえ。さあ、歩くんだ」

新谷は一歩だけ前に出た。それにつれて、木谷は一歩下がった。

「このままおれが姿を消したら、リビエラの連中が怪しむぞ」

「そんなのはなんとでもなる」

「妹が——おれの妹が、警察に捜索願いを出したらどうする」

「出させておくさ。無駄口を叩《たた》いてないで、さっさと歩くんだ」

赤井が業《ごう》をにやして言ったとき、新谷の足が跳《は》ね上がり、足もとの砂がつぶてのように木谷に襲いかかった。ライトが揺れ、木谷は後ろへ下がった。

体を沈めようとする新谷の後頭部に、赤井は石の塊《かたまり》を思い切り叩きつけた。いやな手応《てごた》えがあって、新谷は声も上げずに倒れ伏した。赤井は恐怖に襲われ、その上に飛びかかってめちゃくちゃに新谷を叩きのめした。

一分後、赤井は木谷に手伝わせて、新谷の体を崖《がけ》の縁《ふち》まで運んだ。

「いいか、行くぞ」

赤井は声をかけた。二人は呼吸を合わせ、弾みをつけて新谷を宙に投げ出した。最後の瞬間に意識を取りもどしたのか、叫び声が長く尾を引いて消えた。

赤井はほっと息をついた。あまりのあっけなさに、拍子抜けするほどだった。

「この高さだと、コンクリートに豆腐を叩きつけるようなもんだな」

「ここから上がって来た自殺死体はないってんでしょう。ま、これだけ念を入れて片付けりゃ、足がつくってことはありませんや」

「まあな」

「それにしても、口ほどにもねえ野郎だ。もうちっとてこずらせるかと思ったが」

赤井はくすくすと笑った。

「まさかと思ったんだろうよ。さあ、引き上げようぜ」

二人は来た道を引き返して行った。

薄闇《うすやみ》に光が流れた。

据えつけられたテレビの画面が、急に明るくなった。男はぼんやりした画像に目をこらした。

手持ちのビデオカメラで撮影されたものか、画面が小刻みに揺れてなかなか焦点が定まらない。どこか外国の広場の光景のようだった。崩れかかった石壁を背にして、棒杭《ぼうくい》らしきものが十数本立っている。ズームアップすると、その棒杭にはそれぞれ一人ずつ人間が後ろ手に縛りつけられていることが分かった。

カメラが素早く彼らの顔をなめる。全員が男だったが、人相を見定めるには時間が足りなかった。すぐあとに一人の男のアップ。ラテン系の端整な顔だちだ。すすで汚れた頬《ほお》に、赤い血がにじんでいる。突然画面が揺れ、男の首ががくりと前へ落ちた。カメラが引く。サファリシャツを着た大柄な男の背中が映る。右手に握られた拳銃が、棒杭の男の胸から離れる。胸には焼け焦げと赤黒い穴があいていた。

二人、三人と大男の拳銃が捕虜《ほりよ》を始末していく。

男は息を飲み、食い入るようにテレビを見つめた。テレビはまったく音を発せず、銃声も聞こえない。しかし画面の揺れがそれを如実《にょじつ》に伝えていた。

何人めかの捕虜が大写しになったとき、男は思わず、うめき声を洩《も》らした。画面の捕虜はそれまでの男たちと違い、色の生白い東洋人の風貌《ふうぼう》をしていた。男は涙を流し、大声で何か叫んでいる。恐怖に頬がこけ、口だけぱくぱくするそのさまは、ぞっとするような空気を室内にもたらした。

突然画面に拳銃が割ってはいった。銃口が東洋人のこめかみに突きつけられる。叫んでいた東洋人の口が、ぱくりと開いたままストップモーションのように凍りついた。正気を失った目が大きく見開かれ、くるりと白く反転する。

つぎの瞬間画面が激しく揺れ、硝煙が視界を奪った。気が狂ったように、カメラが上下左右にパンする。数秒後、カメラは今処刑されたばかりの捕虜を映し出した。捕虜の首から上はほとんど吹き飛び、体だけが棒杭にぶら下がっていた。拳銃を持った処刑者がくるりと向き直った。浅黒い顔に得意げな、残忍な笑みを浮かべている。

その笑顔が水面に石を投げたように崩れ、テレビはただノイズを伝えるだけの画面に変わった。

男はうめいた。とめどもなく涙が頬をぬらすのを感じる。

男は歯を食い縛り、心に誓った。この償《つぐな》いは、かならずさせてやる――。

# 第一章　爆死

## 1

彼は無感動に前に立った女を見返した。

女はまだ若く、美しかった。しかしその美しさも、彼の感情を動かすことはできなかった。彼にとって女は見知らぬ人間だった。

女は妙に芝居がかったしぐさでベッドのそばにひざまずき、彼の手を取った。

「兄さん、わたしよ、由美子《ゆみこ》よ。どうしてこんなことになったの」

女は目に涙をためていた。彼は居心地が悪くなり、握られた手を抜いてシーツの下に隠した。

「兄さん、ほんとに何も思い出せないの。自分の妹の顔も分からないの」

後ろに立っていた身なりのいい中年の男が、手を所在なげに動かして口を開いた。

「新谷君、赤井だよ。ぼくの顔が分からんかね。部長の赤井だ、きみの上司の」

彼は男の顔を見た。男は不安そうにまばたきした。上司か何か知らないが、彼にはまるで見覚えがなかった。

女はもどかしそうにベッドを叩《たた》いた。

「どうして、どうして自殺なんかしようとしたのよ。妹にわけも話さずに」

自殺。そうだ、おれは自殺しそこなったのだ。医者がそう言っていた。

「いちいちわけを言って自殺するやつはいないよ」

彼が言うと、女は驚いて体を引いた。

わきから担当の医師が口を挟んだ。

「思い出せないことを責めちゃいけませんよ。それを強制すると、ますます悪化する恐れがあります。ま、気長に記憶が回復するのを待つことですな」

女は医師を見た。

「あの、一生記憶がもどらないこともあるんでしょうか」

「そういうこともありますが、ケース・バイ・ケースですな。一か月たって治ることもあるし、十年後に突然記憶がもどることもある。焦《あせ》らずにじっくり治療することです」

医師は時計に目をやり、続けた。

「ええと、お兄さんを引き取っていただく前に、一応刑事さんとお話ししてもらいましょうか。待合室で待っておられるんでね。その間に退院の手続きをしておきます」

一人になると、彼はじっと天井のしみを見つめた。いったいおれはだれなのだろう。見たこともない男と女がやって来て、上司だの妹だのと称しておれを連れて行こうとする。おれの意志などはなから無視している。

もしおれがほんとうに自殺しようとしたのなら、そうするだけの理由があったはずだ。しかし思い出せない以上、逆らってみても始まらない。

彼は三週間ほど前、この珠洲《すず》市中央病院のベッドで目を覚ました。医師や刑事が入れ替り立ち替り事情聴取に来たが、自分の身に起こったことはもちろん、住所氏名、年齢すら思い出すことができなかった。典型的な逆行性健忘、記憶喪失の症状だと医者は言った。

彼を発見したのは地元の漁師だという。三週間と少し前の十月末の深夜、彼は能登《のと》半島の突端にある孤狼岬《ころうざき》につながる未舗装道路の上を、血の糸を引きながら這《は》いずっていたらしい。頭と頬にひどい傷を負っており、町医者の手に負えず十数キロ離れたここ珠洲市の中央病院にかつぎ込まれたと聞かされた。

珠洲署の刑事の話で、彼はつぎのような事件の経過を知った。

彼が発見された翌朝、捜査員が現場付近を捜索し、孤狼岬の断崖《だんがい》の突端から十数メートル下方の岩棚に、おびただしい血痕《けっこん》が付着しているのを発見した。岩棚の上には折れた松の枝が散乱していた。

岩棚の血痕は負傷者の血液型と一致した。彼がなんらかの理由で断崖から墜落し、岩棚のおかげで一命を取りとめたことは明らかだった。もし百メートル下の海中に墜落していたら、とても助からなかったばかりか、死体さえ上がらなかっただろう。後頭部と右頰の挫傷《ざしょう》以外軽い打撲傷《だぼくしょう》と擦過傷《さつかしょう》だけで命拾いしたのは、ほとんど奇跡といってもよかった。

彼が記憶を喪失していることが分かると、警察は八方手を尽くして身元を明らかにしようと努力した。破れたスーツはどこにでもある吊《つる》しの製品で、ネームもはいっていなかった。定期券、運転免許証、キャッシュカードなど、身分を証明するものはいっさい身につけていない。スーツのポケットから出て来たのは、五万三千円のはいった財布と、裸の小銭だけだった。

警察では地元での彼の足取り捜査を行なったが、傷だらけの顔の写真を見て心当たりがあると申し出る者はだれもいなかった。それと並行して指名手配や家出人、失跡人の台帳への照会が行なわれたが、収穫はなかった。さらに指紋の照会も警察庁のコンピュータに犯歴の登録がなく、徒労に終わった。

犯罪の臭《にお》いがしない以上、警察としては取りあえずこの一件を事故ないし自殺未遂事件の線で処理するほかになかった。孤狼岬は、この地方では自殺、心中の名所として知られている。となれば、この一件は自殺未遂と考えるのが妥当な結論といえた。彼は恐らく死ぬつもりで崖上《がけうえ》から飛び込んだのだろうが、中途に生え伸びた松の茂みに当たってバウンドし、折れた枝と一緒に岩棚に着地した。そして半ば意識不明のまま、崖上まで這い上がって来たに違いない。事実岩棚から上にかけて、そうした痕跡が残されていた。

こうしたいきさつを聞かされても、彼は何一つ思い出すことができなかった。

意識を取りもどしてから三週間のうちに、頰の傷はほぼ癒《い》えた。しかし後頭部の挫傷はあとをひき、傷口がふさがっても記憶はついにもどらなかった。

一週間ほど前、県下の有力紙がこの事件に興味を示し、遅ればせながら珠洲市の通信員が送った記事を写真入りで掲載した。彼はその記事を当てにしたが、県内からはなんの反応もなかった。

しかしこの日、たまたま地方紙の綴じ込みを見て事件を知った二人の男女が、一緒に東京から現地へ駈けつけ、彼を引き取ると申し出たのである。女は新谷由美子と名乗り、彼を兄の和彦に間違いないと断言した。男は豊明興業《ほうめいこうぎょう》企画部長赤井秀也の名刺を出し、彼が部下の新谷和彦であることを確認した。警察はすでに破れたスーツを処分してしまっていたが、そのようなものを見せて確認させるまでもなかった。

二人の証言によれば、彼はこの一年ほど原因不明のノイローゼにかかっており、何も言わずに二、三週間ぷいと姿を消すことが三度もあったという。

警察にも病院にも、犯罪とは無関係の自殺未遂者の引き取りを拒否する理由は何もなかった。彼は自分の意志とは無関係に、二人の手に引き渡されることになった。

すでに車は二時間も走り続けていた。赤井が運転し、由美子は助手席にいた。彼は一人で後部座席を占領し、うとうとしては悪夢にうなされ、目を覚ますというパターンを繰り返していた。悪夢は我に返るたびに記憶から抜け落ちた。彼はもぞもぞとすわり直した。病院が好意でプレゼントしてくれた古い洋服が体に合わず、どうも居心地が悪い。新谷和彦。その名前は、彼になんの感動も呼び起こさなかった。行きずりの立て看板ほどの感慨も湧《わ》かなかった。自分の過去を失った不安感はあったが、それを取りもどそうとする気力は今のところない。なりゆき任せの気分だった。

初めて鏡を見たときの当惑感が、いまでも残っている。比較的整っていると思える顔に、調和を崩す醜い傷。しかし、それに対して悲しみも怒りも、恥ずかしささえも感じなかった。他人の顔を見るような、無関心な視線が鏡の中から彼を見返していた。

担当の医師が行なった種々のテストに、彼は優秀な成績をおさめた。足し算、引き算、いろはの暗誦《あんしょう》、時計の読み方、電話のかけ方、テレビのチャンネルの合わせ方、数字の逆暗誦、提示された物品の記銘力等、すべて合格点に達した。失ったのは、自分の歴史だけだった。

彼はまた悪い夢を見て、はっと目を覚ました。今度は夢の内容を覚えていた。小さな鳥が何羽も、羽音をたてずに襲いかかって来る夢だった。小さいくせに目つきの鋭い、獰猛《どうもう》なくちばしを持った鳥だった。そのくちばしが、体を所嫌わずつつき回した。

「どうしたの」

助手席から女が声をかけた。

「なんでもない」

彼は答え、シートの上にすわり直した。体が冷たい汗でぬれているのに気づく。皮膚の表面がちくちくするようだ。

今のはなんという鳥だったろうか。あの大きさは、雀《すずめ》だろうか。いや、雀はもう少し小さいし、あんなに目つきが鋭くない。すると——だめだ、思い出せない。よく知っている鳥のような気がするが、どうしても名前を思い出せない。

車は闇《やみ》の中を激しく揺れながら走っていた。ひどい田舎道のようだった。

「この調子で東京まで、行くんですか」

彼は赤井に言った。上司だというからには、ていねいな口をきかねばなるまい。

赤井はそれに答えず、さらに一分ほど走らせてから車をとめた。エンジンを切る。

「さあ、着いたぞ」

赤井の声に、上体を起こした。ヘッドライトは消え、あたりは真暗闇《まつくらやみ》だった。かすかに波の音が聞こえた。

「ここはどこ」

そう言ったとたんに、懐中電灯の光をまともに浴びせられ、彼は思わずのけぞった。

「下りろ、ゆっくりとな」

赤井の声の調子が変わっていた。光の中に、拳銃を持った手が突き出される。彼はそれをぼんやりと見つめた。これはいったいどういうことだ。体の奥に、ぽつんと熱い火がつくのを感じる。

「おれを殺す気か」

「自殺のやり直しをしてもらうだけさ。さあ、下りるんだ」

彼は唇をなめた。熱いものが少しずつふくれ上がる。それは不安でも恐怖でもなかった。純粋な怒りだった。

「由美子、自分の兄を見殺しにするのか」

「妹じゃないわ」

女の声も変わっていた。かけらほどの親しみも残っていない。

ゆっくりと車を下りた。どす黒い怒りが腹の中を渦巻く。

赤井は彼の背後に回った。

「そこの細い道をはいるんだ」

彼は命令された方に足を向けた。強い風が木々を鳴らした。どこか下の方で、波の砕け散る音がする。

彼は顔に振りかかる小枝を払いのけながら、細い道へはいって行った。自分の影が木の茂みで大入道のように揺れた。

深く息をつく。ここはおれが自殺を試みたという、孤狼岬に違いないと、そう直感した。

――――――――2

「デカも長いことやってみるもんだ」

大杉良太《おおすぎりようた》はそう言って、警察手帳を女に投げ返した。警視庁公安部公安第三課第六係、巡査部長、明星美希《あけぼしみき》。

「おれも捜査一課に十六年いるが、桜田門に宝塚出身がいるとは夢にも思わなかったよ」

明星美希は極端にまばたきの少ない目で大杉を見返した。壁の時計を見るような、無表情な視線だった。

大杉は鼻白《はなじろ》んだ。

「どうした。わりと気のきいた冗談を言ったつもりだがね、おれとしては。それとも公安のデカは、笑うのにも上司の許可がいるのかね」

「警部補にとっては物珍しい名前かもしれませんが、わたしには面白くもおかしくもありませんね。同じ冗談を言う人が何人もいますので」

大杉はいやな顔をして煙草に火をつけた。かわいげのない女だ。そもそも私服の女刑事というのが気にくわない。婦人警官は婦人警官らしく、路上にチョークで線でも引いていればいいのだ。

「ずいぶん人気があるようだな、デカ長さん。それより傷の具合はどうだね」

突然大杉が話を変えたので、美希はとまどったようだった。反射的に左手の包帯にさわる。

大杉はいらいらして指を小さく鳴らした。

「どうしたんだ。今までやさしい言葉をかけられたことはないのか」

美希はかすかに口元を緩めた。

「傷の方はだいじょうぶです、ほんのかすり傷ですから。それより警部補は、いつもこんな調子で容疑者を取り調べていらっしゃるんですか」

「悪いかね。おれはテレビの刑事ものの大ファンなんだ」

新宿中央署は建物全体が混乱に揺れ動いていた。クリスマスツリー爆弾事件以来の惨事に、署員はみな顔をひきつらせていた。死者二人に負傷者二十一人。雑踏の中で爆弾が爆発したわりにこの程度の被害ですんだのは、むしろ不幸中の幸いと言わねばならない。

現場検証の結果、爆弾は死んだ男のボストンバッグの中にはいっており、それが何かの拍子に暴発したものらしいことが判明していた。爆弾は手造りの小型時限爆弾で、時限装置がセットされていたかどうかは不明だが、一応暴発とみるのが妥当であった。

大杉は煙草をコンクリートの床に捨て、かかとで踏みにじった。

「さて、ぼちぼち本題にはいるとするか。あの爆弾男は、いったい何者なんだ」

美希は大杉をまっすぐに見返した。

「知りませんし、心当たりもありません」

大杉は目を細めた。

「身内同士で隠しごとはやめようじゃないか。やつはいずれ極左の爆弾狂か何かで、あんたがやつを尾行していたことぐらい新米《しんまい》警官にだって見当はつく。それとも何か、やつはただの目覚まし時計のセールスマンで、あんたは暇つぶしにあそこの歩道の石を数えていただけとでも言うのかね」

「もしあの男が極左のメンバーだとしても、わたしには関係ありませんね。公安三課は、ご存じでしょうけど、右翼組織の担当ですから」

「やつが右だろうと左だろうとどっちでもいい。とにかくあんたはやつをつけていたんだ。もしやつが爆弾を抱えているのを承知のうえでつけていたとすれば、この一件はあんたの重過失になるぞ。分かってるだろうな」

「わたしはあの男を尾行していたのではありません」

「じゃあだれを尾行していた」

「別に、だれも。公安三課の分室に向かう途中でした」

「分室だと。どこにあるんだ」

「現場の近くですが、具体的には申しあげられません。公安の機密事項ですから」

大杉は唇を引き締め、つくづくと女刑事を見つめた。まったく食えない女だ。顔だちは悪くないが、愛嬌《あいきよう》がない。それ以前に、表情というものがない。花柄のプリントのブラウスに、ベージュの地味なスカート。色気のないことでは、毛を刈り込んだプードルといい勝負だ。

大杉はテーブルに肘《ひじ》をつき、手の甲に顎《あご》をのせた。

「なるほど。あんたの口を開かせるためには、警視総監のお墨付が必要というわけか」

言い終わるや否や、スキー用の手袋のような手をテーブルに思いきり叩きつけた。

「申しあげられませんだと。公安の機密ですだと。ふざけるのもいいかげんにしろ。いいか、爆弾野郎は自業自得としても、罪もない女が一人、手足をばらばらにされて死んでるんだぞ。ほかにも失明したり、鼓膜が破れたり、腕をもぎ取られたりした人間がごろごろしてるんだ。それをあんたは椅子にけつをのっけて、涼しい顔をしてやがる。職務怠慢、義務違反、あるいは共犯容疑でもいい、あんたの首を飛ばす理由はいくらだってあるんだからな」

美希は頰の筋を一度ぴくりとさせただけで、大杉の恫喝《どうかつ》に動じた様子はなかった。

「警部補がわたしのことを気に入らないとおっしゃるんでしたら、どうぞお好きなようにしてください」

大杉はテーブルに爪を立て、歯の間から言った。

「おれは女のデカと公安のデカが大嫌いだ。そしてあんたはよりによってその両方ときている。まったくひどい巡《めぐ》り合わせだよ」

「でも、どちらも警察に必要なものでしょう」

「女のデカはまだいい。質屋回りぐらいの役にはたつからな。しかし公安のデカはデカじゃない。おれたち捜査畑の人間が自腹を切ってラーメンをすっているときに、連中は機密費と称する公金を使って贅沢三昧《ぜいたくざんまい》だ。警察予算の大半は公安に流れて、おれたちにはざるからこぼれた小銭が少々という寸法さ。しかも公安が陰でこそこそ動き回るおかげで、警察のイメージは下がる一方とくる。はっきり言って、公安の存在は警察には迷惑なだけだ。この際刑事警察と公安警察は組織を切り離して、公安の方は当面開店休業中の公安調査庁あたりに統合しちまうのがいちばんいいんだ」

美希は心持ち顎を引いた。

「ずいぶん大胆な意見を発表されましたね」

「ああ。おれの長年の勘で、さすがのあんたもこのテーブルの裏に隠しマイクを取り付ける暇はなかったと睨《にら》んだからな」

美希の顔にかすかに血がのぼった。

「それだけ立派なご意見をお持ちなら、昇進試験の論文でお書きになればいいのに」

「書いたからいまだにこの年で警部補なのさ」

大杉はあっさり言い捨てた。それは事実だった。よく考えると、いまだに警部補でいられるのがむしろふしぎなくらいだった。

美希は肩をすくめるような仕草をして、椅子の上ですわり直した。

「とにかくわたしは、あの男のことを知りませんでした。公安刑事として手落ちがあったと言われれば、返す言葉がありません」

大杉は溜《た》め息《いき》をつき、椅子の背にもたれた。腕組みをして口を開こうとしたとき、ドアがあわただしくノックされ、若い刑事が取調室に顔をのぞかせた。

「主任、ちょっと」

大杉は十五分後に取調室にもどった。今知らされたニュースにショックを受け、重い気分になっていた。

テーブルに両手をつき、美希を見つめながらゆっくり腰を下ろす。

「ほとけの身元が割れたよ。あの爆弾野郎は筧俊三という名前のフリーライターだ。少なくとも焼け残った名刺にはそう印刷されていた。名前に心当たりはないかね」

「残念ながら。でも過激派のメンバーなら、おっつけ資料が出て来るでしょう。フリーライターといっても、もしブラックのジャーナリストなら、捜査四課の方のリストにのっているかもしれませんね」

「貴重なご意見をありがとうよ。同じような意見を言うやつが何人もいるんで、面白くもおかしくもないがね」

大杉はそれで気がすみ、改めて腕を組んだ。女を相手に角突き合ってみても始まらない。それより、もう一つ教えてやらなければならないことがある。それを言うのは憂鬱《ゆううつ》だが、女の表情を見てみたいという好奇心もあった。

「それから、もう一人死んだ女の身元も分かった。高校時代の女友だち二人と喫茶店で落ち合って、食事でもと外へ出たところで浮浪者にからまれた。逃げまどっているところへ、男が助けに駈けつけた、と思ったとたんにドカンさ。女三人のうち一人だけ死んで、残った二人は半狂乱てとこだがね」

美希はかすかに苛立《いらだ》ちの色を見せた。

「それで、死んだ女性の身元は」

「友だちの話では、名前は倉木珠枝《くらきたまえ》。彼女の亭主は、警視庁の刑事だそうだ」

美希は目を見開いた。

「倉木ですって」

「そうだ。調べたところでは、本庁公安部の特務一課に、倉木尚武《なおたけ》という警部がいる。その顔を見ると、知ってるかと聞くまでもなさそうだな」

3

彼は波の音を聞いた。

風はますます吹きつのる。懐中電灯に照らし出された自分の影を見つめながら、彼は黙々と細い道を進んだ。

拳銃を持って後ろからついて来る男は何者だろう。豊明興業とかいう会社の部長だと言ったが、いったいどんな仕事をする会社なのか。自殺手伝い業だろうか。

ともかくこの危機をどう切り抜けるかが先決だった。相変わらず恐怖感はなく、静かな怒りだけが胃の底で煮えている。このまま赤井の言いなりになって、自殺のやり直しをするのはいやだ。実際に自殺をしなければならない理由があるとしても。

細い道の前方左手に、こんもりした熊笹《くまざさ》の下生えが見えた。すぐに心が決まった。彼は下生えの前で足をとめた。横に直径二十センチほどの木が立っている。

「とまるんじゃない」

とがった声で赤井が言う。それに構わず、ゆっくり向き直った。光をまともに浴びて、少しの間目がくらくらする。

彼は右手を目にかざし、口を開いた。

「あんた、おれを撃つ気はないんだろう」

「ばかを言え、今だってもう少しで引き金を引くとこだったんだぞ」

「しかしおれの死体からたまが出て来たら、おれを病院から連れ出したあんたたちがまず疑われる。それくらい承知のはずだ」

赤井はいやな笑い声をたてた。

「それはおまえの死体が上がったらの話だ。今度こそ完璧《かんぺき》に息の根をとめてやる」

彼はそっと拳《こぶし》を握り締めた。怒りが胃の底からはいのぼり、のど元が熱くなるのを感じる。

「やはりそうか。おれは自殺しそこなったんじゃなくて、あんたに殺されそこなったんだな」

重苦しい沈黙が流れた。

「どうしてだ。どうしておれを殺さなきゃならないんだ。理由を言え」

「その理由をおまえが思い出すと困るから殺すのさ。さあ、前を向いて歩くんだ。それともここでたまをくらいたいか」

彼は静かに息をため、唐突に赤井の横の闇を指差して怒鳴った。

「その女が見ているぞ」

一瞬光がぶれた。その隙《すき》を逃さず、彼は思い切って熊笹の中へ頭から飛び込んだ。ほとんど同時に、銃声が二発轟《とどろ》いた。続いて、赤井の罵《のの》り声《ごえ》が響く。

彼は四つん這《よ》い《ば》のまま、下生えの茂みを奥へ奥へと潜《もぐ》り込んで行った。懐中電灯の光が頭の上を駈け巡る。光に捕えられたらおしまいだ。光の外へ逃げ出せば、立場は逆転する。相手の位置が分かるぶんだけ、こちらが有利になる。

数分間、闇くもに茂みの中を這い逃げた。手や顔に無数の引《ひ》っ搔《か》き傷ができたが、ほとんど痛みは感じない。やがて息が切れて体が動かなくなり、彼は腐った葉の積もった地面に顔を伏せた。腐臭が鼻を襲い、もう少しで吐きそうになる。

銃声は二発でとまっていた。赤井にも、無駄撃ちを避けるだけの頭はあるようだ。罵《ば》声《せい》ももはや聞こえない。首をねじ曲げ、背後の闇をすかして見る。光はなかった。

このまま闇にまぎれて逃げるのは簡単だ。しかしそれでは何の解決にもならない。やつらはいつまでもおれを探し続け、殺そうとするだろう。わけも分からず狙《ねら》われ、逃げ回る生活などまっぴらだ。どうしてもここで決着をつけなければならない。

彼は息を整え、静かに体を起こした。

　女は身を固くして左手の闇を見つめていた。しめ切った車の中では、風の音も波の音も遠い世界のことのようにしか聞こえない。しかしさっき耳を打ったのは、あれは銃声ではなかっただろうか。

　赤井があの男を撃ったのだとすれば、男はやはりおとなしく突き落とされるままにはならなかったのだ。考えてみれば当たりまえだった。ひとの言いなりになって、断崖から飛び込む人間がいるものか。

　どっちにしても同じことだ。手を下したのは赤井であって、自分ではない。

　それにしても、銃声がしてからすでに五分近くたっている。もう赤井はもどっていなければならないはずだ。なにか手違いでもあったのだろうか。

　運転席に移っていた女は、ふと息苦しさを感じて溜め息をついた。レバーを回して、窓をわずかに下げる。潮の香を含んだ新鮮な空気といっしょに、風が木々を渡る音が流れ込んで来た。真暗闇なだけに、不安感がつのった。

　煙草を吸おうとハンドバッグを探ったとき、どこか近くで木の枝が折れるような音がした。女はびくりと背筋を伸ばし、急いで窓をしめた。車内にふたたび静寂がもどったが、女の耳は自分の心臓が激しく鳴り出す音でいっぱいになった。

　車の外で黒い影が動いた。運転席の窓へ体を傾けて来るのが見える。女は息を詰めてシートの背に体をへばりつかせた。

「赤井さん、あんたなの」

女は叫び、その声の大きさに自分で驚いた。

ガラスをこつこつ叩く音がした。女は恐怖に体を硬直させた。もう一度ガラスが固い音をたてる。女は、動くことができなかった。

すると外で懐中電灯がつき、下から人間の顔を照らし出すのが見えた。光が異様な影をつくり、死人のような顔がそこに映し出された。

女はのけぞって悲鳴をあげそうになったが、やっとそれが赤井の顔だということに気づき、叫ぶのをやめた。あわててドアのロックボタンに手を伸ばす。

ドアがあくと、女は甲高《かんだか》い声で罵った。

「おどかさないでよ、ほんとに」

赤井は手のひらで光をおおった。

「やつに逃げられたんだ。こっちの居場所を知られたくない。早くそこをどけ、すぐにここを逃げ出すんだ」

「なんですって。そんなのだめよ、探し出して始末しなくちゃ」

ほっとしたとたんに、持ち前の強気が頭をもたげて来る。

「ばかを言え、この闇で見つかると思うか。もう一度最初からやり直しだ」

「あの男がもし警察に駈け込んだらどうするのよ」

「なんとでも言い抜けられるさ。被害妄想の記憶喪失症患者だと言えばいいんだ」

「でもあの男は、あたしたちの顔を見たわ。警察へ行くかわりに、仕返ししようという気になったらどうするの。確か凶暴な男だって言ったわね。たった三十万ぽっちでそんな目にあうなんて、まっぴらごめんだわ」

「いいから黙ってそこをどけ、さもないと——」

赤井は突然言葉を途切らせた。手から懐中電灯が落ち、地上を転がって、あらぬ方向を照らしたままとまる。

「どうしたのよ」

女は闇に向かって叫んだ。返事のかわりに、唸《うな》り声《ごえ》と激しい息遣いがあたりを包んだ。

女は喉《のど》を詰まらせた。ドアの取手を握った手が、固くこわばる。

格闘の音はすぐに終わった。女はからからになった喉から、無理やり声を絞り出した。

「赤井さん」

懐中電灯が拾われ、地上に倒れた男の姿を照らし出した。

首筋に鋭くとがった木の枝を突き立てられ、赤井が顔を醜くゆがめて死んでいた。

——————4

「遅いですな、倉木は」

松江光男《まつえみつお》が言うと、室井玄《むろいげん》は眉《まゆ》をしかめた。

公安特務一課長の松江にとって、公安部長の室井がこれほど苦悩の色を表に出すのを見るのは、珍しいことだった。その気持ちは痛いほどよく分かり、適当な言葉が思い浮かばなかった。

室井は半ば白くなった髪に手をやり、低い声で言った。

「いっそ言わずにすめばと思うよ」

室井は五十がらみの長身の警視長で、キャリアと呼ばれるエリート警察官僚の中でも、警視総監の椅子を狙う切れ者といわれている。

その室井の苦渋に満ちた顔を、松江は正視できなかった。何か言わなければ、と口を開きかけたとき、ドアにノックの音がした。二人は背筋を伸ばした。室井は軽く咳払《せきばら》いをして、どうぞ、と声をかけた。ドアが開き、倉木尚武がはいって来た。

二人が立って迎えると、倉木はいつもの無表情な顔に、ちょっと戸惑いの色を浮かべた。松江はまともに視線を合わせることができず、自然に目を伏せてしまった。

倉木は室井と向き合い、松江と並んでソファに腰を下ろした。

「遅くなってすいませんでした。外回りが長引いたものですから」

室井は体を乗り出し、両手の指先を唇の前で合わせた。あまり気の進まぬ様子で言う。

「それは構わんが、実は——もう聞いているかね、六時ごろ新宿で爆弾事件が発生したことは」

「ええ。どこのセクトのしわざですか」

「それはまだ分かっていない。ただこれはいわゆる誤爆事件でね、ボストンバッグに入れて持ち歩いていた時限爆弾が、何かの拍子に暴発したらしいのだ」

倉木は眉をぴくりとさせた。

「何者ですか、その人騒がせなやつは」

松江は口を開いた。

「四課の報告によると、筧俊三というフリーのライターだそうだ。ときどき新左翼系の雑誌に原稿を書いているらしいが、特定の組織に属しているかどうかは確認されていない」

「夕方の新宿となると、相当被害が出たでしょう」

松江はハンカチを出し、額の汗をふいた。

「そうだ、相当ひどかった。二人死人が出たよ。筧自身と——」

そこまで言うと、松江は耐え切れずに言葉を飲み込んでしまった。

室内に気まずい沈黙が流れた。倉木の、かすかにいらだちのこもった目に見据えられ、松江は自然に視線を落とした。

室井は咳払いをして、腕を組んだ。

「もう一人は、女性なんだ」

倉木は室井に目を移した。

「それがどうかしたんですか」

室井は背筋を伸ばした。

「倉木君、この際だから正直に言おう。その死んだ女性というのは、どうやらきみの奥さんらしいのだ」

煙草をくわえ、ライターを探っていた倉木の動きが一瞬とまった。

室井と倉木は互いに見つめ合った。歯を食い縛った室井の頬が、かすかにひきつった。

倉木はのろのろとポケットから手を出し、くわえた煙草をつまみ取った。うつろになった目が、次の瞬間異様に光った。

室井は腕をほどき、膝に両手を突いた。

「気を落ち着けて聞いてくれ。筧のそばにいて巻き添えを食った人たちの中に、三人連れの主婦がいた。そのうち二人は命を取りとめたんだが、あとの一人は不幸にも爆弾の直撃を受けて即死した。生き残った二人の主婦は、意識を取りもどしてからもう一人の女性の名前を告げた。それが、倉木珠枝、つまりきみの奥さんの名前だったんだ」

倉木はテーブルに視線を落とし、指先で煙草をこね始めた。

「所持品は回収されたんですか」

松江がそれに答えた。

「いや、まだ終わっていない。所持品はおろか、まだ遺体も——つまりその、確認されていない状況なんだ」

言い終わると、また額の汗をふいた。

倉木はテーブルに目を据えたまま、煙草をこね続けた。

「助かった主婦の名前は分かりますか」

松江は急いで手帳をめくった。

「分かるよ。池島《いけじま》信子《のぶこ》と中塚《なかつか》保代《やすよ》の二人だ。知っているかね」

倉木は頭を垂れた。

「二人とも家内の友だちです」

松江は倉木から目をそらし、ちらりと室井を見た。

室井はじっと自分の手を見つめた。

「突然のことで、わたしも正直なところなんと言っていいか分からない。間違いであってほしいとは思うが、まったく気の毒なことをした。きみの心中を思うと、わたしもはらわたが煮えくり返る思いだよ。よりによって、どうしてきみの——」

そこまで言ったとき、突然倉木は顔を上げて言葉をさえぎった。

「監察医務院へ行って来ます」

室井は驚いて視線をもどした。

「どうしたんだ、急に」

「ばらばらになった遺体が集められたら、あそこへ持ち込まれるのでしょう。遺体が確認できるのは、わたししかいません」

「しかし何も、今日の今ということでは——」

「いや、行きます」

倉木はきっぱりと言い、二人が呼びとめる間もなく部屋を出て行った。

二人は同時に肩の力を抜き、ソファの背にもたれた。室井は溜め息をつき、なにげなくテーブルの上を見て眉をひそめた。

松江がその視線を追うと、そこには倉木がこねてほぐした煙草の残骸《ざんがい》が、いまわしいしみのように点々と散らばっていた。

## 5

疲労が重く肩にのしかかる。

文京区大塚にある都の監察医務院の廊下で、大杉良太は九本めの煙草を灰にしていた。新宿中央署を出たあと、急いで流し込んだ立ち食いのラーメンが胃の底にたまり、なんとなく気分が悪い。

気分が悪いのは、やっかいな仕事を背負い込んだせいかもしれなかった。誤爆の張本人が過激派関係者となると、この一件には公安部も乗り出して来て、捜査一課との合同捜査になることは必至だ。公安と一緒に仕事をしたことは何度かあるが、そのたびに大杉は大喧嘩《おおげんか》をして来た。連中はこっちから情報を引き出すばかりで、自分たちの握っている情報は決して明かそうとしない。そして捜査の主導権はいつの間にか公安の手に落ち、事件が解決したときは捜査畑の刑事は片隅の方で愚痴をこぼすだけという寸法だ。

大杉は煙草を灰皿でひねりつぶし、廊下を行ったり来たりし始めた。後ろに手を組み、うつむいて歩くと、膝《ひざ》の出たよれよれのズボンや、足の形そのままに不格好に広がった靴がいやでも目にはいる。なりふり構わず二十何年続けて来た刑事の生活が、ふと空《むな》しく感じられるのはこんなときだった。

大杉はまた今朝の出来事を思い出し、溜め息をついた。自宅に近い成増《なります》署の少年係に呼び出され、娘の万引事件について事情を聴取された上に、さんざんいやみを言われて来たのだ。

くそ、と大杉は壁を蹴《け》りつけた。だれも好きこのんで娘の万引を見過ごしたわけじゃない。娘がこうなったのも、元はといえばおれがこんな仕事をしているからだ。文句があるなら警視総監に言え。

そのとき大杉は足音を耳にして、顔を上げた。ちょうど男が一人廊下を曲がってこっちへやって来るのが目にはいった。

中肉中背の三十半ばの男で、地味な紺無地の、しかし仕立てのいい三《み》つ揃《ぞろ》いのスーツを身につけている。自分がどこへ向かっているかを心得た人間によく見られる、しっかりした足取りで大杉の方へやって来る。この男は、ここへ来るのが初めてではない。もしかすると監察医の一人だろうか。

大杉は視線を捉《とら》えようとして、男の顔をじっと見つめた。しかし男は廊下の先に視線を据えたまま、大杉には目もくれずにそばを通り抜けようとした。

大杉はあわてて手をほどき、声をかけた。

「ちょっと、きみ」

男は二、三歩行き過ぎ、それからあまり気の進まぬ様子で足をとめた。振り向いた額に髪が無造作に振りかかる。

大杉は相手の青白い顔と暗い目を見て、珍しく気後《きおく》れを感じた。

「ここから先ははいれないよ。監察医が検体中なんだ」

男は向き直った。

「新宿の誤爆事件の遺体ですか」

大杉は驚いて顎を引いた。

「そうだ。あんた、新宿中央署の人か」

「いや。わたしは公安の倉木という者です。あなたは」

大杉はもう一度驚き、目をぱちぱちさせた。改めて相手の顔を見直す。するとこの男が、死んだ女の亭主というわけか。

「あなたはどちらの」

相手に促され、大杉は急いで口を開いた。

「失礼、わたしは本庁捜査一課の大杉です。この事件を担当していまして――」

倉木は確か警部だと聞いた。すると、年はおれより若いが、階級は一つ上だ。少しは口のきき方に気をつけねばなるまい。不愉快極まりないことだが。

倉木はじっと大杉を見つめた。

「遺体の確認に来たのですが」

その切り口上の物言いに、大杉はかえってどぎまぎした。黙って突っ立っている自分がまるで木偶《でく》の坊《ぼう》のように思われ、冷や汗が出た。

「それはどうも。しかしまだ見ていただくわけにはいかんでしょう、遺体の整理がついとらんようだし」

「直撃をくらった遺体なら、どうやっても整理はつかないでしょう」

大杉はつばをのんで倉木を見返した。この男は気がふれたのではないだろうか。自分の妻がばらばらにされたというのに、まるで他人の事件を扱っているような口ぶりだ。

「それはそうですが、見ない方がいいと思いますよ。少なくとも今のところは」

「あなたは見たんでしょう」

「そりゃ、わたしは、現場でね。だから見ない方がいいと言ってるんです」

倉木は唇を引き締め、じっと大杉を見つめた。その目はどこか、相手を落ち着かない気持ちにさせる光を帯びていた。大杉はそわそわとポケットのハンカチを探った。どうも公安の刑事は苦手だ。まったく何を考えているのか分からぬ連中ばかりだ。

倉木は大杉がハンカチで口元をぬぐうのを見ていたが、突然きびすを返してまた廊下を歩き出した。あわててそれを呼びとめようとした大杉は、言葉を飲んで力なく腕を落とした。倉木の背中には、だれの忠告も命令も受けつけぬ、固い決意が表われていた。

倉木が赤い表示灯のついた、突き当たりのドアをなんのためらいもなく押しあけるのを見ると、大杉はわれに返ってはじかれたようにあとを追った。無断入室をとがめる監察医の声が、廊下まで洩《も》れて来る。

大杉は半開きになったドアの間から、そっと解剖室にはいった。ホルマリンの臭いがぷんと鼻をつく。

解剖台の上の強い白色光が大杉の目を射た。解剖台に向かって立った倉木の背が、逆光で黒く見える。

監察医は五十すぎのごま塩頭の男だった。大杉とは顔なじみで、めったに自説を曲げぬ頑固者として警察官に煙《けむ》たがられている存在だった。

その監察医が、今は口をつぐみ、助手と並んで壁際まで下がっているのを見て、大杉はちょっと驚いた。ふだんの彼なら、仕事のじゃまをした人間に対して、これほど寛容であることはない。たとえ相手が遺族であろうと規則は曲げないのが彼のやり方なのだ。

監察医の倉木を見る目には、どこか恐怖に近い不安の色がやどっていた。倉木にそう感じさせるものがあるにちがいないが、大杉の位置からは倉木の表情は見えなかった。

室内にぞっとするような静寂が流れた。倉木の頭が前へかしぎ、解剖台の上のものをじっと見つめている様子が読み取れた。大杉は冷や汗をかき、ぎゅっとハンカチを握り締めた。倉木は身じろぎもせず、じっと見つめたままでいた。

やがて大杉は、倉木がわきにたらした両手を、静かに握ったり開いたりしているのに気づいた。拳を握り締めると、両方の肘がかすかに震える。拳を開くと、指が鋭く空気を切り裂く。倉木はそれを際限もなく繰り返すのだった。

催眠術にかかったようにその動きに見入っていた大杉は、突然倉木が一歩踏み出したので驚いて目を上げた。倉木は解剖台の上から何かを取り上げ、光にかざすような仕草をした。監察医は眉を寄せて口を開きかけたが、結局咳払いしただけで何も言わなかった。

大杉が後ろからのぞくと、倉木が手にしていたのは遺体のちぎれた手首だった。

やがて倉木はそれを元にもどし、一歩さがった。

「間違いない。家内です」

低いがはっきりした声で、だれにともなく言った。それから一瞬間《ま》をおき、くるりと体の向きを変えるとまっすぐに戸口へ向かった。あわてて横へどいた大杉のそばをすり抜け、倉木は解剖室を出て行った。

大杉は急いで監察医に挨拶《あいさつ》し、倉木のあとを追った。

倉木はベンチの前で、壁を見つめていた。大杉は急に足が重くなるのを感じ、歩調を緩めた。

「どうも――」

このたびは、と続けようとした大杉は、言葉を飲んでしまった。ありきたりの悔やみを言うとしらけてしまいそうな、冷然とした倉木の目に気圧《けお》されたのだった。

倉木は形ばかり軽く頭を下げ、すぐに固い口調で切り出した。

「捜査の進展状況はいかがですか」

「まだなんともいえませんな。今、筧俊三の、つまり事件の張本人ですが、この男の背後関係や爆弾の入手経路を洗っとるところです。いずれは公安のお力を借りることになるでしょうが」

二人はどちらからともなく、並んでベンチに腰を下ろした。倉木が口を開く。

「事件が発生した前後の状況を、できるだけ詳しく話してくれませんか」

大杉は膝を指先で叩いた。

「警部がこの事件を担当されるんじゃないでしょうな」

「なぜですか。公安から担当を出すとすれば、わたしがいちばんの適任者だ」

「ですが捜査に私情は禁物だ。恐らく上層部が許さんでしょう」

倉木の目に苛立ちの炎が燃え上がった。

「今それをあなたと議論しても始まらない。とにかく話を聞かせてください」

大杉はしかたなく、事件の推移を細大洩らさず物語った。

聞き終わると、倉木は手帳を取り出した。

「女たちにつきまとった浮浪者の名前を教えてください」

「自称沼田《ぬまた》要吉《ようきち》。住所不定、新宿西口一帯を根城《ねじろ》にしとるようです」

それを手帳に書き入れ、目もあげずに、

「沼田が収容された病院は」

大杉はむっとして倉木を睨んだ。これではまるで尋問ではないか。

大杉が答えないでいると、倉木は目を上げて不思議そうな顔をした。

「病院を聞いてるんですがね」

その押しつけがましい口調に反発しながら、大杉はいやいや口を開いた。

「奥さんのお友だちと同じ病院ですよ」

「それもまだ聞いていない」

大杉は煙草を取り出し、ゆっくりと火をつけた。目を上げると、倉木はボールペンを構えたままの姿勢で、じっと大杉を見ていた。

「新宿星和病院ですがね、勝手に事情聴取をされたりしないようにお願いしますよ。わたしたちは今、本事件の捜査本部長たる新宿中央署長の指揮下にはいっとるんですからな。かりに警部が公安サイドの担当になられたとしても、手続きは踏んでいただかないとね」

大杉にしてみると、それが精一杯のいやみだった。しかし倉木は表情も変えず、病院名をメモし終わるとすぐに立ち上がった。大杉もあわてて立つ。

「あしたにでも中央署に顔を出しますから、また捜査の進み具合を教えてください。家内の遺品もそのときチェックします」

倉木はそう言い残して歩き出したが、すぐに足をとめて振り向いた。

「いろいろめんどうをかけてすいません。礼を言います」

「いや」

反射的に頭を下げ、大杉がふたたび目を上げたときには、倉木はすでに廊下を遠ざかっていた。

大杉はぺっと空《から》つばを吐き、煙草を廊下に捨ててかかとで踏みにじった。最後にしおらしいことを言うから、つい頭を下げてしまった。今までの自分からは考えられないことだった。

あの警部には、どこか人を威圧するものがある。その点は認めざるを得なかった。それも体格や肩書きから来る威圧感ではない。体格なら大杉の方が上だし、位もわずか一階級違うだけだ。また公安刑事によくある、どことなく陰湿で権柄《けんぺい》ずくな感じとも違う。とにかく倉木は、大杉がこれまで出会ったことのない種類の刑事だった。どのみち好きになれないタイプだが、どこか心に引っかかるものを持った男であることは事実だった。それは、大杉が見送った倉木の背中に、来たときとはうって変わった暗い影を認めたからかもしれなかった。

大杉の目の裏には、解剖台に向かって立った倉木の、拳を執拗《しつよう》に握ったり開いたりしていた姿が、ストロボの残像のように焼きついていた。

## 6

彼は金沢へ向かう列車の中にいた。

前夜のことを思い出すと、頭が痛んだ。やるかやられるかという状況だったとはいえ、赤井を簡単に死なせてしまったのは失敗だった。ナイフならともかく、木の枝があんなにうまく、首筋の急所をえぐるとは思わなかった。

女は詳しいことを何も知らなかった。妹でもなんでもなく、金で赤井に雇われたただの駈け出しタレントだと言う。彼に実際妹がいるのかどうかも知らず、赤井秀也が豊明興業企画部長の職にあること以外に、何一つ告げることができなかった。

彼は窓ガラスに額をつけ、移り変わる田舎の風景を見つめた。用がすんだあと、いきなり首の後ろに木の枝を突き立てたときの、女の飛び出た目がふっと頭に浮かぶ。女を殺したことに罪悪感はない。自分を殺そうとした敵の一人を始末しただけのことだ。

もどかしいのは、自分の過去を知る機会を失ったことだった。何か手がかりを引き出す前に赤井を殺してしまったのは、返すがえすも残念だった。

二人を殺したあと、彼は二人の財布から現金だけを抜き取った。合わせて十万円足らずだったが、そのほかに赤井の内ポケットから三十万円はいった封筒が見つかった。

懐中電灯を頼りに、二人を崖っぷちに運んで海へ突き落とした。車へもどり、キーを探したが、どこにもなかった。恐らく赤井が持ったまま、海の底へ沈んでしまったのだろう。

彼は寒さに震えながら、車の中でその夜を明かした。日が昇ると、細い道を崖とは反対の方向に歩いて行った。やがて広い道に出たので、太陽の昇った方向に歩き出した。十分ほど歩くと、バス停があった。なんとなくそこに立っていると、ほどなくバスがやって来たので、それに乗った。客は三人しかいなかった。

バスは小一時間走り続け、やがて町へはいってとある駅前でとまった。乗客がみな下りたので、彼も下りた。駅には「珠洲」と書いてあった。彼が病院に収容されていた町だった。

とにかく東京まで行かなければならない。彼が切符を求めた駅員は、親切に列車の接続をメモして教えてくれた。顔の傷痕《きずあと》とぼんやりした言動を見て、同情したのかもしれなかった。

彼は窓ガラスに額をつけたまま目を閉じた。何を考えても、頭に靄《もや》がかかっているようで気持ちが悪い。珠洲の駅員に、金沢から米原《まいばら》へ出て上りの新幹線に乗るように教えられたとき、駅名はぴんと来なかったが、新幹線という言葉はなんの抵抗もなく頭にはいった。どうやら一般的な知識や判断力については、あまり欠落がないようだ。問題は、個人史がすべて失われていることだった。

東京駅に着いたのは、その日の午後六時だった。駅自体にどことなく前に見たことがあるような親しみを感じたが、失われた記憶を揺り動かすほどのものではなかった。

名前を聞いてもぴんと来ない駅のデパートにはいり、ボストンバッグと日用品、替え下着などを買う。ついでに東京の区分地図帳も買った。案内所で駅から歩いて行けるビジネスホテルを紹介してもらい、チェックインした。ホテル・コアという名前だった。

フロントで記帳するときは、なんのためらいもなく新谷和彦と書き込んだ。どうせ本名かどうか分からないのだから、ほかの名前を使うことは考えなかった。住所を書くときは一瞬迷ったが、とっさに珠洲市と書いてしまった。ほかの地名が浮かんで来なかったのだ。あとに続けて中央町一の三の二とでたらめを書く。町名は中央病院から思いついたのだ。

部屋に荷物を置いたあと、近くへ出て中華料理店にはいった。ラーメンを食べながら区分地図帳を見る。区の名前を見て行くと、どれも聞いたことがあるような気はするが、鋭く心を刺すものがない。三十万円がはいっていた封筒には、豊明興業の社名と住所電話番号が刷り込んであった。それによると、所在地は豊島区南池袋二丁目となっているが、その地名に思い当たるものはない。赤井の言うとおりなら自分はそこで働いていたはずだが、感情を揺さぶるものは何もなかった。

ホテルへもどり、新聞を買って部屋へ上がる。新聞はなんの興味も呼び起こさなかった。百円を入れると映るテレビをつけたが、歌番組に出ている歌手にはだれ一人見覚えがなかった。他のドラマにチャンネルを回しても同様だった。人の顔については、まったく記憶を失ったとしか思えなかった。この世の中に、知っている人間がただの一人もいないことを思い知るのは、考えた以上につらいことだった。

翌朝ボストンバッグを片手にホテルを出た。一週間分前払いしたせいもあって、フロント係は愛想がよかった。

喫茶店で腹ごしらえをしたあと、電話ボックスを探して中へはいった。封筒を取り出し、豊明興業の番号を確かめる。どうしゃべるかはすでに考えてあった。

彼はダイヤルを回し、咳払いをした。

「もしもし、豊明興業でございます」

細い女の声が答えた。

送話口を手で囲み、喉の奥を広げてこもった声を出した。

「新谷和彦さんをお願いします」

「新谷って、リビエラのですか」

女の声が自信なさそうに聞き返した。リビエラとはなんだろう。

「ええ。リビエラの、新谷さんです」

「新谷はここのところ、お店を休んでるんですけど。どちらさまですか」

「ええと、友人の、中村ですが。休んでるというと、病気か何かですか」

「いいえ、ただちょっと」

女が言いよどみ、間があいたあと、突然男のだみ声が割り込んで来た。

「もしもし、どちらさん」

「新谷君の友人ですが」

「今新谷は旅行中でしてね。もどりしだい電話させますから、連絡先を教えてくれませんか」

口調はていねいだが、柄の悪い感じの声だった。

「あなたは」

「あたしは野本《のもと》ですがね、専務の」

彼は唇をなめた。

「またこちらから電話します」

そう言って、返事を待たずに受話器をもどした。そのままガラスドアにもたれ、こめかみの汗をふく。

どうやら新谷和彦という男が実在し、豊明興業に勤めていたことは事実のようだ。リビエラというのは、豊明興業が経営している店か何かで、新谷は恐らくそこで働いていたのだろう。野本と名乗った男は、新谷は今旅行中だと言った。おれはやはり、その新谷和彦なのだろうか。それにしてもやつらは、なぜおれを殺そうとするのだろう。

あれこれと頭に浮かんで来る疑問に顔をしかめたとき、だれかがガラスを叩いた。

「終わったんなら出ろよ」

彼はあわててボストンバッグを取り上げ、電話ボックスを出た。中年の男が、彼を肩で押しのけるようにして、入れ替りに中にはいった。

汗をふき、急いでその場を離れた。一つのことに気持ちを集中すると、どうも周囲に対する注意力が散漫になる。

最初に目についた喫茶店にはいった。コーヒーを頼んで、考えごとに没頭する。

新谷は、豊明興業の社員ではあるようだが、事務所で働いていたわけではないらしい。リビエラという名前にも記憶がないが、どうせ喫茶店かバーの類だろう。

レジのわきの電話台の下に積んである、分厚い本が目に映った。しばらく見つめているうちに、それが電話帳だということに気づいた。反射的に席を立ち、電話台の所へ行く。

個人名の中巻を取り上げ、しの部を探した。島……下……白……やっと新まで来ると、彼はつばをのんだ。指先が震えるのが分かる。新海……新開……あった、新谷だ。

やがて彼は溜め息をつき、電話帳を閉じた。新谷という苗字《みようじ》は十二人いたが、新谷和彦の名前はなかった。

つぎに企業名編を取り上げる。リビエラという名前の店は十数軒あり、ほとんどが喫茶店か酒場だった。豊明興業の地元、池袋周辺にはリビエラは一軒しかなく、西池袋一丁目にある酒場だった。その電話番号を封筒の裏にメモして、席にもどった。

飲み終わったコーヒーカップを、彼はじっと睨みつけた。自分が新谷和彦であるにしろないにしろ、おれを殺そうとしたやつらに礼をしてやらなければならない。このますませると思ったら大間違いだ。

そのとき突然彼の意識の中に空白が生まれ、彼は白磁のカップの表面を褐色の小鳥が鋭くよぎる幻影を見た。

気がつくと彼はテーブルに伏せ、あらぬ方向を見つめていた。手から滑り落ちたカップが、床で軽い音をたてて割れた。

7

「だめだ」

室井公安部長はきっぱりと言った。

「きみの気持ちはよく分かるが、そればかりは許可できないね」

倉木はじっと室井を見返した。

「どうしてですか。この十日間の捜査で、筧俊三が〝黒い牙《きば》〟の幹部だったことは立証されています。〝黒い牙〟は特務一課の担当であり、わたしは同課十三係の係長をしています。わたしがこの一件を担当することに、なんの不都合があるのでしょうか」

「〝黒い牙〟は十一係の担当で、すでに高野《たかの》君のスタッフが動いているんだ」

「しかし高野係長は、これまで〝黒い牙〟を十分に把握していません」

「筧が幹部の一人だと割り出したのは彼のスタッフだよ」

「それは彼らの手柄ではなく、むしろ手落ちと言うべきです。筧のような大物の存在を、この事件が起こるまで見過ごしていたのですから」

室井は目を伏せ、眉を寄せた。

「われわれの仕事に完璧ということがありえないのは、きみも承知しているはずだ」

「それでは不可抗力だったというわけですか」

「ある意味では、そう言えるだろう」

倉木はあざけるような笑いを口元に浮かべ、ソファを立った。

「そのように家内の墓に報告しておきます」

室井は一瞬表情を険しくしたが、すぐに顔を伏せ、指で長椅子を示した。

「すわってくれ。まだ話は終わってない」

倉木はしばらく動かなかったが、やがて何も言わずにすわり直した。

それと入れ替りに室井はソファを立ち、窓際へ行った。手を後ろに組み、外を眺める。

「この件は高野君に任せておくんだ」

「彼は有能な男ですが、押しが足りません。海千山千《うみせんやません》の捜査一課の連中に、鼻づらを引き回されるのがおちです」

「だからその押えに若松《わかまつ》君をつけたのだ」

倉木は室井の背中を見つめた。

「若松警視は公安三課長でしょう。なぜ右翼団体の担当課長をこの事件につけられたのですか。実に不可解な発令です」

室井はくるりと振り向き、倉木を睨んだ。

「きみはわたしの指揮に異を唱《とな》えるつもりかね」

倉木は臆《おく》せず室井を見返した。

「この事件には、若松課長よりもわたしの方が適任だと申しあげているのです」

「いかん。捜査に私情を交えることは固く禁じられている。きみの記録を見ると、ただでさえ捜査や容疑者の扱いに行き過ぎが目立つ。今度の事件にきみを投入して、万が一にも暴走されたら取り返しがつかんのだ」

「暴走するつもりはありません。絞め殺してやりたいと思った相手は、もう死んでるんですから」

二人はじっと見つめ合った。

やがて室井は顔をしかめ、長椅子にもどった。

「若松君を起用したのは、確かに異例かもしれん。しかし彼は捜査一課に睨みがきくし、爆発物の知識にかけては処理班の連中も一目おいている。それになんと言っても、彼はわたしの片腕だ。むろんえこひいきするわけじゃないが、この一件をきみのためにも早く終わらせたいと思って彼を投入した。そのあたりを分かってほしい」

倉木は煙草を取り出し、指先でこね始めた。

「わたしに退職しろとおっしゃるつもりですか」

室井は眉を上げた。

「何を言うんだ、考え過ぎもいいところだぞ。——葬儀や納骨は終わっても、まだいろいろ後始末があるだろう。それに、きみの体のことも心配だ。一週間か十日、休暇を取りたまえ。手続きはわたしがしておく」

「わたしは一日中仏壇の掃除をして過ごすつもりはありません」

「きみも強情な男だな。ゴルフをやるのもいいだろうし、旅をするのもいい。しばらく気持ちの整理をして来いと言ってるんだ」

倉木は煙草をこね続けた。

「整理はついていますよ」

「いや、ついていないね」

「今ついていないとすれば、一生つかないでしょう」

室井は腕を組み、ソファの背に深くもたれた。

「そうかたくなになるな。この際はっきり言っておくが、休暇を取る取らないにかかわらず、きみには当分現場から外《はず》れてもらうつもりだ。四課預かりということになる」

「四課。資料整理をやれということですか」

「そうだ。気分転換にはもって来いの仕事だと思うがね」

倉木は煙草を捻《ひね》りつぶした。

「わたしには、資料のほこりを払う仕事は向いていません」

「向き不向きの問題ではない。四課の仕事は地味だが、重要な仕事であることに変わりはない。現場にもどったとき、四課で仕込んだ情報がきっと役に立つ」

倉木はゆっくりと息を吸い、ゆっくりと吐いた。

「いつもどしていただけるのですか。もどしていただけるとすればですが」

「預かりというのは配転とは違う。かならずもどすと約束するよ。ただしその時期は、わたしがもどしてもよいと判断したときだ」

室井は話はそれで終わりだというように、背もたれから体を起こした。

倉木はじっとテーブルの一点を睨みつけていたが、やがて立ち上がった。

「分かりました」

口の中でつぶやくように言い、室井に背を向けかけたが、そこで動きをとめた。

「部長。せっかくですから、十日間の休暇をいただきます」

室井は口元を緩めた。

「いいだろう。何かあてがあるのかね」

「別にありません」

そっけなく答え、倉木はドアに向かった。

ノブに手を伸ばそうとしたとき、室井が後ろから声をかけた。

「それから例の極秘資料のことだが」

倉木は振り向いた。

「ちゃんと自宅に保管してあります。まだ全部は目を通していませんが」

「今度登庁するときに持って来てくれ。直接わたしに手渡すようにな」

倉木は軽く頭を下げ、部長室を出て行った。

室井は肩を下ろし、溜め息をついてテーブルを見た。そこには、倉木のもみつぶした煙草の残骸が、汚い山をつくっていた。

――8

冷たい風がスカートのすそを乱した。

明星美希は庁舎を出て、地下鉄の桜田門駅の方へ歩き出した。地下鉄の階段を下りようとしたとき、美希は後ろから呼びとめられた。

振り向くと、紺のスーツを着た中肉中背の男が軽く頭を下げた。

「公安の倉木です」

美希はあわてて頭を下げ返した。

「どうも――。今度のこと、ほんとにお気の毒さまでした」

ぎこちなく美希が言うと、倉木は口の中でぶつぶつと挨拶を返し、すぐに話題を変えた。

「突然で悪いけど、しばらくつきあってもらえませんか」

美希はハンドバッグを握り締めた。

「何かご用でしょうか」

「ちょっと話を聞かせてほしいんです。別に公用じゃないので、食事でもしながら」

美希はわけもなくためらった。警戒心が頭をもたげて来る。

「お話というと」

「お手間は取らせませんよ、巡査部長殿。いい店にご案内します」

倉木の口調は美希の緊張をほぐそうとするもののようだったが、目の光は美希にまったく逆の効果を与えた。倉木とは、これまで二、三度挨拶した程度の仲でしかないが、そのときには感じなかったとげとげしい雰囲気《ふんいき》が体の周りに漂っていた。

「それじゃ、お供します。警部殿」

美希が倉木の軽口に調子を合わせたのは、あくまで自分の緊張を悟られたくなかったからだが、倉木が浮かべた薄笑いはそれが失敗したことを物語っていた。

美希は足元を見るふりをして目を伏せた。頬に血がのぼるのが分かる。めったに人前では表情を変えない自信があっただけに、この狼狽《ろうばい》は自分でも意外だった。

倉木はくるりと背を向け、車道に下りてタクシーを呼びとめた。

倉木が案内したのは、三番町の内堀通りに面したアーカンソーというリブステーキの店だった。驚いたことに、その店のウェートレスは膝上三十センチの茶のワンピースを着ており、かがむたびに白い下着が見えた。しかも壁面に鏡が張ってあるので、どの席からでもその眺めを楽しむことができるのだった。

美希の当惑した様子に、倉木はさっきと同じような薄笑いを浮かべた。

「あれが気になるのは、最初の十分間だけですよ」

倉木に注文を任せると、やがて四角い形に盛られた揚げたまねぎ、シーフードサラダに、山盛りのリブステーキが運ばれて来た。

二人は黒ビールで乾杯した。

料理は素晴らしかった。たまねぎは最高だったし、手摑《てづか》みのまま歯でちぎるように食べる骨付き肉の味も格別だった。

食事のあと、隣のバーに移った。店の名前とは無縁のイギリス風の静かなバーで、客はカウンターに二、三人いるほか、隅の方で夫婦らしい初老の外国人が二人でひっそりとダーツを楽しんでいるだけだ。

酒が運ばれて来た。二人は改めてグラスを合わせた。

倉木は水割りを一口飲むと、冷ややかな目で美希を見た。美希はその表情のかすかな変化を見逃さなかった。どうやら楽しいディナーの時間は終わったようだ。

「さてと、本当はだれを尾行していたのかね。念のため言っておくが、公安三課の分室へ行く途中だったという説明は、わたしには通用しないよ」

倉木は予想どおり、初太刀《しょだち》から鋭く切り込んできた。

美希は無意識に右手を左手の傷痕の上に置いた。ブラウスの袖《そで》に隠れて見えないが、かさぶたはまだ取れ切っていない。

「警部も、大杉警部補と同じように、わたしが筧俊三を尾行していたと考えてらっしゃるんですか。そしていつ爆弾が爆発するかと、固唾《かたず》をのんで見守っていたと」

倉木は美希がおさえた左手をちらりと見やり、すぐに視線をもどした。何も言わなかった。

美希は手のひらが汗ばむのを感じた。

「三課員のわたしが、どうして担当違いの極左のメンバーを尾行しなければならないんですか」

倉木の目が光り、美希は一瞬肌を針でちくりと刺されたようになった。

倉木は美希を見つめたまま、ゆっくりと水割りを口に含み、飲み下した。

「きみはあのときまだ、筧が極左の人間だということを、知らなかったはずだ。うちの課の担当の手元にも、あの男の資料はなかったんだから。もっとも、なんらかの理由できみには分かっていた、と言うのなら話は別だが」

美希は目を伏せ、さりげなくグラスを取った。この男を、大杉警部補のようにあしらうことは、あきらめた方がいい。頭の働きが違う。

「もちろん、あのときは知りませんでした」

「知らなかったけれども、尾行はしていたと、そういうことかね」

美希はそっと唇の裏を嚙んだ。倉木の口調は押しつけがましくなり、食事をしていたときの親しみは跡形もなく消え失せていた。

美希は息を吸い込み、倉木を見返した。

「失礼ですが、警部はどういうお立場でわたしを尋問しておられるのでしょうか」

倉木は固い表情を崩さなかった。

「わたしは尋問しているつもりはないし、その立場にないことも承知している」

「公安三課では、こうしたやり方を尋問と呼んでいますけど」

美希が言い返すと、倉木はテーブルの下で脚を組み、薄笑いを浮かべた。

「わたしは女房を殺されたので頭に来て、だれかれ構わず尋問して回っているのだ。こう言えば少しは同情してもらえるかな」

美希はグラスを静かにコースターにもどした。こめかみが熱くなる。

「そういうおっしゃり方は、亡くなられた奥さまも決してお喜びにならないと思います」

「こいつは驚いた。女房がわたしの皮肉をいやがっていたことを、どうして知ってるのかね」

美希はゆっくりと首を振り、横に置いたハンドバッグに手を伸ばした。

「残念ながら警部のお役には立てそうもありませんね。これで失礼させていただきます。どうもご馳走《ちそう》さまでした」

言い終わらぬうちに倉木の手が伸び、美希はハンドバッグを取った腕を摑まれた。それは確実に指の跡が残りそうな、むずという感じの摑み方だった。その大胆さに、美希は体を固くした。

　倉木は美希の目をのぞき込んだ。

「明星巡査部長。わたしは自分の行動をいちいち説明したりしない。今のわたしの立場では、それは説明にならずに弁解と哀訴に終わるからだ。わたしは大杉警部補とは違う。納得の行く話を聞くまで、この手を放すつもりはないよ」

　倉木の押し殺した声が、鋭く耳朶《じだ》を打った。美希は背筋に冷たいものが這い上がるのを感じ、シートの上をわずかにすさった。

「わたしを脅迫なさるんですか」

「場合によってはね。さあ、話したまえ」

　美希は倉木の手を試みにもぎ放そうとしたが、やはり無駄だった。ある強い決意が、その手の力からじわじわと伝わって来るのが分かった。

「手を放してください。ほかの人が見ているわ」

「それなら連中が一一〇番しないうちにしゃべった方がいい」

「分かりました。とにかく手を放してください」

　美希が折れると、倉木はさらに数秒そのままにしていたが、やっと手を放した。ブラウスの袖がよじれ、しわになっていた。

　美希はそのしわをもみほぐし、シートの上ですわり直した。心臓がまだ激しく打っている。握られた手首もしびれたままだ。いくら妻を殺されたばかりとはいえ、あまりにも異常な倉木の問い詰め方だった。

水割りを飲んでのどを湿す。

「わたしたち公安の刑事は、たとえ相手が同僚先輩であろうと、みだりに職務の内容を洩らしてはならない。そのことは警部もよくご存じでしょう」

倉木は表情を動かさなかった。

「するとやはり、たまたま現場を通りかかったわけじゃなくて、職務の遂行中だったことを認めるんだね」

「——ええ」

常に先手を取られることに苛立ちながら、美希はうなずいた。

「では、どんな職務だったのか、聞かせてもらおう」

美希は倉木の右の人差し指が、コースターの縁を小刻みに叩き続けているのに気づいた。倉木が、その表情や口調の落ち着きとは裏腹に、内心じりじりしていることが分かって、美希は逆に冷静さを取りもどした。これは一つの賭けだ。

「その前に、これからお話しすることは、わたしから聞いたということはもちろん、内容もいっさい他言しないと約束してください。公安部長にも、若松三課長にもです」

倉木はコースターを叩くのをやめた。

「三課長にもかね。しかし若松警視はきみの上司だし、今度の事件にも助っ人《すけと》として噛《か》み込んでいるはずだ」

「だからこそお願いしているんです。わたしは部外者に、ましてこの事件から外された倉木警部に、職務内容を洩らしたことを上司に知られたくありません」

倉木はじっと美希を見つめ、固い声で言った。

「わたしが公安部長からこの事件に手を出すなと言われたのは、ついさっきのことだ。どうして知っているのかね」

「ご存じなかったのは、警部ご自身だけですわ」

一瞬言い過ぎた、という後悔が胸をよぎった。しかし倉木は表情を崩さず、軽く肩をすくめるような仕草をしただけだった。

「分かった。きみの話は、この場限りにすると約束しよう」

9

美希は深く息をついた。水割りを一口飲み、ようやく口を開く。

「わたしはあの日、ある右翼の闘士を尾行していました。正確に申しあげると、大日本極誠会に雇われたテロリストを」

「大日本極誠会というと、例の極右団体だな」

「そうです。わたしたち三課担当の組織の中でも、一、二を争う大物集団です」

「それで、そのテロリストというのは」

「極誠会の活動の主な資金源の一つに、豊明興業という会社があります。会社と言っても池袋周辺を縄張りにしている暴力団で、表向きはキャバレーやピンクサロン、ソープランドなどを手広くやっているんですが——」

「前置きはいい」

突然倉木が言った。

美希はかっと頬が熱くなるのを覚え、倉木を睨みつけた。これほど気にさわるものの言い方をする男は、初めてだった。

「それでは、これ以上申しあげないことにします。わたしがこれからお話しすることは、すべてあの事件の前置きにすぎないわけですから」

かろうじて声が震えるのを抑えた。

倉木は目を光らせ、じっと美希を見返していたが、いきなりコースターを指先でシートにはじき飛ばし、グラスを乱暴に摑んだ。酒がわずかにテーブルにこぼれた。体の中で何かが暴れるのを、必死に抑えている様子だったが、やがて例の薄笑いを口元に浮かべた。

「失敬した。捜査の進展が遅いので、少しばかりいらいらしているんだ。気にしないで続けてくれたまえ」

美希は水割りを飲み、また息をついた。ふだん冷静さを身上としているつもりの自分が、これほど他愛《たわい》もなく気持ちを乱されてしまうことに、少なからずショックを受けていた。

美希はふたたび口を開いた。

「その豊明グループの中に、比較的まっとうな商売をしているリビエラというパブがあります。その店の店長が、実は大日本極誠会支配のテロリストの一人なんです」

倉木は一呼吸おき、低く応じた。

「パブの店長がテロリストか。もちろん裏付けはあるんだろうね」

「その証拠を摑むために、あの日尾行していたんです。名前は新谷《しんがい》和彦。新しい谷と書きます」

「なるほど。するときみがその男を尾行して、新宿のあの現場にさしかかったときに、偶然爆発事件に巻き込まれたというわけか」

美希は一瞬ためらい、それから首を振った。

「偶然じゃありません。というのは、新谷は新谷で、あの筧俊三を尾行していたからです」

「尾行。どうもよく分からないな。最初から順を追って話してもらえないか」

美希はとっておきの微笑を浮かべた。

「前置きが聞きたいとおっしゃるんですね」

倉木は仕方ないというように肩を揺すった。

「そうだ、前置きが聞きたい」

倉木が折れたことで満足し、美希は話を続けた。

「実はあの日、昼過ぎから北区滝野川《たきのがわ》にある新谷のマンションに張り込んでいたんです。どうも新しいテロを請け負ったらしい動きがあったものですから。新谷は三時ごろマンションを出て、都電に乗って早稲田大学の近くの汚い貸し事務所へ行きました。正確に言えば、事務所が見える近くの路上ですが」

「その事務所というのは、筧が反体制地下活動の隠れみのとして、無関係のフリーライター仲間と共同で借りたぼろ小屋のことだね」

「ええ。そして四時過ぎでしょうか、新谷は事務所から出て来た背の高い男、それが筧だったわけですが、そのあとをつけ始めたんです」

倉木の眉が動いた。

「新谷のテロの対象が筧だったとすれば、話のつじつまは合う」

「でも新谷が爆弾をセットしたという確証はありません。少なくともわたしはそれを確認していません」

倉木はシートからコースターを拾い上げた。

「爆発時点での新谷の位置は」

「わたしと筧の中間地点です。ただ爆発直後の大混乱で、残念ながら見失ってしまったんです。それ以後新谷はぷっつり消息を絶ち、まったく足取りが摑めていません」

倉木はコースターを二つに折り曲げた。

「きみはあの日、一瞬たりとも二人から目を離さなかったのかね」

美希はかすかにためらった。

「いいえ。実は事件の少し前、ちょっとした行き違いがあったんです。爆発の四十五分ほど前、新谷は筧のあとを追ってマルセーユという喫茶店にはいりました。現場から百五十メートルほど離れた所にあるマンモス喫茶です。わたしも一度はいったんですが、仕切りの植木鉢がじゃまになって、二人のすわった席が分かりません。それで、その店には出入口が一つしかないことを確かめて、外の路上で待ち受けることにしました。つまり外で待っていた約二十五分間は、二人の行動をチェックできなかったわけです」

「するとその間に、新谷が筧のボストンバッグに爆弾をほうり込んだかもしれないわけだ」

「その可能性は否定しません」

倉木はコースターをちぎり始めた。

「とりあえずそのあとを聞こう」

「二十五分後、店から新谷が出て来ました。わたしは彼が当然筧の先手を打って一足先に出て来たものと思い、立て看板の後ろに回って姿を見られないようにしました。ところが、筧はなかなか出て来ず、新谷の姿も見えなくなってしまったんです。筧がやっと出て来たのは、それから十五分近くたってからでした。なぜ新谷が姿を消したのか分かりませんでしたが、しかたなくわたしは筧を尾行することにしました。そのときは名前も素姓も知らなかったので、とりあえず住んでいる所を突きとめようと思って」

美希は言葉を切り、溶けた氷水を口に含んだ。

「ところが驚いたことに、筧を追ってちょっと歩いていると、反対方向から新谷がやって来るのが見えたんです。しかも筧に気づいたときの新谷の顔には、一度見失った獲物を偶然また発見したというような、いかにもびっくりした感じが表われていました。そして彼がまた筧をつけ始めたときには、わたしも何がなんだかわけが分からなくなりました。結局そうやって元どおりのパターンで尾行が再開された直後、爆発事件が起こったわけです」

倉木はコースターをちぎり続けた。

「姿を消していた間、新谷は何をしていたんだろう」

「分かりません」

「彼が喫茶店から出て来たときの様子はどうだった。例《たと》えば筧に気づかれてあわてているようだったとか、あるいは別の人間を追って出て来たように見えたとか」

美希はグラスを見つめた。

「別にあわてた様子はありませんでした。でもそう言えば、だれかを追って出て来た、そんな感じもありますね、今思えば。新谷が見えなくなったわけも、それで説明がつくわ」

「だれを追って出て来たんだろう」

「新谷より一足先に、女が一人出て来たような気がしますが、はっきりは思い出せません」

倉木はちぎったコースターをつまみ、空《から》のグラスに入れ始めた。それをしつこく繰り返す。

美希はふと自嘲《じちょう》ぎみに吐息を洩らした。

「公安刑事としては失格だと、そう思ってらっしゃるでしょうね。しかたがないわ、自分でもあきれるくらいですから」

倉木はさりげなく美希を見た。

「今の話は、若松課長に報告してあるのかな」

「いいえ」

「どうして。大杉警部補にはともかく、課長には報告すべきではないかね」

美希は目を伏せ、唇を引き締めた。

「新谷はあの爆発事件に直接関係ないと判断していますし——はっきり言えば、自分の失態を報告するのがいやだったからです。新谷の居所を押えていれば別ですが、さっき申しあげたとおり姿を消したままなので、報告しそびれてしまったんです」

「新谷が姿を消したのは、この一件に関係しているという証拠じゃないかね」

美希はそれに答えず、じっとグラスを見つめていたが、やがて目を上げて口を開いた。

「警部はこの話を、若松課長に報告されるおつもりですか」

倉木はしばらく黙って美希を見つめたあと、静かに首を振った。

「いや、わたしは約束を破るつもりはない。きみが真実を語っている限りにおいてはね」

「わたしは、自分の失策も含めて、すべて真実をお話ししたつもりです」

倉木は美希をからかうような目で見た。

「きみの最大の失策は、爆発の直後現場から一目散に逃げ出さなかったことだよ」

美希はほほえんだ。

「それはわたしも考えました。でも腕に負傷していましたし、下手に小細工するとかえって疑惑を招くと思って」

倉木は低い声で笑った。

「有能な公安刑事の条件は、あまりに有能すぎないことだ。覚えておきたまえ」

「ええ」

美希は水割りを空にした。

倉木は摑みどころのない男だが、反発を感じながらもどこか心をそそられるものを持っていた。一口で言えば、無関心ではいられない男だった。

しかしそれとこれとは別だ。今夜のことは、とにかく報告しなければならない。

「あと二つほど教えてほしいことがある」

倉木に声をかけられ、美希はわれに返った。

「なんでしょうか」

「まず新谷が住んでいたマンションと、リビエラというパブの正確な住所だ」

美希は内心ためらったが、断るだけの理由がなかった。手帳を出して告げる。倉木はそれを自分の手帳に書き取り、顔を上げた。

「さて、最後の質問だ。これが一番肝腎《かんじん》なことだが」

「肝腎なこととおっしゃいますと」

「公安部長や三課長にも報告できないことを、なぜこのわたしに洩らしたのか、それをまだ聞かせてもらっていない。わたしがきみの腕を摑んで放さなかったからかね」

美希はテーブルの下で、膝がしらをぎゅっと摑んだ。

「それは、わたしが警部に好意を感じたから、と申しあげたら答になりますか」

倉木はじっと美希を見つめた。その目は、美希の言葉に微塵《みじん》も心を動かされなかったことを示していた。美希はそっと唇を嚙み締めた。まるで甲冑《かっちゅう》のような男だ。

しかし倉木はそれ以上追及しようとはせず、伝票を摑んだ。

「送って行こう。どこに住んでいるのか知っておきたいんだ」

# 第二章　尋　問

## 1

彼は朝と同じ電話ボックスにはいった。夜八時だった。

その日は一日東京駅の付近をうろつき、パチンコをしたり、大きな書店をぶらぶらしたり、映画館で時間をつぶしたりしたのだ。

受話器を取り上げ、十円玉を入れる。だいじょうぶだ。食事はすませたし、気分も落ち着いて意識の混乱はない。

リビエラの番号をダイヤルすると、ほとんど間をおかずに相手が出た。

「はい、リビエラです」

若い男の声だった。バックにピアノの音や人のざわめきが聞こえる。

彼は作り声を出した。

「わたし、そちらで働いていた新谷君の友人で中村と言いますが、どなたか彼と親しくしていた人と代わっていただけませんか。ちょっとお尋ねしたいことがあるんです」

相手が答えるまでわずかに間があった。

「ちょっとお待ちください」

声にかすかな緊張があった。

雑音が途絶え、オルゴールが鳴り始める。

やがて接続音が聞こえた。

「もしもし、お電話代わりました」

最初の男よりも太い声の男だった。今度はバックになんの音も流れていない。個室に切り替えられたようだ。

「お忙しいところをすいません。わたし中村と言う者ですが、今新谷君がどこにいるかご存じないでしょうか。豊明興業に電話したら、旅行中だと言うことなんですが」

「そちらお友だちとうかがいましたが、どういうご用件でしょうか」

口調に不審の色が表われている。

「ええと、実はわたし、新谷君と同郷で、今日久しぶりに上京したものですから」

「同郷とおっしゃると、九州から」

「え。ええ、そうです。今朝着いたばかりなんです」

しばらく沈黙が流れる。

「店長。新谷店長」

突然呼びかけられ、彼は驚いて受話器を耳から離した。

受話口から、金属的な声が洩《も》れて来る。

「新谷店長でしょう、返事をしてください。わたしです、里村《さとむら》ですよ」

彼は受話器を宙にとめたまま、盛んに呼びかけて来る声に耳をすました。どうして分かってしまったのだろうか。里村という相手の男は、作り声をしても通用しないほどおれと親しかったのだろうか。

電話ボックスの外を見た。待っている者はだれもいない。

電話を切る決心はつかなかった。かりに正体を見破られても、どこからかけているのか分からなければ、こちらに危険が及ぶことはない。

思い切って受話器を耳に当て直した。喉《のど》を普通の状態にもどす。

「もしもし」

「もしもし、やっぱり店長でしょう。声を変えてもぼくには分かりますよ。いったいどうしたんですか、今どこにいるんですか。何も言わずに消えちゃって、みんな心配してたんですよ」

「ちょっと、事情があって」

答えたとたんに、どっと汗が出て来た。自分が新谷和彦としてしゃべったのは初めてだった。

「水くさいじゃないですか、せめて一言ぼくに相談してくれてもよかったのに。それよりぼくは、絶対店長が電話して来てくれると信じてたんだ。予想よりだいぶ遅かったけどね」

里村は、その声と話し方からすると、まだ若い男のようだ。さっきからしきりに店長店長と言っているが、新谷は——おれはどうやらリビエラの店長だったらしい。

里村は電話を切られるのを恐れるように、早口で続けた。

「それよりとにかく顔を見せてくださいよ。今どちらですか」

東京駅だ、とつい答えそうになって、思いとどまった。こちらの居場所はまだ言いたくなかった。

しかしこの男に会ってみたい気もする。おれに好意を持っているようだし、用心さえすれば危険はなさそうだ。

「そいつは言えない。会うのは構わないが」

「じゃ、店へ来てくださいよ」

「いや、店はだめだ。二人きりで会いたいんだ」

「それなら、東口のプードルはどうですか」

プードル。店の名前か。まるで覚えがない。

「いや。つまりその、今まで一緒に行ったことのない店がいいんだ」

それなら、場所を聞いても怪しまれない。

「そうですか。だったら、大塚に知ってる店があるんですが、どうですか。抜け穴って名前のスナックだけど」

大塚。確か地図で見た覚えがある。そうだ、山手線の駅にそういうのがあった。池袋の隣の駅だったはずだ。

「大塚のどこ」

「北口を出て、線路沿いに角萬《かどまん》の方へ歩いてすぐの所です」

「カドマン」

「ほら、例の結婚式場ですよ」

「ああ、あれね」

そう答えたものの、冷や汗が出た。とんと聞き覚えがなかったのだ。

「じゃ、その抜け穴で、一時ってことでどうですか」

「一時。ずいぶん遅いね」

「しかたないですよ、この一か月というもの、ぼくが店長代理を務めてるんだから。抜けるわけにいかないし、仕事を終わらせてゆっくり店長と話がしたいんです」

「分かったよ。ただし一時きっかりに、一人で来てほしいんだ。いいだろうね」

「ええ。それじゃあとで」

受話器をかける手がこわばり、重く感じられた。相当緊張していたことが分かった。しかしそれは悪い兆候ではない。緊張しているときは安全だと、なぜか理屈抜きにそういう気がするのだ。

一度ホテルへもどり、部屋へ上がって地図を調べた。大塚近辺の地理をよく頭に叩《たた》き込む。つぎにボストンバッグをあけ、中を探った。底に隠してあったものが冷たく手に触れる。

彼は静かに拳銃を取り出した。それはあの孤狼岬で、赤井秀也の死体から抜き取った小型拳銃だった。見た目よりも重く、邪悪な雰囲気《ふんいき》を漂わせている。一つ間違っていれば、おれはこのたまをくらって、あの世へ行っていたのだ。

彼はそれをバッグに投げ込んだ。拳銃を持つことで安心感が湧《わ》くと思ったが、感じたのは嫌悪だけだった。だめだ、これは頼りにならない。

代わりに、通りがかりの文房具屋で買った、繰り出し式のカッターナイフを取り出した。軽く、かさばらず、切れ味も鋭い。鈍くなった刃先を折ると、新しい刃先が出て来るという寸法だ。なぜかこの方が手になじみ、頼りになるような気がした。

三万円を残して、あとの金をボストンバッグにしまった。三万円は一度財布に入れたが、ふと思いついて一万円だけ抜き出した。シャツを脱ぎ、細かくたたんだ札をバンドエイドで左の二の腕の裏側に貼《は》りつける。カッターナイフは、左足の靴下に差し込んだ。

フロントにキーを預け、手ぶらでホテルを出た。彼がそこに泊まっていることが分かるようなものは、何一つ身につけていなかった。里村という男は信用できそうだが、用心するに越したことはない。

スナック抜け穴の場所を確認したあと、彼は喫茶店やパチンコ店で時間をつぶした。その種の店がしまったあとは、南口のバーで時を稼いだ。バーテンの言いなりに水割りを数杯空《あ》けたが、酔いは感じなかった。

午前一時十五分前に、抜け穴へもどった。黒い木の扉を、オレンジ色のランプが照らしている。線路の下の暗がりにはいり、電柱の陰から店の入口を見張った。店から十メートルほど駅寄りに街灯があり、その下を通る者があれば顔を見ることができた。

もっとも、人通りはあまりなかった。勤労感謝の日とかで休日の上に、十一月下旬としてはかなり冷え込みが厳しいせいだろう。

十五分の間に、抜け穴からは二人組の客が出て行っただけで、はいる客はいなかった。一時少し前に、駅から歩いて来た若い男が街灯の下を通り、抜け穴にはいって行った。背の高い痩《や》せた男で、茶のダッフルコートにチェックのズボンをはいていた。髪にパーマをかけ、色白で鼻の下に短い髭《ひげ》を生やしているのが見えた。

男の顔を目の裏に焼きつけ、さらに十分待った。出て行った客が一人に、はいる客はなし。

彼は深呼吸を一つして、抜け穴の方へ歩いて行った。

## 2

彼は里村と目を合わせた。

里村が手を上げると同時に、うなずき返す。顔に見覚えはないが、記憶を失ったことをまだ悟られたくない。

カウンターの手前の方で、客が二人酔いつぶれている。彼はその背後をすり抜け、一番奥の里村の隣にすわった。里村がじっと顔を見つめるのを無視して、視線をそらしたままにしておく。頰《ほお》の傷がちくりと痛んだ。

「どうしたんですか、その傷は。体の具合も悪そうだし、大丈夫ですか」

低い声に、いたわりがこもっていた。彼はわずかに心を動かされた。この男は、味方かもしれない。

カウンターの中にいたマネキン人形のような女が、蚊《か》の鳴くような声で注文を聞く。

水割りを彼の前に置くと、女は床にうずくまってしまった。

「事故にあって、ずっと入院してたんだ」

「やっぱり。ぼくもそうじゃないかと思ったんだ。交通事故ですか」

「まあね」

「知らせてくれれば、見舞いに行ったのに」

「だれにも来てほしくなかったのさ。とくに豊明興業の連中にはね」

水割りを飲む。うまいのかまずいのかよく分からない。アルコールには強いようだ。記憶を失う前もこうだったのだろうか。

里村も自分の水割りを飲んだ。

「会社の方はどうするんですか。赤井部長や野本専務がだいぶ心配してましたよ」

赤井の名前を聞いて、彼は体を固くした。指を滑りそうになったグラスを、慎重にカウンターにもどす。赤井と女の死体は発見されるだろうか。いや、孤狼岬から落ちた死体はまず上がらない、と珠洲署の刑事が言っていた。

「ほんとに大丈夫ですか。顔色が悪いですよ」

里村に顔をのぞき込まれ、彼は急いで体を起こした。無意識にカウンターの表面にしがみついていたのだ。

「なんでもないよ。そうか、そんなに心配していたか」

「心配してたと言うか、正直なところ、かなり怒ってるようですよ。そりゃそうでしょ、何の断りもなく店の仕事をおっぽり出して、一か月近くも音沙汰《おとさた》なかったんだから」

「そうだな。近いうちに挨拶しに行くよ。しかし当分おれのことは黙っていてくれ」

「どうしてですか。わびを入れるなら早い方がいいと思うけどな。ぼくも口添えしてあげますよ」

「だめだ」

思わず強い口調で言い、彼は後悔した。この男は好意で言ってくれているのだ。口ぶりや態度からして、おれの身を案じていてくれることは確かだった。

里村に、正直に打ち明けようか。一人で自分の過去を洗うことは不可能だ。真先に探らねばならない豊明興業の連中は、彼を捕まえようと手ぐすね引いて待ち構えている。

赤井が返り討ちにあったことを知れば、ますます追及は厳しくなるだろう。だれかの助けを借りなければ、自分の過去を取りもどすことはできそうにもない。

里村は溜《た》め息《いき》をついた。

「あまり日がたってからじゃ、手後《てお》れになりますよ。あの連中を怒らせたら、この業界じゃ生活できなくなるし。ま、一か月も姿を消していたことについて、納得のいく説明ができれば別だけど、ただ事故にあって入院してたというだけじゃねえ」

「事故といっても、いろいろと複雑な事情があるんだ」

彼はちらりと本音を洩らし、さりげなく水割りを飲んだ。

「どんな事故にしたって、だれにも知らせないって法はないでしょう、しつこいようだけど」

「知らせられない状況だったから、知らせなかったんだ」

「妹さんにもですか」

酒が口のわきからこぼれ、彼はあわててグラスを置いた。手の甲で顎《あご》をぬぐう。

「妹」

おうむ返しに言い、紙ナプキンでカウンターをふく。こんな所で妹の話を持ち出されるとは思わなかった。殺した女のことが浮かんで来る。あの女は妹になりすましたが、実際におれに妹がいるかどうかは知らないと言っていた。

あの芝居は、おれを病院から引き取るための作りごとではなかったのか。おれには実際妹がいるのだろうか。

　里村は苦笑した。

「どうしたんですか、妹さんのことまで忘れちまったんですか」

「いや、そうじゃない。もちろん、妹にも知らせなかったよ。妹と話したのか」

「話しませんよ。話すわけないでしょう、一度ちらっと見ただけで、住んでるとこも知らないんだから」

「そう、そうだったな」

　彼は水割りを飲み干した。残念だが、これ以上自分を取り繕うのは、もはや不可能だった。この男に正直に事実を話し、力になってもらうほかはなさそうだ。

　そう考えたとき、たった今里村が言った言葉が、耳の中で大きくこだました。妹のことまで忘れたのか。確かに、そう言った。まで、とはどういう意味だ。

　彼は体が冷たくなるのを感じた。この男は、おれが記憶を失ったことを知っているのだ。

「おれが記憶をなくしたことを知ってるくせに、どうして知らないふりをしたんだ」

　いきなり切り込むと、里村はぎくりとして体を引いた。

「記憶をなくした、ですって」

「とぼけるな。妹のことまで忘れたのか、とはどういう意味だ。それに電話で話したとき、出身地を持ち出しておれを試した。あのときおまえは、おれが記憶喪失になったことをすでに知っていたんだ。いったいだれに聞いた」

里村はうつむいた。額に汗が浮かぶ。

「勘弁してください。野本専務に言われたんです」

野本か。電話で話した柄の悪い男だ。

彼はゆっくりとストゥールを下りた。里村が急いで顔を上げる。

「店長、わびを入れてください。ぼくも――」

彼はそれを無視し、カウンターの中をのぞき込んだ。

「裏口はあるか」

女はうずくまったまま、無言で首を振った。

里村は彼の腕を摑《つか》んだ。

「もう手後れですよ、店長。ぼくと一緒におとなしくここを出てください」

彼は前に立ててあったアイスピックを取り、無造作に振り下ろした。里村はあわてて手を引っ込めようとしたが、間に合わなかった。アイスピックは里村の手の甲を縫《ぬ》いつけ、そのままカウンターに突き立った。

里村は悲鳴をあげ、体を突っ張らせた。激痛に口もきけず、目が飛び出しそうになる。

しゃがんでいた女が、ばね仕掛けのように飛び上がり、酒棚に背をへばりつかせた。

「よくも裏切ってくれたな」

彼は里村を睨《にら》みつけ、アイスピックを引き抜いた。

里村はまた悲鳴をあげた。ずるずると狭い床に崩れ落ちる。

彼はアイスピックを上着の袖《そで》に差し込み、静かに背を向けた。里村が泣き声で呼ぶ。

「店長」

彼は振り向きもせず、正体もなくカウンターに伏せて眠りこけている二人の酔客の後ろをすり抜けた。

外へ出て、閉じたドアを背に立つ。

電柱のかげに一人。

立て看板の後ろに一人。

駅寄りの街灯の向こうに二人。

すっかり囲まれてしまった。彼は胃の底から冷たい怒りがしみ出すのを感じた。例によって、恐怖感はない。

静かに息を吐き出し、駅と反対側の方向に歩き始める。背後に靴音が迫った。路地か横丁があれば駈《か》け込むところだが、どうやら逃げ道はないようだ。

行く手の暗がりに人影が揺らいだ。彼は足をとめた。戦わずに逃げることはもはや不可能だった。

曲げた肘《ひじ》を伸ばし、袖から手の中にアイスピックを滑り落とす。この得物《えもの》で複数の敵を倒すことはむずかしい。相手をひるませ、その隙《すき》に血路を開くしかないだろう。

彼はとっさにアスファルトを蹴《け》り、電柱に向かって突進した。電柱の陰に立っていた男が、あわてて迎え撃とうとする。彼は突き出されたナイフを軽がるとかわし、その二の腕にアイスピックを突き立てた。男がだらしのない悲鳴をあげる。

そのときには彼はくるりと向きを変え、襲いかかって来る男たちの中央をめがけて頭から突っ込んでいた。仲間の悲鳴を聞き、一瞬浮き足だった男たちは、反射的に二つに割れた。彼はアイスピックを振り回し、その間をすり抜けた。やった、と思う。

そのとたん、少し離れたところにいた男の一人が、道端のポリバケツを彼に向かって蹴り飛ばした。それはまるで狙《ねら》いすましたように、彼の踏み出した足にぶつかった。彼はバランスを崩し、前へのめった。かろうじて転倒するのは免れたが、体勢が崩れた。それを立て直すより早く、だれかが背中に飛びついてきた。彼はアスファルトに押しつぶされた。手首を踏みつけられ、アイスピックが飛ぶ。

起き上がる前に四肢を押えつけられ、引き立てられた。体が宙に浮き、頭に袋のようなものをかぶせられる。次の瞬間頭を強く打たれ、意識が遠くなった。気を失う直前、一秒の何分の一かの間、彼は記憶を取りもどしたと思った。

しかしそれはたちまち暗黒の闇《やみ》へ逃げ去ってしまった。

――――――――3

心臓が破裂しそうだった。

大杉良太は、新宿中央署から星和病院まで五百メートルの距離を、三分半で駈け抜けた。パトカーに乗るほどの距離ではないし、混雑したこの街では自分の足を使った方が早いと判断したのだが、さすがに最後の五十メートルは息が上がった。

エレベーターで四階へ上がると、ホールで若い制服の警官が敬礼して大杉を迎えた。警官は鼻の頭に汗をかいていた。

「申しわけありません。極力説得したんですが——」

大杉は手を振ってそれをさえぎった。

「どっちの病室にいる」

「は」

「池島信子か中塚保代か、どっちの病室にいるかと聞いてるんだ」

「は、中塚保代の病室ですが」

大杉は全部聞き終わらぬうちに廊下を歩き出した。池島信子と中塚保代は、あの日倉木珠枝といっしょに爆弾の直撃を受け、重傷を負った女たちだった。三人は高校時代の同級生だったことが分かっている。

大杉は手前の中塚保代の病室まで一直線に行った。ドアの前で一度足をとめ、無意識にネクタイの結び目に手をやる。それからノブを握ると、勢いを計算しながらぐいとドアを押しあけた。

ベッドに寝ていた中塚保代が、驚いて包帯に包まれた頭を半分枕《まくら》からもたげた。

倉木尚武は振り向き、ゆっくりと丸椅子から腰を上げた。大杉に向かって軽く頭を下げる。

「先日はどうも」

その落ち着き払った態度に、大杉の勢いは一瞬出鼻をくじかれたかたちになった。

「どうも」

大杉はしかたなく挨拶《あいさつ》を返し、中へはいってドアをしめた。倉木は黙って大杉を見つめていた。無表情だが、刺すような視線だった。

大杉は後ろに手を組み、ベッドの足元に立った。

「どうです、具合は」

「おかげさまで、だいぶ楽になりました」

保代は弱よわしい笑いを浮かべた。保代のけがは爆風に飛ばされたための全身打撲が主で、重傷とはいえまだ救いのある方だった。顔は黒ずんでいるが、奇跡的に傷はついていない。

一方隣の病室にいる池島信子は、内臓破裂と骨盤骨折のほか、割れたガラスの破片が左目に突き刺さり、命だけは取りとめたもののひどい状態だった。

大杉は一呼吸おき、倉木の方に向き直った。

「警部、ちょっと外でお話ししたいんですがね」

倉木は表情を変えなかった。

「あと五分待ってください。すぐに終わる」

大杉は後ろに組んだ手を握り締めた。かすかに汗ばんでいるのが分かる。

「できれば今すぐに願えませんか」

「すぐに終わりますよ」

倉木は繰り返し、大杉の返事を待たずに椅子にすわり直した。保代に向かって口を開く。

「するとあの喫茶店には、まずあなたが来て、それからわたしの家内、池島さんの順に揃《そろ》ったわけですね」

「そうです。あの日、あの時間にあのお店を指定したのは、わたしでした。わたしさえクラス会の打ち合わせをしようなどと言い出さなかったら、珠枝さんは――」

保代は涙声になり、顔をそむけた。

「気にする必要はないと申しあげたでしょう。一つ間違えば、家内ではなくあなたが死んでいたかもしれないんですからね」

「でも」

完全に無視されたかたちの大杉は、かっと首筋が熱くなるのを感じた。ちくしょう、おれは立ちんぼうの見習い看護婦ではないぞ。

「警部。無断で本件の被害者とお話をされては困ります」

倉木は大杉を見上げた。

「無断ではない。医者は疲れない程度ならば話をしてもかまわないと、快く許してくれましたよ」

「わたしが申しあげているのは、医者のことじゃありませんよ。お分かりでしょう」

「いや、分からないな」

大杉は手をいっそうきつく握り締めた。

「特別捜査本部長の許可なしには、だれも被害者と話をしてはいけないことになってるんです。警部も例外ではありません」

倉木は冷笑を浮かべた。

「そのだれもというのは、わたし一人を指しているように聞こえるね」

大杉は言葉に詰まった。ある意味では、倉木が指摘したとおりだった。本人がそれを自覚しているのなら、今さら取り繕ったところで始まらない。

「警部は公安四課預かりになって、本件からはずされたと承知しています。それから、現在休暇をとっておられることもです」

「そのとおりですよ。だからそれを利用してお見舞いに来た。今まで忙しくて来れなかったのでね」

「わたしには、お見舞いをおっしゃっているようには聞こえませんがね」

倉木の目が鋭く光り、大杉は一瞬ひやりとした。こわいもの知らずの大杉には珍しいことだった。

しかし倉木はすぐにもとの無表情にもどり、大杉に背を向けた。

「中塚さん。もしわたしと話すのがいやでしたら、大杉警部補にわたしをつまみ出すように言ってくださってかまいませんよ」

それまで二人の緊迫したやりとりをはらはらと見守っていた保代は、救われたように頬を緩め、大杉に目を向けた。

「あの、倉木警部とお話しさせてください。珠枝さんがあんなことになったのも、わたしの責任なんですから」

事件の当日、三人が現場の舗道に面した喫茶店パレルモで午後六時に落ち合ったことは、これまでの保代の供述で明らかになっている。その日は保代がクラス会の打ち合わせと称して他の二人に招集をかけたのだった。

三人が揃い、しばらく雑談したあと、とりあえず食事でもしようと外へ出たところで浮浪者にからまれ、事件に遭遇したのである。クラス会の代表幹事を務め、打ち合わせの日時と場所を指定した保代としては、珠枝の死が自分の責任であると思いつめるのも無理はなかった。

大杉はふっと息を吐いた。保代の言葉に、正直なところ救われる思いだった。倉木を腕ずくで病室から連れ出すのは気が進まなかった。

大杉はいかにも仕方なさそうに肩を揺すった。

「いいでしょう、好きなようにしてください。ただしわたしもここで聞かせてもらいますよ」

倉木はうなずき、質問を再開した。

「では、あなたが喫茶店にはいる前のことをお尋ねします。店に着いたとき、前の舗道に例の浮浪者はすでにいたのですか」

保代はひからびた唇を舌で湿した。

「いいえ、いませんでした。いたとしても、わたしは気がつきませんでした」

「なるほど。二番めに店に着いた、わたしの家内はどうでしたか。何か浮浪者のことを口にしませんでしたか」

「いいえ、何も。最後に来た信子さんも、そんな浮浪者がいたなんて一言も言いませんでした」

「そうですか。すると、三人揃って店を出たとき、初めて浮浪者を見たわけですね」

「はい」

「その浮浪者は、沼田という男ですが、どんなふうにからんできたんですか」

保代はつばをのんだ。目にかすかな脅《おび》えが走る。

「確か車道との境のガードレールにすわっていたんだと思います。わたしたちが店の前に立って、どこで食事しようかと相談していると、いきなりそばへやって来たんです。何かその、下品なことを言いながら」

「どんなことですか」

保代は目を伏せ、それから救いを求めるように大杉をちらりと見た。

大杉は咳払《せきばら》いをした。

「警部、それはあまり本件と関係ないことじゃありませんか」

「それは聞いてみなければ分からない」

「どうしてもとおっしゃるなら、わたしがお話ししますよ。中塚さんからはもう、事情聴取をすませてあるのでね」

「わたしは中塚さんから直接聞きたいんですよ、大杉警部補」

大杉は奥歯を嚙《か》み締めた。倉木がわざわざ職名をつけて大杉の名を呼んだのは、その地位を大杉に思い出させるために違いなかった。

大杉が何か言う前に、険悪な空気を察した保代が急いで口を開いた。

「おまんこやらせろ——そう言いました」

目を伏せて言う保代を見て、大杉は怒りのあまり体を震わせた。微動だにしない倉木の背中を、思いきり蹴飛ばしてやりたい衝動に駆られる。まったくこの男には、思いやりというものがないのだろうか。

倉木は、まるで保代がただの早口言葉を唱《とな》えただけとでも言うように、無感動に続けた。

「それから沼田はどうしましたか」

保代は目を上げなかった。

「最初と同じ言葉を繰り返しながら、わたしたちの周りをぐるぐる回り始めました」

「三人のうちのだれかに目をつけていたようでしたか」

「分かりません。ただ珠枝さんには、おまえからやらせろと」

病室に気まずい沈黙が流れた。

やがて倉木が、重い口を開いた。

「それで、周りの人間はだれも助けようとしなかったわけですね」

「はい。亡くなった筧俊三という人以外は。でもあの人が助けにさえ来なければ、珠枝さんも死なずにすんだのだと思うと、やりきれない気持ちです」

倉木はかすかに肩を動かした。苛立《いらだ》ちを抑えているように見えた。

「あなたが筧に気づいたのはいつですか」

「よく覚えていませんが、爆発の、ほんの二、三秒前だったと思います。何かどなるような声がして、そちらの方を向いたとたん、背の高い男の人が駈けて来るのが見えた、と思った瞬間体が吹き飛ばされて、あとは何も分からなくなりました」

「筧はなんと言ってどなったんですか」

「よく思い出せません。おい、とかちょっと待て、とかそんなことだったと思います」

「なるほど。最後に一つ、あの日時にあの場所で三人が会うことを、ほかにだれか知っていた人は」

「わたしは主人と主人の母に言って出ましたし、信子さんも珠枝さんもたぶん同じように——」

保代は途中で言いよどみ、ちらりと倉木の顔を見た。

倉木は膝《ひざ》の塵《ちり》を払うような仕草をした。

「わたしは家内から聞かされていませんでした。ちょうどあの前後忙しくて、あまり話をする機会がなかったものだから」

「申しわけありません」

「あなたがあやまることはない」

倉木が突然立ち上がったので、大杉はあわてて背筋を伸ばした。

「どうもありがとうございました。一日も早く退院されるよう、お祈りします」

倉木は軽く頭を下げ、くるりと向き直ると、固い表情のまま大杉に目もくれずに病室を出て行った。

4

保代に詫《わ》びを言い、大杉は急いで廊下へ出た。

倉木は隣の病室の前に立ち、名札をじっと見ていた。

「まさか面会謝絶の札が見えないわけじゃないでしょうな。池島信子には当分会えませんよ。中塚保代に比べると、ずっと重傷ですからね」

倉木は、初めて気がついたというように、大杉を見た。

「分かってますよ。それより、お茶でも飲みませんか」

大杉は反射的に腕時計を見た。急ぎの用事は別になかったが、倉木の誘いに素直に従いたくない気持ちがそうさせたのだった。

「食堂へでも行こう」

倉木は大杉の返事を待たず、先に立ってエレベーターホールの方へ向かった。大杉はちょっとためらったが、結局あとについて歩き出した。倉木という男には、どこか無関心でいられないところがある。

地下の食堂で、二人はデコラのテーブルを挟み、ぬるいコーヒーを飲んだ。

「後始末や葬儀で、何かと大変だったでしょう。お察ししますよ」

大杉が言うと、倉木は口元に薄笑いを浮かべた。

「葬儀は盛大だった。警視総監まで参列してくれましたからね。過激派から花輪が届かなかったのは残念だが」

二人はしばらく黙ってコーヒーを飲み続けた。すぐ隣で明らかに医者と分かる男たちが雑談をしていたが、それが規則なのかだれもみな白衣を脱いでいる。彼らは真剣な顔で、ハンチントン舞踏病とリュウマチの合併症について意見を交換していた。

倉木はコーヒーを皿ごとわきへ押しやり、大杉の顔をのぞき込むように見た。

「それで、その後の捜査の進展は」

大杉はつい目を伏せ、カップの底に残ったコーヒーをことさらゆっくりと飲み干した。

「残念ながら、ほとんど進展していません」

「爆弾の出所は」

「まだ不明です。筧俊三はこれまで爆弾闘争に関与した形跡がない。そもそもやつの属していた〝黒い牙〟自体が、この数年間爆弾テロをやってないんですからね」

「爆弾のタイプで、ある程度どこのセクトが作ったものか見当がつくはずだ」

「公安から本部に加わった若松警視も高野警部も、見当をつけられませんでしたよ。若松警視はとくに、爆発物に詳しいという触れ込みでしたがね」

大杉は言葉を切り、煙草に火をつけた。

倉木は大杉をじっと見た。

「ついでに、もう一つ二つ事実を聞かせてもらいましょう。捜査本部は、筧が右翼に狙われていたかどうかチェックしましたか」

「右翼に」

大杉は驚いて倉木を見返した。

「そう、右翼のテロリストに」

倉木が繰り返すのを聞いて、大杉は乱暴に灰をテーブルに叩き落とした。

「もちろんその可能性も、十分に考慮されています」

それは嘘《うそ》で、右翼犯行説も出るには出たが、今ではだれもその説を唱える者はいなかった。

「どんな具合に考慮されているのかな」

大杉はまた灰を叩き落とした。

「それは申しあげられません」

「どうしてですか」

「警部にお話ししてもよいという許可をもらっていないので」

「だれの許可を」

大杉は煙草を灰皿に押しつぶした。

「もう勘弁してください。こうやって話をすること自体、命令違反なんですから」

「わたしはコレラ菌か何かかね」

大杉は膝の上で拳《こぶし》を握った。

「どうしてもとおっしゃるなら、公安の若松警視に聞いてください。わたしの口からはお話しできません」

隠すほどのことではなかったが、事実大杉は若松から、倉木が何か言って来ても相手にするなと言われている。それに倉木の尋問口調に、少々うんざりしていたのも事実だ。

しかし倉木は、どうして右翼のことなど持ち出したのだろう。

「警部は、右翼のしわざであることを疑わせるような情報を、何かお持ちなんですか」

倉木は冷笑を浮かべた。

「自分は答えずに相手に質問する。デカの悪い癖だな」

大杉は苦笑した。

「では今の質問は撤回しましょう。しかしさっきみたいに、独自の事情聴取をされるのは控えていただけませんか。捜査の統制がとれなくなりますんでね」

「わたしには、はなから統制などというものがあるようには見えないな。どだい捜査一課と公安が仲良く手柄を分けあうことなんかありえませんよ」

「だからと言って、警部が許可なく捜査活動を行なっていいということにはならないと思いますがね」

「わたしは捜査活動を行なっているつもりはない。家内が死んだときの状況を知ろうとしているだけですよ。夫としてね」

大杉は溜め息をついた。

「警部はあの爆発事件を、単なる事故じゃなくて、計画的な犯行だとでも考えておられるんですか」

「少なくともそれを否定する決定的な材料は何もない」

「すると沼田要吉がおまんこと叫んだのが、何かの合図だったというわけですね」

近くにいた医者が、びっくりしたように大杉を見た。大杉は急いで煙草に火をつけにかかった。

倉木は大杉の皮肉にも表情を変えなかった。

「かもしれない。筧が三人の女のうちの、だれかを狙っていたとしたらね」

「それなら、狙われたのは奥さんでしょう。なにしろ公安刑事の妻ですからね」

倉木は大杉をじっと見た。

「そう、わたしもそれを真先に考えた。しかし、筧のセクトはわたしの担当ではないし、家内を殺す動機がない」

「だとすれば、ほかの二人の女に対してはもっと動機がありませんよ」

倉木は口をつぐみ、テーブルを指の先で小刻みに叩いた。大杉は続けた。

「結局のところ、あれは事故だったんですよ。問題は筧が、あの爆弾をどこでどうやって手に入れ、なんのために使うつもりだったかということです。あれは奥さんを狙っていたわけではなく、他の二人を狙っていたわけでもない。なんらかの目的で所持、運搬中に、誤爆させてしまったと見るのが妥当です。したがって、死にいたるまでの筧の足取りを追う以外に、手だてはない」

「しかし、捜査は進展していないというわけだ」

「残念ながらそのとおりです。ただ、方向は間違っていないと思いますよ。だから、中塚保代に沼田のことを聞いたりしても、無駄なことです。あの男はただの浮浪者で、今度の事件のきっかけになったというだけの関わりしかない」

倉木はテーブルを叩くのをやめた。

「そう言えば、沼田はもう退院して、新宿中央署に留置されているはずだが」

大杉は口のわきを搔《か》いた。

「沼田はもう署にはいないんです」

倉木は顎を引き、まじまじと大杉を見た。

「それはどういう意味ですか。拘置所へ移されたとでもいうんですか」

「いや。実はけさ、釈放しました」

「釈放した。なぜですか」

倉木は鋭い声で言い、テーブルの表面に爪《つめ》を立てた。そげた頬がさっとこわばった。

「これ以上留置しておく理由がないからですよ」

「ばかな。この事件のきっかけになった男を、どうしてみすみす釈放するんだ」

大杉はコーヒー皿をわきへどけ、テーブルの上で手を組んだ。

「お気持ちは分かりますが、これは法律上の問題なんです。沼田が奥さんたちにからんだ行為と、筧が爆弾を誤爆させたこととの間には、法的な因果関係は認められない。沼田の行為は、せいぜい軽犯罪法に触れる程度のものでしかありませんからね」

倉木は大杉を少しの間睨んでいたが、ふっと肩の力を抜いて言った。

「身元引き受け人は」

「品川雄一《しながわゆういち》という男です」

「何者ですか」

「新宿西口一帯を縄張りにする、廃品回収業者の元締めですよ」

倉木は薄笑いを浮かべ、小さくうなずいた。

「なるほど、少し読めて来た。新宿中央署は、彼ら廃品回収業者の圧力に屈したわけだ。

沼田を釈放しなければ、新宿で一騒ぎ起こすぞとでも脅されたんだろう。違いますか」

大杉は手をほどき、耳の後ろを掻いた。

「まあ言ってみれば、沼田も爆弾事件の被害者の一人ですからね。釈放を拒否するわけにはいかんでしょう。ただでさえ取り込んでいるときに、騒ぎを起こされたりしたらたまったものではない。秩序を維持するためには、多少の歩み寄りも必要なんです」

倉木は突然立ち上がった。

「わたしはこれで失礼しますよ。つきあっていただいて、ありがたかった」

大杉もつられて腰を上げた。

「沼田をどうかするおつもりじゃないでしょうね、警部」

倉木はそれに答えず、くるりときびすを返した。

大杉はその背中に呼びかけた。

「警部。きょうのことは若松警視に報告させてもらわなきゃなりませんよ」

しかしその日大杉は、倉木のことを一言も本部に報告しなかった。

自分でも信じられないことだが、あの無愛想でかたくなな刑事に対して、妙な共感を覚えていた。

## 5

彼は唇を噛んだ。

まったく、あと少しのところだった。あと三秒でも意識を失わずにいれば、きっと記憶を取りもどしていたにちがいない。後頭部に加えられた衝撃が、失われた記憶の回路に、たとえ一瞬にしろ電流を通じたことは確かだった。

しかし意識を取りもどした今、蘇《よみがえ》りかけた記憶はすでに遠い闇のかなたへ消え去っていた。

彼は薄目をあけ、自分を取り囲んでいる男たちを見た。天井の蛍光灯がまぶしい。柔らかいソファに投げ出されているのが分かる。

正面にいるのは、がっちりした髪の薄い男だ。青白い顔に茶の色つき眼鏡をかけ、オリーブグリーンのスーツを着ている。

男は彼の顔をしげしげとのぞき込んだ。

「野本だ、分かるか」

そのだみ声には聞き覚えがあった。昼間電話で話した声だ。しかし顔には見覚えがなかった。

「いや」

彼が短く答えると、野本は疑わしげに眉《まゆ》をひそめた。親指で、両隣の男たちを示す。

「宮内《みやうち》と木谷だ。見覚えがないか、おまえの仲間だぞ」

彼は黙って首を振った。

髪にパーマをかけた痩せぎすの男が、彼の方に乗り出した。

「宮内だよ。おまえ、ほんとにおれの顔を見忘れたのか」

「忘れた」

もう一人の、坊主頭の見るからに粗野な男が、彼の顎をぐいと持ち上げた。

「おい、この木谷に見覚えがないとは言わさんぞ。おまえ、とぼけてやがるんだろう」

彼はゆっくりと顎をどけた。

「とぼけてなんかいない。ほんとに思い出せないんだ」

三人は途方に暮れたように、黙って彼を見下ろした。腕力に訴えて効き目があるのかどうか考えているようだった。

やがて野本は、宮内と木谷に顎をしゃくった。

「よし、おまえたちはしばらく外で待ってろ。おれがさしで話してみる」

「しかし専務」

言いかける木谷を、野本は親指でドアを示すしぐさで黙らせた。木谷は不満そうに唇をゆがめたが、宮内にせかされていやいやドアに向かった。

二人だけになると、野本は彼の上着の襟《えり》を掴み、ソファの上に引き起こした。

「なあ、新谷。あの二人を怒らせたらどうなるかぐらい、忘れたわけじゃないだろ」

野本が顔を近づけると、安っぽいオーデコロンの匂いがぷんと鼻をついた。

「それも忘れた」

彼が答えると、野本はいやな顔をして体を引いた。苦り切った表情で彼を見下ろす。

「おまえ、赤井と会っただろう、おととい」

彼は唇をなめた。

野本はいらだたしげにソファを蹴りつけた。

「まさかそれまで忘れたとは言わさねえぞ。病院へきのう電話したら、おとといのうちに赤井がおまえを退院させたという返事だった。やつはどうしたんだ。どこにいるんだ」

「赤井はおれを殺そうとした」

野本はたじろぎ、下唇を突き出した。

「そいつは、間違いというか、やつの思い違いだったのさ。おれが病院へ電話したのも、万が一にもおまえに手出しはするなとやつに言うためだった。間に合わなかったけどな」

「それはご親切に、どうも」

野本はまたソファを蹴った。

「うるせえ。おれにそんな口をきける身分かよ」

彼は薄笑いを浮かべた。

「あんたから見ればおれは子分かもしれないが、こっちはあんたに見覚えがない。おれを殺そうとしたり殴りつけたりする相手に、どうしてへいこらする必要があるんだ」

野本はぐっと詰まり、顔を赤くした。薄い髪の下で、頭の地肌がてらてら光っている。

「口のへらねえ野郎だ。それより赤井はどうした。こうしておまえが生きてるからには、赤井には殺されずにすんだわけだろう。どこでやつから逃げ出したんだ」

彼はまた唇をなめた。孤狼岬から墜落して行く赤井と女の幻が、ちらりと脳裡《のうり》をかすめる。

「分からない。病院を出て一時間ぐらいしてからだ。小便をしたいと言って、車を下りた。そのまま草むらの中に逃げ込んだ」

「やつはそんなにどじじゃねえぞ」

「どじだから二度も殺しそこなったんだ」

野本は彼の靴を蹴った。

「無駄口を叩くんじゃねえよ」

彼は蹴られた方のくるぶしをさすった。そのとき、靴下に差し込んでおいたカッターナイフの感触が、突然足の皮膚によみがえって来た。急いで膝に手をもどす。

「しかし赤井のやつ、それきりうんともすんとも言ってこねえ。もちろん家にももどってねえ。いったいどこへ行っちまったんだ」

「おれは、あとのことは何も知らない。たぶんあんたに合わせる顔がなくて、どこかへ潜《もぐ》ってしまったんだろう」

そう言ったあと、突然彼は孤狼岬に置き去りにしてきた車のことを思い出した。あの車を、だれかが不審に思って警察に届けるまで、何日ぐらいの余裕があるだろうか。あれが赤井のものか豊明興業のものか知らないが、届け出がされれば野本の耳にはいるまでさして時間はかかるまい。

しかし赤井と女の死体が上がらないかぎり問題はない。彼が二人を始末したことは、だれも証明できないのだ。

野本は腹を突き出し、腕組みした。

「よし、赤井のことはまあいい。おまえにいくつか聞きたいことがある。正直に答えるんだぞ。まず、写真をどこへやった」

彼は二、三度まばたきした。

「なんの写真」

「写真と言やあ分かるだろ、とぼけやがって。おれにだけは正直に話せよ」

彼はゆっくりと首を振った。

「分からない。思い出せない」

野本の頰がぴくりと動いた。

「それなら、妹はどこにいるんだ。東中野の方に住んでるとかいう妹は」

彼はすっと背筋が冷たくなるのを感じた。また妹だ。里村も妹のことを言ったが、おれには実際妹がいたのだろうか。

野本は声を荒らげた。

「どうなんだよ。おまえに妹がいることは分かってるんだ。だれもはっきり見たやつはいねえが、おまえは自分でそう言ってただろう」

「里村がちらっと見たとかいう女のことか」

野本の目が輝いた。

「そうだ、その女だよ。思い出したか」

彼はしばらく考え、やがて力なく首を振った。

「いや、妹がいたという記憶はない。里村が見たのは別の女だろう。何かまずい事情があって、妹だとごまかしたんじゃないかな」

彼はまるで他人のことを話すような自分の口ぶりに、奇妙な快感を覚えていた。

野本は熱心に言った。

「いや、妹に間違いねえ。里村は、目鼻立ちがおまえによく似ていたと、そう言ってたぞ」

彼は頭が混乱して、額に手をやった。冷たい汗が手のひらを濡《ぬ》らす。自分とよく似た妹がこの世に存在するなど、想像外のことだった。しかし、どうやらそれはほんとうらしかった。赤井が妹の身代わりを連れて病院へ来たのも、そういう背景があったからにちがいない。

もしその妹に会うことができれば、記憶がもどるかもしれない。

「おい、どうなんだよ」

野本はもどかしげに彼の胸元を摑み、乱暴に揺すった。彼は首をがくがくさせながら、切れぎれに答えた。

「だめだ。おれも、思い出したいけど、思い、出せない」

野本は彼をソファに投げ出し、肩で息をした。

「ちくしょう、しぶとい野郎だ」

彼は投げ出されたままの格好で、野本を見上げた。

「どうしておれを殺そうとしたんだ。おれが記憶を失ったのも、殺しそこなったあんたたちの責任だろう。どうして殺そうとしたか話してくれたら、何か思い出すかもしれないよ」

「うるせえ、黙ってろ」

野本は罵《ののし》ったが、ふとその目に気持ちの変化が表われた。じっと彼の顔を見つめる。

やがて野本は口元をゆがめ、壁際の大きなスチールデスクのところへ行った。引き出しをあけ、紙切れのようなものを取り出すと、そばへもどった。

「こいつを読みな」

野本が突き出すのを、彼は上体を起こして受け取った。それはかなり大きい、新聞記事の切り抜きだった。

『宵《よい》の新宿で爆弾破裂
　通行人ら2人死亡、21人ケガ
過激派の誤爆か

二十六日午後六時ごろ、東京新宿区歌舞伎町《かぶきちょう》の靖国通りを通行中の男が持っていたボストンバッグが突然轟音《ごうおん》とともに爆発、男と近くにいた主婦一人が即死したほか、二十一人が重軽傷を負うという大惨事になった。人通りの多い現場付近には硝煙と土ぼこりがたちこめ、負傷者の助けを求めるうめき声があたりをおおいつくして大混乱に陥った。

警視庁および新宿中央署の調べによると、死んだ男は中野区野方《のがた》三丁目の著述業筧俊三（三〇）で、ボストンバッグにはいっていた小型の時限爆弾が爆発してこの惨事を引き起こしたことが分かった。筧は左翼の過激派集団〝黒い牙〟の隠れた幹部であることが判明しており、なんらかの目的で爆弾を製造し、持ち運び移動中に、誤って爆発させたものとみられる。

また筧とともに爆弾の直撃を受けて死亡したのは、杉並区西荻《にしおぎ》四丁目の主婦倉木珠枝さん（三二）で、倉木さんはこの日たまたま現場付近で友人と立ち話をしていて災難にあったもの。――』

彼はあとを適当に読み流し、野本の手に切り抜きをもどした。野本はわずかな表情の変化も見逃すまいというような目つきで、じっと彼の顔を見つめた。

「こいつは十月二十六日、ちょうど一か月ほど前の事件だ。どうだ、何か思い出さんか」

「別に。この記事とおれと、どういう関係があるんだ」

野本は目に失望の色を浮かべたが、すぐに唇を意地悪くゆがめて、

「死んだ男のボストンバッグに爆弾を仕掛けたのは、おまえだったんだよ」

彼はちらりと切り抜きを見やり、唇をなめた。野本の説明は予想外のものだったが、驚きはしなかった。今の自分に、聞いて驚くものなど何もない。

彼の表情が変わらないのを見て、野本は切り抜きを振り立てた。

「いいか、この大惨事を引き起こしたのは、おまえなんだぞ。忘れたのか」

「忘れた」

「まったく、よく平気でいられるよ。人殺しをしたあとでけろりとしてるところだけは、前とちっとも変わらねえ」

野本の何げない言葉が、ちくりと心に刺さった。痛みではなく、何か信号のようなものだった。人殺しをしたあとで、けろりとしている。前とちっとも変わらない。

彼は野本を見上げた。

「おれはそんなに何度も、人殺しをしているのか」

野本はたじろぎ、一息にまくし立てた。

「しかも死んだ女の亭主は倉木尚武といってな、新聞にゃ出ていないが、お巡りなんだ。それも、泣く子も黙る公安のデカよ。もしおまえがつかまったら、八つ裂きぐらいじゃすまねえぞ」

彼は驚かなかった。野本の言うことがたとえ真実であろうと、自分には関係ないことだった。それよりも、野本が彼の質問を露骨に無視したことに、強い興味を惹《ひ》かれた。

それは質問を肯定したのと同じことだった。おれはこれまで何度も人殺しをしているのだ。

　野本は彼のぼんやりした表情に気づき、靴の先で膝をつついた。

「そのデカはよ、おまえのことを血眼《ちまなこ》になって探してるんだ。ここにもやって来たし、あまり外をほっつき歩かん方が身のためだぞ」

「あんたたちにいたぶられる方が、まだましというわけかね」

「そうよ。それにもしおまえがいろんなことを思い出してくれたら、サツに突き出すような真似《まね》はしねえし、元通りリビエラで働いてもらうつもりだ」

　彼はゆっくりと首を振った。

「おれの記憶はもどらないよ。かりにもどっても、あんたにそれを知らせるつもりはない。そんなことをすれば、自分の死期を早めるだけだからな」

　野本は怒りと憎しみをたぎらせ、長い間彼を睨みつけていた。それからドアの方へ向き直ると、大きな声で呼びかけた。

「おい、いるか」

　その声が消えるか消えないうちに、ドアがあいて宮内と木谷がのめり込んで来た。二人はあまり早く反応しすぎたことに気づき、ばつが悪そうな顔をした。

「ばかやろう、立ち聞きなんかしやがって」

　野本は二人を怒鳴りつけた。ぶつぶつ言いながらデスクへ行き、切り抜きをしまう。

それから二人に彼を顎で示して、

「まるで壊れた自動販売機だ。金を入れたのに何も出ねえ。少しばかり叩いたり蹴ったりして様子を見るんだ。ただしばらすんじゃねえぞ。今のところはな」

## 6

里村良平《りょうへい》はソファにふんぞり返り、嚙み切った葉巻の吸い口を無造作に床に吐き捨てた。

思い切ってデスクの上に、靴をはいたままの足を載せる。店長室は狭く、デスクはありふれたスチール製の安物だが、里村は一流クラブのオーナーになったような気分だった。

今里村がすわっているソファは、つい二週間前までは店長の新谷和彦のものだった。新谷は二週間前、突然姿を消してしまったのだ。

あれは先月の下旬、確か新宿で爆発事件があった日のことだ。出店時間を過ぎた夜七時ごろ新谷から電話がはいり、体の具合が悪いので店を休むと言って来た。新谷が休みをとるのは、さほど珍しいことではなかった。しかし翌晩、今度は連絡もなしに欠勤した。新谷はこれまで、無断欠勤だけはしたことがなかった。心配になってマンションへ電話してみたが返事がない。つぎの夜も同様だった。

三日目に里村は、新谷がいなくなったことを恐るおそる親会社の豊明興業に報告した。

新谷にはよくしてもらったので、なんとか穏便にすませたかったが、断りもなく二日間も欠勤するというのは尋常ではなかった。前に一度連れて行かれた滝野川のマンションを訪ねてみたが、やはりだれも出て来なかった。

リビエラのパブ・チェーンを仕切っている豊明興業の企画部長赤井は、やくざな幹部の中でも目立って口やかましい男だった。その赤井が、新谷失跡の報告を聞いて怒り狂わなかったのは、里村にすればむしろ意外といえた。赤井はあっさりうなずいて、

「あいつはどうも得体の知れねえやつだった。いずれ気が向いたらまたもどって来るさ。まあ、ほうっておくんだな」

そしてさらに驚いたことに、赤井は里村に当分店長代理を務めるように命じた。里村はそんな赤井の態度に不審を感じたが、いずれ折りをみて店長に昇格させるつもりだとつけ加えられると、ほかのことはすべて吹き飛んだ。

降って湧いたような幸運に、里村は足が宙に浮くような気分だった。たとえ新谷が姿を現わすまでの短い期間にせよ、店長代理を務められるとはついている。もし新谷がもどって来なければ、赤井の言うとおり店長の椅子も夢ではない。いや、かりにもどって来ても新谷は復職できないだろう。部下を管理すべき店長が、無断欠勤を続けたのだから。

今里村は、若干の後ろめたさを感じつつも、このまま新谷がもどって来ないことを願っていた。新谷がなぜ姿を消したのか、またそれを知った赤井がなぜ騒ぎ立てなかった

のか、気になることはある。しかしそれは彼らの問題であり、自分には関係ないことだった。

突然ドアにノックの音がして、里村は反射的にデスクから足を下ろした。あまりあわてたので灰皿を蹴り落とし、安物の絨緞《じゅうたん》の上に灰がちらばった。その狼狽《ろうばい》ぶりに自分で腹をたて、とがった声で返事をする。

「なんだ」

ドアがあき、フロア主任の一人が顔をのぞかせた。

「店長に会いたいって人が来てるんですが」

里村は意識してゆっくり立ち上がった。

「だれだ。おれは約束してないぞ」

主任の顔にちらりと小馬鹿《こばか》にしたような表情が浮かんだ。

「新谷店長に、と言って来てるんです。倉木とかいう名前の男ですがね」

里村は顔を赤らめた。里村自身ついこの間まで同じフロア主任の一人だったのだ。相手のていねいな口調には、それに対する皮肉が込められているように思われた。

「聞いたことがない名前だな」

「なんでも警視庁の――」

言いかけた主任が、ふと言葉を切って通路を振り向いた。その主任を押しのけるようにして、紺のスーツを着た男が部屋にはいって来た。

「警視庁の倉木という者だ。あんたが店長の代理か」

男は固いレンガのような口調で言った。

「ええ。店長代理の里村ですが」

「店長の新谷和彦のことでちょっと話を聞きたいんだが」

その有無《うむ》を言わさぬ横柄な態度に、里村はむっとして言葉を返そうとしたが、急に不安を感じて口をつぐんだ。相手の目の中に、一筋縄ではいかない何かがあるのを、本能的に読み取った。

里村は主任に向かって顎をしゃくった。

「店にもどっていい。わたしがお相手する」

自分のことをわたしと呼んだのはこれが初めてだった。この場にいちばんふさわしい呼び方だと思ったが、言ったとたんに冷や汗が出た。

主任がいなくなると、倉木と名乗る男はドアをしめ、接客用のソファに勝手にすわった。仕方なく里村も向かい合って腰を下ろした。

「新谷はまだ行方が分からんのか」

倉木からいきなり切り込まれ、里村は口ごもった。新谷が姿を消したことを、なぜかこの男は知っている。しかしその事実を自分が認めてしまっていいものだろうか。赤井の顔がちらりと脳裡をよぎる。

「ええと、おたく、ほんとに警視庁のかたですか」

時間稼ぎに言うと、倉木は冷たい目で里村を見返し、無造作に警察手帳を出して鼻先に突きつけた。里村は長くなった葉巻の灰を落とそうとしたが、灰皿が見つからなかった。それは絨緞の上に落ちていた。

里村は灰皿を拾い上げ、テーブルに置いた。

「店長は休んでいるだけですよ。用でしたらわたしの方から伝えますが」

倉木の目がいっそう冷たくなった。

「とぼけるのはよせ。新谷が先月の二十七日から行方不明になっていることは分かっている。下手に隠しだてをすると、なぜ隠す必要があるのかを追及しなければならん。それでもいいのか」

里村は内心の動揺を隠して足を組んだ。池袋署の保安係の刑事とは何度か店の風紀のことで話し合ったことがある。警察だからといって別に恐れ入ることはない。ここで強気の対応をしておけば、いずれそれが赤井の耳にはいったときに得点になるだろう。

「それは内輪の問題だと思いますがねえ、刑事さん。店として捜索願いを出したわけじゃなし」

「新谷がどこにいるか知らないのか」

倉木に自分の言葉を無視され、里村はまたむっとした。権柄《けんぺい》ずくのいやな刑事だ。

「知りませんね。知ってても答えられませんよ、これじゃまるで容疑者の取り調べだ」

倉木は顎を引き、じっと里村を見つめた。里村はもぞもぞとすわり直した。倉木の視線には、どこか人を落ち着かない気分にさせるものがあった。

「この店のつまみは、地元の玉野食品から仕入れているそうだな」

突然話題が変わり、里村はひやりとした。

「え。ええ、そうですよ」

「あんたがその仕入れを任されているんだろう、開店以来」

不安がちらりと胸に兆《きざ》す。

「それがどうかしましたか」

「二年前からあんたは玉野食品からバックマージンを取っている。業者を変えると脅してな」

里村は顔色が変わるのが自分でも分かった。葉巻が急に重たく感じられ、灰皿に置こうとした。手が震え、葉巻はテーブルに転がり落ちた。

「どうだ、もう百万ぐらいはたまったか」

倉木の言葉が容赦なく突き刺さり、里村は汗ばんだ手で膝頭を摑んだ。無力になった自分を感じ、すわっているのがやっとだった。いったいこの刑事はどこからそれを探り出したのだろう。

「あんたがそんな真似をしていることが知れたら、豊明興業の連中はどんな顔をするだろうな」

里村は額をこすった。恐怖のあまり小便をちびりそうになる。初めて玉野食品が五万円を包んで持って来たときは、大いに迷った。しかし一度受け取ってしまうと、二度めからはほとんど迷わなくなった。慣れというのは恐ろしいもので、近ごろは毎月の受け取り日に一日でも遅れると電話で催促するありさまだ。新谷の目をくらますのは容易だったが、もしこのことが赤井の耳にはいったらただではすむまい。

今さらのようにぞっとして、里村は倉木の方へ体を乗り出した。

「すいません。ですが店長がどこへ消えたのか、ほんとに知らないんです。知ってることは何でも話しますから、今の件はどうかご内聞に願います」

倉木は憐《あわ》れむように里村を見返していたが、やがて無表情にうなずいた。

「いいだろう。まず新谷がいなくなった前後のことを話してくれ」

里村は油紙に火がついたように、知っている限りのことを洗いざらい喋《しやべ》った。しかし里村が知っていること、あるいは知っていると思っていることは、あまり倉木を満足させたようには見えなかった。倉木がわずかに興味を示したのは、新谷が失跡したとの報告を受けたとき、豊明興業の幹部がそれほど驚かなかったという点だった。

「あんたが報告した相手はなんという男だ」

「赤井という人です。企画部長で、リビエラのパブ・チェーンを取り仕切ってるんです」

「その上の人間は」

「専務です、野本専務。わたしなんかめったにお目にかかれませんけどね」

倉木は無感動な目でじっと里村を見つめた。里村は緊張し、そわそわと脚を組み直した。冷たい汗で下着がぴったり背中に貼りついているのが分かる。

倉木は話題を変えた。

「新谷に親しい友だちはいなかったのかね」

「いませんでしたね。わたしも親しくしてた方だけど、個人的なつき合いまではしなかったし」

「店によく訪ねて来るような人間はいなかったか」

里村は倉木の機嫌を取り結ぼうと、必死で記憶を探った。

「そうだ、よくじゃないけど、三、四回店長を訪ねて来た男がいましたね」

「どんな男だ」

「色の浅黒い、目つきの鋭い男でしたね。背は普通だけど体格がよくて、四十四、五ってとこでしょう」

「名前は」

「知りません。いつの間にか、この店長室へフリーパスになったらしくてね。同僚にも聞いたことあるけど、だれも名前を知りませんでした。だから店長になんの用で来たのかも知りません」

「もう一度顔を見れば分かるか」

「たぶん」

倉木は少し間をおいて言った。

「新谷は独り暮らしらしいが、身寄りはいないのか」

「妹が一人いるはずですよ」

「妹」

初めて倉木の表情が動き、里村は手応《てごた》えを感じた。

「ええ。あまり人に知られたくないみたいでしたけどね。ある晩店長が店の裏口で若い女と話してるのを見かけたんで、あとでお安くありませんねってからかったんですよ。そしたら怖い顔をして、妹だって言うんです。初耳ですね、同居してるんですかって聞いたら、妙に赤い顔して、違う、妹は東中野のマンションに住んでるって」

「すると妹じゃないかもしれんな」

「わたしもそう思ったんですが、ちらっと見た顔立ちが店長に似てたもんで、とりあえず信用したわけです」

「名前を聞いたか」

「いいえ。話はそれっきりだったので」

「東中野のなんというマンションだ」

「知りません。いえ、ほんとなんです、ほんとに聞いてないんですよ」

倉木は立ち上がり、石ころを眺めるような目で里村を見下ろした。

「また来るかもしれん。今夜のことは豊明興業に報告しない方がいいぞ。お互いのためになな」

「もちろんです。わたしの方からそうお願いしようと思ったぐらいですよ」

倉木が出て行くと、里村はぐったりとソファの背もたれに身を預けた。体中に汗が吹き出し、二度と立ち上がれないような気がした。震える手で口元をこする。

このことはやはり、赤井に知らせておいた方がいいだろう。バックマージンの件も知られるとやばいが、刑事が聞き込みに来たことを黙っている方がもっとやばい。もしそんなことが知れたら、それこそ小指を詰めるぐらいではすまないだろう。

里村はよろめき立ち、デスクの電話に手を伸ばした。

7

彼は後ろ手にズボンの裾《すそ》を探った。

荷造り用の麻紐《あさひも》は容赦なく手首に食い込むが、耐えられないほどではない。一つには痛みが麻痺《まひ》してきたせいもあるし、二時間ほど辛抱強く手首をこすり合わせたおかげで、だいぶ紐が緩んだからでもあった。

リノリウムの床は氷のように冷たく、彼の体は絶え間なく震え続けていた。宮内と木谷の二人にさんざん殴りつけられたあと、縛られて会議室のような部屋に監禁されたのだが、その間意識だけは失わなかった。宮内も木谷も、野本から殺すなと釘《くぎ》を刺されたせいか、だいぶ手心を加えたようだった。とくに顔はほとんど殴られなかった。頭部に衝撃を加えることで、記憶喪失が治るかもしれないと考えるよりも、さらに悪い事態を招くことの方を恐れたらしい。どちらにしても彼にとってはありがたいことだった。

足首はズボンの裾ごと縛られている。膝を開閉して紐を緩める努力をしたが、こちらはあまり成果が上がっていない。かじかんだ指先でズボンをたくし上げるのだが、紐ですぼまった裾はなかなか抜けようとしない。しかし彼はあきらめなかった。つけ放しの蛍光灯の明りで、壁の電気時計が午前四時半を指しているのが見える。連中が起き出すのに、まだ三時間ぐらいはあるだろう。

三十分後に、左足のズボンの裾が縛られた紐から抜けた。彼は震える手で靴下を探った。ゴムの部分に挟み込んだカッターナイフが指先に触れ、思わず溜め息を洩らす。冷たい汗が体中を濡らし、気持ちが悪かった。あまり急いでナイフを取ろうとしたので、折り曲げた足の筋がひきつり、鋭い痛みが走った。歯を食い縛って苦痛に耐える。

さらに三十分後、彼はカッターナイフを指先で器用に操って麻紐を切りほぐし、やっと自由の身になった。そばのソファに這《は》い上がって、しばらく体を休める。二万円はいっていた財布は宮内に取り上げられてしまった。しかし左腕の内側にバンドエイドで貼りつけた一万円がある。ここがどこだか知らないが、東京駅のホテルへもどるタクシー代には十分だろう。

アルミサッシの窓をあけると、わずか数十センチを隔てて隣のビルの外壁が迫っていた。下は真暗で見えなかった。彼は靴を脱ぎ、紐をつないで首にかけた。静かに窓枠を乗り越え、向かいの壁に足を強く押しつける。抜け出た建物の壁で背中と肘を支えると、そのままの格好で少しずつずり下りて行った。しかしそれは考えたほど楽な仕事ではなかった。二メートルと下りないうちに腰がこわばり、突っ張った足が震え始めた。必死で背中を壁に押しつけるが、とても体を支え切れそうにない。墜落の恐怖が背筋を貫く。夢中で壁に這わせた手が、丸い筒《つつ》のようなものに触れた。雨樋《あまどい》だ。彼は体を捻《ひね》り、両手でそれにしがみついた。はずみで体が壁に叩きつけられ、一メートルほど滑り落ちる。指が樋の支え金具に引っかかり、体が止まった。危ういところで転落を免れ、ほっと息をつく。足首と膝で樋を挟みつけ、かろうじて体を支えたが、それも長続きのする姿勢ではなかった。急いで滑り下りなければならない。そう思ったつぎの瞬間、彼は継ぎ目のはずれた雨樋と一緒に宙に投げ出されていた。

したたかに腰を打ち、息を詰まらせた彼を救ったのは、ビルとビルの間に積まれた空《から》のダンボールの山だった。もしまともにコンクリートの上に転落したら、腰骨を折って逃げるどころではなかっただろう。ショックのあまり少しの間動けずにいたが、ようやくダンボールの山から這い出し、首にからまった靴をほどいてはいた。見上げると、逃げ出した窓の明りが目に映る。その高さからすると、どうやら三階の窓のようだった。彼は身震いして、狭い壁の間を歩き出した。体はふらふらしたが、どこも怪我《けが》をした様子がないのは幸いだった。

東の空が明るく、街には朝の気配が漂っていた。ごみのポリバケツをあさっていた野良犬が、彼の方を警戒するような目で見る。すぐそばを新聞配達の自転車がすり抜けて行く。街は雑然としていて、バーや飲み屋の看板が目立った。盛り場の裏通りという感じだった。電柱に貼られた地番表示を見ると、南池袋二丁目となっている。やはりそうか。おれは豊明興業の事務所に連れ込まれていたのだ、と彼は納得した。池袋という地名に何か親しみのようなものを覚えたが、それは少し記憶がもどってきたためか、あるいは単にこの数日の学習によるものなのか、はっきりしなかった。

タクシーを拾って東京駅八重洲口《やえすぐち》へもどったときは、あたりはすっかり明るくなっていた。ホテル・コアのフロント係は、無表情にお帰りなさいませ、と言って鍵《かぎ》をよこした。彼が朝帰りしようがしまいが、まったく興味がないようだった。

部屋へ上がると、そのままベッドに倒れ込み、泥のように眠った。

目を覚ましたときは夕方になっていた。体の節ぶしが凝《こ》り固まり、鈍い痛みがあちこちにたまって、起き上がることができなかった。そのままの格好で頭だけ働かせる。

昨夜の野本とのやりとりで、いろいろなことが分かった。まず第一に、彼はこれまで何度か人を殺したらしいこと。野本の様子から察すると、それらの殺人は彼らの指図で犯したのではないかと思われるふしがある。そうだとすれば、連中が口封じのために彼を殺そうとすることは十分にありうる。

第二に、殺そうとしながら殺さずにいるのは、彼が何かの写真を隠し持っていると連中が考えているからだ。かりにそのとおりだとしても、それがどんな写真か知らないし、どこに隠したかも思い出せない。

三番めに、どうやら彼には本当に妹がいるらしいこと。野本は東中野がどうとか言ったが、妹にも東中野にもまったく思い当たるものがなかった。野本は彼が妹に写真を預けたのではないかと疑っているらしいが、どちらにせよ確かなことは、妹がまだ連中の手に落ちておらず、無事だということだった。

最後に、新聞の切り抜きで読んだ爆弾事件のことがある。野本の言によればそれは彼のしわざで、爆発で死んだ二人の犠牲者のうち、女の方は警察官の、それも公安の刑事の妻らしい。そしてその刑事は今、血眼になって犯人を探し求めているという。

彼はふと何かしっくりしないものを感じ、シーツを握り締めた。頭のどこかに、なめらかな思考を妨げる違和感があった。目を閉じ、しばらくじっとしていたが、それは消えなかった。やがて彼はあきらめ、痛みをこらえて起き上がった。バスルームへ行って顔を洗う。退院したときから着たままのグレイの上下は、所どころ泥がこびりついてしわだらけだった。

十分後彼はホテルを出て、前にはいった中華料理店でまず腹ごしらえをした。それからデパートへ行って黒のセーターと薄茶のブルゾン、コーデュロイのズボンを買った。ズボンはその場でしばらく待ち、丈《たけ》を詰めてもらった。夕刊を何紙か求めてホテルへもどる。

新聞を読んでも、何も心を動かされるものはなかった。知らない人間が、知らない場所で、知らない事件を起こしている。まったく関係のない世界だった。

ふと野本が見せた切り抜きのことを思い出す。確かあの記事には、死んだ女は「主婦倉木珠枝」となっていただけで、どこにも刑事の妻とは書いてなかった。

それなのに野本は、その女は公安刑事の妻だと、確かにそう言った。もしそれが事実なら、どうして野本は新聞にも出ていないことを知ったのだろう。どこかおかしいところがある。

彼は新聞を投げ出し、硬貨を投入してテレビをつけた。ニュースの時間は終わり、歌番組やクイズ番組だけだった。歌番組でチャンネルを止め、ベッドにすわった。中森明菜が黒いドレスを着て、眉を八の字にしながら歌っている。なんの感慨も湧かなかった。おれという人間はいったい、何かに心を動かされるということがないのだろうか。そんなことを漠然と考えたとたん、どきりとして背筋を伸ばした。食い入るようにテレビを見つめる。それは確かに中森明菜だった。

彼は震える手で口元をこすった。一昨日テレビを見たときは、出て来る歌手や俳優にまるで見覚えがなかった。しかし今無意識のうちに、中森明菜の顔と名前を、確かに認識したのだ。彼はテレビに飛びつき、つぎつぎにチャンネルを回した。名前は思い出せないが、顔に見覚えのあるタレントが何人かいた。間違いない、わずかずつだがおれの記憶はもどりつつある。

テレビを消し、頭を抱えてベッドに打ち伏した。必死に闇の奥に記憶の光を当てようとする。しかし浮かんで来るのは、声の消えた口をぱくぱくさせる中森明菜の姿だけだった。

夜十時になると彼は起き上がり、セーターの上にブルゾンを着込んだ。ズボンのベルトに拳銃を挟み、ホテルを出た。

――――――――― 8

中庭に軽い靴音が響いた。

ドルミール滝野川の管理人桑野泰男《くわのやすお》は、箒《ほうき》の手を休め、非常階段の下をくぐってやって来るスーツの男を見た。胃のあたりが締めつけられるような感じに襲われ、無意識に箒の柄《え》を強く握る。男は中肉中背できちんとした服装をしていたが、どこか暗い雰囲気を漂わせていた。例の豊明興業とかいう、柄の悪い会社の社員だろうか。

そばへ来ると、男はほとんど口を動かさずに低い声で言った。

「警視庁の倉木という者ですが、ここの管理人さんですね」

桑野はそうだと答え、少し体の力を抜いた。相手がやくざでないと分かってほっとしたが、刑事となればまだ気を緩めることはできない。

「ちょっとお尋ねしたいことがあるんですがね。お手間はとらせません」

倉木と名乗る刑事は、そう言いながら管理人室の方に目を向けた。立ち話ですませる気はないようだった。桑野は仕方なく箒を鉄柵《てつさく》にもたせかけ、倉木を管理人室へ案内した。そこは机と椅子が二つ置かれただけの、狭い部屋だった。桑野は通いの管理人で、自宅は王子にある。

桑野がポットから茶を入れるのを待つようにして、倉木は口を開いた。

「七〇二号室に、新谷和彦という男が住んでますね」

桑野はどきりとした。やはり新谷のことで来たのか。

「ええ。ですが新谷さんは、ここ二週間ほどご不在のようですよ」

「それは知ってます」

「え。すると、新谷さんに何かあったんですか」

倉木はすぐには答えず、注意深く桑野の顔を見つめた。

「新谷に何かあったかもしれないと、そう考える根拠があるんですか」

桑野はせわしく瞬《まばた》きした。相手が新谷の名を呼び捨てにしていることに気づく。

「いや、そういうわけじゃないんですが、最後にお見かけしたときの様子が、その、今思えば、ちょっと妙でしたんで」

「それはいつのことですか」

桑野は茶で喉をうるおした。

「あれは先月の二十七日の朝でしたね」

「間違いありませんか」

その詰問《きつもん》口調に、桑野はむっとした。

「ええ、確かですよ。新宿で爆弾事件があった日の翌朝だから、間違いっこありません」

倉木は無表情にうなずき、続きを待った。

「あの日は集中清掃日だったんで、あたしは朝七時半前に来て管理人室にはいったんです。するとその直後に男が三人、前を抜けて上へ上がって行きました。十分ほどして、新谷さんがその三人と下りて来ましてね、そこの小窓をあけて、しばらく留守にするから新聞を断っておいてくれと、そう言うんですよ。どのくらいですかと聞くと、十日ぐらいだと言うんで、ガスの元栓《もとせん》と電源は切って行ってほしいと頼みました。新谷さんはちゃんと切ってあると答えて、そのまま三人の男と出て行ってしまいました。それきり今日まで帰って来ないと、まあそういうわけです」

倉木は桑野の言葉を吟味するように、しばらく視線を壁に向けていたが、やがてゆっくりと目をもどした。

「どの辺が妙だと思ったんですか」

「そうですねえ。十日も留守にするというのに、小さなスーツケース一つ持たず、手ぶらだったもんですからね。これは旅行じゃなくて、その、どこかへ連れて行かれるんだな、という感じがしました」

「その三人の男にですか」

「ええ」

「どんな連中でしたか」

桑野は目を伏せた。彼らのことを刑事に話したことが知れたら、恐らく無事ではすまないだろう。小さな商事会社を課長で定年退職して、やっと見つけた今の仕事を、つまらないことで失いたくない。

「それが、よく見なかったんですよ。派手な背広を着て、いかにもやくざっぽい連中だったことは覚えてますが」

「そんな怪しげな連中が出入りしないようにチェックするのが、管理人の仕事じゃないんですか」

桑野は眼鏡を押し上げた。

「そう言われればそうですが、派手な服を着てるからといって、はいっちゃいかんとも言えませんしね」

倉木はじっと桑野を見つめた。桑野はその視線に気圧《けお》され、無意識に上体を引いた。

「連れ出される前日のことを話してほしい。新谷が何時ごろマンションを出て、何時ごろもどって来たのか」

「ええと、前の日は新谷さん、出かけなかったと思いますよ」

倉木の目が光った。

「そんなはずはない。たぶん午後外出して、七時か八時ごろもどったはずだ」

桑野は頑固に首を振った。

「いや、あの日新谷さんはずっと部屋にいたと思いますよ。あの人は池袋のバーだかスナックだかで働いていて、毎日だいたい五時半から六時の間にここを出て行くんです。あたしはふだん七時までいますけどね。あの日は時間が過ぎても下りて来ないんで、具合でも悪いんじゃないかと心配した覚えがあるから、間違いありませんよ」

倉木はまた壁に目を向け、しばらく考えていた。それから不意に椅子を立った。

「部屋を見せてもらいますよ」

桑野もつられて立ちながら、手を握り合わせた。

「それは困ります。本人の承諾なしに、そんなことされたんじゃ。正式の令状か何かお持ちでしたら別ですが」

倉木は口元を緩めた。

「実は彼の妹に頼まれたんですよ。兄と十日も連絡がとれないけど何かあったんじゃないか、調べてほしいと言われてね。彼の妹を見たことあるでしょう、何度か訪ねて来たはずだ」

「え。ええ、妹さんかどうか知りませんが、よく似た顔立ちの女性が二、三度訪ねて来たことはあります」

倉木は満足そうにうなずき、無造作に壁にかかった合鍵のケースに手を伸ばした。桑野が押しとどめようとしたときには、七〇二号室の合鍵はすでに倉木の手の中にあった。

三十分後、桑野が落ち着かない気分で業務日誌をつけているところへ、倉木がもどって来た。顔つきが険しい。桑野はひやりとして腰を上げた。

倉木は合鍵を机に投げ出し、業務日誌を取り上げると、ぱらぱらと前の方をめくって見た。それから体を回し、桑野を見据えた。

「ここには何も書いてないようだが、あんたはこの十日の間に、だれかを新谷の部屋に入れたな」

桑野は机のへりにつかまった。背中に冷や汗が吹き出し、足が震え始める。

「ど、どうしてですか」

「部屋の中がめちゃめちゃだ。まるで竜巻《たつまき》が通り過ぎたみたいにな」

「そんな」

桑野は言葉を途切らせ、額をこすった。

「自分の目で確かめればいい。ついでにほかの住人にも見てもらったらどうだ。このマンションの管理がどれくらい行き届いているか、一目で分かるだろう」

「あの、あの連中は、ちょっと探しものをするだけだからと言ったのに」

「あの連中とはだれのことだ」

桑野は口をつぐんだが、すでに遅かった。倉木の鋭い目に見据えられると、嘘をつくことができなくなった。

「新谷さんを連れ出したやつらです。二日ぐらいあとでまたやって来て、新谷に預けてあるものを探すからと、そう言って無理やり合鍵を取り上げて行ったんです」

倉木は片頬を歪《ゆが》めた。

「すると、連中のことはよく見ているわけだ」

桑野は首を縮め、目を伏せた。

「すいません、つい言いそびれちまって」

「名前を聞いたかね」

「年かさのがっちりした方の男が、名刺を置いて行きました」

机の引き出しをあけ、豊明興業企画部長赤井秀也と印刷してある名刺を倉木に渡す。

倉木はそれをしばらく眺めたあと、ポケットにしまった。

「連中は何を探していたんだ」

「そこまでは知りませんよ。しかし何を探してたにしても、連中は見つけることができなかったようです」

「どうして分かる」

「帰りにここへ寄って、新谷から何か預かってないかと、さんざんあたしを脅かしていきましたからね」

倉木は机の上の湯飲みに手を伸ばし、冷えた茶を口に含んだ。

「それで新谷から何か預かっていたのか」

「とんでもないですよ。なんでしたらここを気のすむまで探してください。連中もそうしましたよ、無駄骨でしたがね」

「あんたの自宅はどうかな」

　桑野は思わず拳を握り締め、恨《うら》めしそうに倉木を見た。

「刑事さん。あのやくざだって、そこまでは言いませんでしたよ」

「だからやつらは紳士だとでもいうのかね」

　桑野は唇を嚙み、口をつぐんだ。

　倉木は続けた。

「連中はほかにどんなことを言った」

「どんなことって――。そう言えば、妹さんのことも聞かれましたね、どこに住んでるのかとか。あたしは知らないんでそのとおり答えましたけどね」

「それだけか」

「最後に、だれか新谷を訪ねて来る人間がいたら、名前と住所を聞き出して、かならずさっきの名刺の事務所に連絡するようにと言われました」

「それでそのあと、だれか新谷を訪ねて来た人間はいるのかね」

「いませんね、少なくともあたしがここにすわっている間は」

　倉木はゆっくりと顎を撫《な》で、それから人差し指を桑野の喉元に突きつけた。

「もう一度聞こう。あの日、つまり新谷が連れ出された日の前日のことだが、新谷は確かに自分の部屋から出なかったのだな」

桑野は反射的に上体をそらせながらうなずいた。

「確かですよ。ただあたしも、新谷さんの部屋にいて見張ってたわけじゃないから、絶対に間違いないとは言えませんがね」

# 第三章　幻　影

## 1

彼は廊下を走った。

ラバーソールの靴は足音をたてなかった。閉じかけたドアを引きもどし、中へ飛び込む。声を上げようとした里村の鼻先に、拳銃を突きつけた。

「騒ぐんじゃない」

里村は上《あ》がり框《がまち》に尻餅《しりもち》をつき、怯《おび》えた目で彼を見上げた。

「て、店長。なんの真似《まね》ですか、これは」

彼は無言で銃口を動かし、里村を奥へ追いたてた。里村は廊下を尻ですさった。ドアにぶつかり、ノブを探って押しあける。明りをつけると、そこは六畳ほどのリビングだった。里村はソファの一つに倒れ込んだ。

彼はぴくぴくひきつっている里村の口髭《くちひげ》を見下ろした。それはどこか滑稽《こっけい》な眺めだった。肘掛《ひじか》けに載せられた左手に目を移す。その手は指の部分を残して、白い包帯に包まれていた。

里村は右手でダッフルコートの襟《えり》を掻《か》き寄せ、身震いした。

「どうしてここが分かったんですか。店長はここへ来たことがないはずだ」

「あとをつけて来たのさ、店が終わるのを待ってな」

里村は右手の甲で口をこすった。

「ぼくに、いったいなんの用があるんですか」

「おまえのおかげで、昨日の夜はひどい目にあったよ。アイスピックで手を刺したくらいじゃ、とても気持ちがおさまらないほどね」

里村は無意識のように包帯をおさえた。

「勘弁してくださいよ、店長。言われたとおりにしなきゃ、ぼくがひどい目にあうんだから。店長が今朝事務所から逃げたことは知ってました。野本専務から、姿を現わしたらすぐに知らせろって、通達が回りましたからね」

彼はテーブルを挟んで、里村と反対側のソファに腰を下ろした。拳銃は握ったまま、膝《ひざ》の上に置いておく。リビングはまるで女の部屋のように几帳面《きちようめん》に整頓《せいとん》され、紙屑《かみくず》一つ落ちていなかった。白塗りの書棚には、ずらりとハーレクイン・ロマンスが並んでいる。

「おまえに聞きたいことがある。正直に答えてさえくれたら、おれは黙ってここを出て行く。あとは野本に通報しようが何をしようが、おまえの勝手だ」

「通報なんかしませんよ」

里村は怒ったように言ったが、彼にじっと見つめられると自信なさそうに目を伏せてしまった。彼は冷笑したが、やがてすわり直して最初の質問に取りかかった。

「おれはこれまで何人殺してるんだ」

それを聞くと、里村は驚いて背筋を伸ばした。まじまじと彼を見つめる。

「そ、そんな。そんなこと知りませんよ」

「別におれに気を遣わないでもいい。おれはどうやら人殺しで、その尻尾《しっぽ》を野本に摑《つか》まれているらしい。いや、野本の差し金で人殺しをしていた、そんな節があるんだ。正直に言ってくれ」

里村はまた目を伏せ、包帯のほつれを指で引っ張った。

「ぼくは何も知らないんだ、ほんとですよ。ただ赤井部長が、店長に何かやらせていたらしい感じはありました。それが人殺しとは思わなかったけど。だいいち店長に、人殺しなんかできるわけありませんよ」

「どうしてだ」

「どうしてと言われても——一緒に働いてりゃ分かりますよ、それぐらい」

彼は銃口で膝の上を搔いた。里村の言葉に何か落ち着かぬものを感じた。自分のアイデンティティが途方もなくぼやけ、霧のように流れ去るのを意識した。

「店長。ほんとに何も覚えてないんですか」

里村が探るような目でのぞき込んで来た。彼はわれに返り、咳払《せきばら》いした。里村の質問を無視して、自分の質問を続ける。

「連中は何かの写真を探している。そしておれがそれをどこかに隠したと思い込んでるらしい。そのことで心当たりはないか」

里村はちょっとためらった。

「そのことなら、ぼくも野本専務から聞かれました。店長から写真か何か預かってないかって。でもぼくには全然覚えがないんだ、ほんとですよ」

彼はじっと里村の様子をうかがったが、嘘《うそ》をついているようには見えなかった。

「おれの妹は東中野のどこに住んでるんだ」

里村はちらりと彼の顔を見た。

「知りません。ぼくが尋ねたとき、店長は東中野のマンションだ、としか言わなかったじゃないですか」

「いつだ」

「店の裏口でちらっと見かけたときですよ」

彼は眉《まゆ》をひそめ、唇の裏を嚙《か》み締めた。記憶の靄《もや》は相変わらず厚く立ち込めたままだった。同じ所をぐるぐる回るような感触に、苛立《いらだ》ちがつのった。

彼は息を吐き、気を取り直して言った。

「おれがどこに住んでたか、それくらいは知ってるだろうな」

「ええ、北区のドルミール滝野川っていうマンションですよ。なんだったら地図書きましょうか」

里村は右手を後ろに回し、書棚からメモ用紙とボールペンを取った。彼の返事も待たず、地図を書き始める。彼は何も言わずに、里村の手元を見つめた。それは地図というより模様に近いしろものだった。手が震えるために、ちゃんとした線が引けないのだ。

「すいません、汚くて。都電の荒川線の、滝野川一丁目の停留所で下りて――」

不安を押し隠すように喋《しゃべ》り散らす里村を、彼は銃口を動かして黙らせた。里村は口をつぐみ、まるで蛇が首を出すのではないかと恐れるように、じっと銃口に目を据えた。

彼は里村の手からメモ用紙を取り上げ、ズボンのポケットに突っ込んだ。立ち上がって里村を見下ろす。

「まだおまえは、ほんとのことを言ってない。おれに隠してることがあるはずだ」

里村はソファからずり落ち、床に膝をついた。テーブルで両手を組み合わせ、祈るように彼を見上げる。口髭が白い紙に落ちた貧弱な毛虫のように見えた。

「もう許してくださいよ、店長。何も隠してなんかいない、ほんとですったら」

「よし、立って台所へ行け」

彼が銃口で隣接したキチンを示すと、里村は怯えを体中にみなぎらせながらも、そろそろと立ち上がった。ソファやサイドボードにつかまって、よろめくようにキチンの方へ移動する。

「後ろを向くんだ」

「う、撃たないでくれ」

里村は顔をゆがめて懇願した。彼はかすかに笑った。

「撃ったりしないさ。ちょっと静かにしてもらうだけのことだ。床に膝をつけ」

里村は言われたとおりにした。

彼は拳銃をベルトに挟んだ。キチンのテーブルの上に放置されていた果物ナイフを摑み、一息に里村の首筋に突き立てた。

2

思わず唸《うな》り声《ごえ》が洩《も》れそうになる。

豊明興業の専務野本辰雄《たつお》は、胸に顎《あご》を埋めるような格好でソファに体を投げ出していた。くつろいでいるわけではなかった。そんな気分とはほど遠く、ここ二週間というものストレスがたまる一方だった。しかしそれをぶちまける方法はなく、せいぜい無能な子分たちに当たり散らすのが関の山だった。

まだ日が高いというのに、もうボトルを三分の一も空《あ》けてしまった。専務室から一歩も出ず、ちびちびと飲み続けていたのだ。またウィスキーをグラスに満たし、口に運ぶ。

そのとき、あわただしいノックの音がして、返事もしないうちにドアが開いた。企画部長の赤井があたふたとはいって来る。

「ばかやろう、ほこりを立てるんじゃねえ」

驚いたのを押し隠すように怒鳴りつけたが、赤井はひょいと首をすくめただけで、

「やって来ましたぜ、公安の倉木が」

野本は弾かれたように体を起こした。

「倉木だと」

「ええ。おととい里村を締め上げたばかりだと思ったら、もうこっちへやって来やがった」

赤井の日焼けした顔が、緊張でこわばっていた。野本は立ち上がり、ボトルとグラスを急いでサイドボードにしまった。例の爆弾事件で妻をなくした倉木が、新谷の行方を追ってこの周辺をかぎ回っていることは、里村から報告がはいっていた。

とにかく会って、どれくらい事情を飲み込んでいるか、探りを入れてみよう。そう決心した野本は、ネクタイを締め上げ、ソファにすわり直した。赤井に顎をしゃくる。

「よし、通せ。おまえも一緒にいるんだ」

赤井は唇をなめ、上着の裾《すそ》を両手で引っ張りながら出て行った。

倉木は紺のスーツに身を包んだ、中肉中背の男だった。公安の刑事というよりも、平気で人の体にメスを入れる外科医のように見えた。

野本が煙草に火をつけるかつけないうちに、倉木はずばりと本題にはいって来た。

「新谷和彦を探してるんだがね」

早速おいでなすった。野本は卓上ライターをテーブルにもどしながら、忙しく頭を巡《めぐ》

らせた。この男は、新谷が例の爆弾事件の犯人だという確証でも、握っているのだろうか。

「新谷といいますと」

野本が時間稼ぎに言いかけると、倉木はそれを露骨な身ぶりでさえぎった。

「そういう時間の無駄はやめようじゃないか。新谷がおたくのリビエラ・チェーンの池袋店長をしていて、ここ二週間ほど行方が知れないことは分かってるんだ」

野本は咳払いし、ことさらゆっくり煙草の灰を落とした。

「どうして新谷を探してらっしゃるんで」

「ちょっと聞きたいことがあるだけだ」

「どんなことを」

「それは当人にしか言えない」

野本はふてぶてしく笑った。

「そいつはどうも、公平な取り引きとはいえませんな」

「取り引きをしているつもりはないよ、こっちは。ただ質問しているだけだ。そっちが答えたくないというなら、そう言ってくれ」

野本は笑いを引っ込めた。この男は、今まで知っている公安刑事とは少し違う。彼らは媚《こ》びるような妙に馴《な》れなれしい態度をとるか、逆に頭ごなしに高圧的に出て来るかの二種類しかない。しかしこの刑事はそのどちらとも違う。どこか超然としていて捉《とら》えどころがない。目の光だけが獣のように鋭く、何か狂気に似たものを秘めている。

野本はソファの中でもぞもぞとすわり直した。この男を怒らせるのは、あまり得策でないような気がした。

「別に答えたくないとは言いませんよ、刑事さん。実はあたしたちも新谷のことを探してるんだ。何も言わずに姿を消しちまうもんだから、正直なとこ困ってるんです」

「どこへ行ったか心当たりはないのかね」

「ええ。あったらとっくに探してますよ」

「新谷はどこの出身だったかな」

「さてねえ。ご存じのように、あたしらの商売じゃあまり身元調べをしませんからね」

「何か犯罪に巻き込まれた形跡はないかな」

野本はひやりとし、急いで煙草をもみ消した。

「めっそうもない、そんな」

「なぜだ。二週間も行方不明なら、そう考えるのが普通だろう。何かあんたたちのものを持ち逃げしたとか、そういうことはないのかね」

野本は顔がこわばるのを意識した。隣にすわった赤井の手が、ぎゅっと膝頭を握り締めるのが目の隅に映る。

「そういうことは全然ないですな」

野本がきっぱり答えると、倉木は口元にかすかな冷笑を浮かべた。

じろりと赤井を見る。

「先月二十七日の朝、ドルミール滝野川の自室から連れ出されたきり、新谷は消息を絶ってしまった。あんたは新谷をどこへ連れて行ったんだ、赤井さん」

野本は倉木の奇襲に一瞬唖然《あぜん》とした。

突然矛先《ほこさき》を向けられた赤井は、うろたえながらポケットを探り、ハンカチを取り出した。

野本はすぐに気を取り直した。赤井がはなをかむふりをしている間に、急いで笑い出し、その笑い声で倉木の注意を引きもどした。

「おたくも人が悪いねえ、刑事さん。ええ、こいつに新谷をここへ連れて来いと言いつけたのは、このあたしですよ。やつが店の帳簿をやりくりして、三百万ほどごまかしてたことが分かったもんだから、ちょいとやきを入れてやったんです。で、三日以内に全額返すと約束するもんだから、放してやったらそれっきりというわけさ。いや、ひどい目にあいましたよ、信用したばっかりに」

一息で言ってのけると、野本は倉木が何も言わないうちに大声で若い社員を呼び、お茶ぐらい出したらどうだと怒鳴りつけた。それからさもあきれたという口調で、

「まったく近ごろの若いもんと来たら――。新谷だってあんなに目をかけてやったのに、平気で後足で砂をかけやがる」

いかにも同感だと言わんばかりに、赤井がうなずいた。お茶が運ばれて来ると、野本

は真先に喉《のど》をうるおした。臭い芝居だったが、とっさに書いた筋書きとしてはまずまずといえた。赤井に任せていたら、何を喋っていたか分かったものではない。

倉木が口を開いた。

「それが本当なら、業務上横領の罪になる。警察に届けた方がいい。わたしが手続きを取ってあげよう」

野本はあわてて手を振った。

「それには及ばんですよ。こういうことは、内うちでかたをつけるのがしきたりでね」

倉木は片頬《かたほお》をゆがめて笑った。それを見た野本は、倉木が自分の説明をまるで信じていないことを悟り、かっと体が熱くなるのを覚えた。

「そろそろお引き取り願いましょうか、刑事さん。これから一仕事控えてるんでね」

倉木は腰を上げる気配を見せなかった。

「新谷が姿を現わしたら、連絡してほしい。いずれは出て来るはずだ、あんたたちの手にかかっていなければね」

野本は手に取った湯飲みをテーブルにもどした。

「悪い冗談はやめてもらいたいね。こっちもやつにゃ貸しがあるんだ。刑事さんこそ、やつを見つけたらあたしに連絡してくださいよ」

「こっちの用がすんだら、そうしよう」

「いったいやつになんの用があるんですか、くどいようだが」

倉木はじっと野本を見た。

「新谷は右翼のテロリストだという噂《うわさ》がある」

「なんだって」

野本は息を飲んだ。倉木の口からそれが出たことが、野本を驚かせた。

倉木は野本があっけにとられているのを見てとると、さらに続けた。

「新谷の一番新しい仕事は、先月の新宿の爆弾事件だといわれている。少なくともその疑いが濃い。もしそれが事実とすれば、だれか後ろで糸を引くやつがいるはずだ」

「あたしらじゃないね」

「じゃあだれだ」

倉木に突っ込まれて、野本ははっと口をつぐんだ。倉木の術中にはまりそうになり、背筋を冷や汗が流れる。

「そんな馬鹿《ばか》げた話は聞いたこともない。いいかげんにしてもらいたいね、まったく」

突然倉木は立ち上がった。野本も赤井も不意をつかれ、すわったまま思わず身構えた。

倉木は二人を交互に見比べていたが、何も言わずに身を翻《ひるがえ》して部屋を出て行った。

二人は同時に体の力を抜き、顔を見合わせた。野本の腹にむらむらと怒りが湧《わ》いた。

「ばかやろう、おたおたしやがって。さっさと出て行け」

腹立ちまぎれに赤井を怒鳴りつける。赤井がこそこそと出て行くと、野本はサイドボードからウィスキーを出し、立て続けに二杯あおった。倉木が新谷の正体を見抜き、行方を探し回っている事実は、野本に大きなショックを与えた。好むと好まざるとにかかわらず、このことは報告しておかなければならない。

野本はグラスを床の絨緞《じゅうたん》に投げつけ、デスクの電話に歩み寄った。

3

彼は静かに二度深呼吸した。

晩秋の冷えた空気が快く喉を刺激する。

里村が死ぬ前に書いた地図を丸め、道端のポリバケツに投げ捨てる。都電荒川線の滝野川一丁目で下り、地図のとおりに五、六分歩くと、ドルミール滝野川はすぐに見つかった。今彼はマンションの入口を見渡せる路地の角に立ち、あたりに油断なく目を配っていた。

見たところ怪しい人影はない。里村が豊明興業に通報するのは阻止したが、連中が常時ここを見張っていないとは限らない。しばらくして場所を移動し、別の角度から付近の様子をうかがったが、やはり見張りらしい人間の姿はなかった。むしろ彼自身がうさん臭い人物と映ったらしく、昼の買物に行く近所の主婦たちの目を引き始めたので、一度そのあたりから遠ざからねばならなかった。

十分後、あたりに人影がないのを見計らって、彼はマンションの玄関ホールにはいった。奥の左手に管理人室と表示の出たドアがある。すぐわきのガラス窓の中で人影が揺れたかと思うと、ドアがあいて初老の小柄な男がのめるように出て来た。

「新谷さん、新谷さんじゃないですか」

名前を呼ばれ、彼はドアの前で足を止めた。管理人に呼び止められるのは予想していた、というより計算ずみのことだった。

「どうも」

彼は短く言い、頭を下げた。

「ま、ちょっと中へおはいんなさいよ」

管理人は彼の腕を取り、部屋の中へ引き入れた。ドアの裏にかかった名札に、「管理人桑野泰男」と書いてある。

「どうしたんですか、その傷は。ほんの十日くらいって言ったのに、一か月近くも音沙汰《おとさた》なしで、心配しましたよ、まったく」

管理人の口調は、心配そうというよりもむしろ詰問《きつもん》に近かった。

「ちょっとした事故で、たいしたことはないんです。それより桑野さんにはすっかり心配かけちゃって、どうもすいません」

彼はもう一度深ぶかと頭を下げた。桑野は彼に椅子をすすめ、二人はすわった。

「どこへ行ってたんですか、あれから」

「あれから」

「ほら、あの赤井とかいう柄の悪いやつに、なんか無理やりみたいに連れ出されてからですよ」

赤井がおれを連れ出しただと。そうか、やつはやはりおれを殺すつもりで、ここから連れ出したのだ。彼は唇を引き締めた。

それを見た桑野は、はっとしたように手を上げた。

「いや、あたしが赤井の名前を知ってるのはね、二日ぐらいしてまたあの男がやって来て、名刺を置いて行ったからなんです」

「なんのためにですか」

桑野はカーディガンの袖を神経質に引っ張り、鼻の下をこすった。

「それがその、だれかあなたを訪ねて来る人間がいたら、連絡先を聞いておいてすぐに知らせろと言うんですよ」

「だれが訪ねて来ると思ったんだろう」

「さあねえ。妹さんかだれかじゃないですか」

彼は拳《こぶし》を握り締めた。またしても妹だ。

「それで、妹は訪ねて来ましたか」

「いいえ。あなた、妹さんに会ってないんですか」

「ええ、しばらく東京を離れていたものですからね。ほかにだれか来ませんでしたか」

桑野は目を伏せ、耳を掻いた。

「一人だけ来ましたよ、あなたがいなくなって二週間ぐらいあとに」

「だれですか」

「刑事ですよ。倉木という名前でした」

彼は目を伏せ、動揺を悟られまいとしたが、うまくいったかどうか自信がなかった。

倉木という名の刑事。野本の言ったとおりなら、それは爆弾事件で死んだ女の亭主に違いない。その刑事に敵《かたき》として追われているというのは、やはり本当なのだろうか。

桑野は一膝《ひとひざ》乗り出した。

「新谷さん。あなたがあの連中から何を取ったか知らないが、悪いことは言わん、すぐに返した方がいい。あいつらはやくざだ、あなたをどんな目にあわすか知れたもんじゃない。いや、正直なところあたしは、もうてっきりあなたがやられたもんだと思っていた。とにかく無事だったのは何よりだ。さっさと引っ越しするのが一番ですよ」

桑野がくどくどと喋るのを上の空で聞き流しながら、彼は焦燥感《しょうそうかん》に身を焼かれていた。いったいおれは連中からどんな写真を奪い、どこへ隠したというのだ。

「桑野さん、すまないが合鍵をくれませんか。実は事故にあったとき、鍵をなくしてしまったんでね」

桑野は首筋を掻き、彼の頰の傷痕を改めて見直した。

「あなたが今までどこで何をしてたか、あたしは知らない方がよさそうだ。関わり合いになりたくないからね、ひとさまのトラブルには。この仕事も、今年一杯でやめるつもりです」

「すいません、わたしのせいで」

彼が素直にあやまると、桑野はのろのろと立ち上がって壁のケースから鍵を取った。

「正直に言いますが、赤井たちがあなたの部屋を掻き回して行きましたよ。倉木刑事があとでそう教えてくれました。ええ、どちらも断りきれなかったんです。合鍵を取り上げられるのをね。あたしには管理人の仕事は無理なんですよ、結局」

彼は合鍵を受け取り、管理人室を出た。


部屋はまるで洪水《こうずい》に押し流されたように、めちゃめちゃだった。あらゆる家具が斜めに動かされ、壁際まで丹念に調べられたあとが歴然としている。引き出しはすべて床にぶちまけられ、どこかで見た映画のシーンのように、ソファの布地まで切り裂かれていた。本も書棚からすべて引き抜かれ、一冊ずつページを繰《く》られた形跡がある。

彼は中身のはみ出したソファにそっと腰を下ろした。あたりに散らばっているがらくたにはなんの愛着も湧かないし、もちろん見覚えもない。かつて自分がここに住んでいたとしても、安らぎやくつろぎを感じさせるものは何一つなかった。それはたとえ部屋が整然としていたとしても、同じことだったろう。

彼は改めて自分に安住の地がないことを実感し、突然身震いした。寂《さび》しさとやり場のない怒りに、ソファの肘掛けを砕けるほど握り締めた。

しばらくそうしていると、少しずつ緊張が解け、彼はソファの背もたれに頭を載せて軽く目を閉じた。後頭部の傷口にざらざらした布地が当たり、かすかな鈍痛が走った。それが気力を奮《ふる》い起こさせた。そうだ、ここで落ち込んでいても始まらない。現実は現実として受けとめるのだ。

自分がもし写真とかネガのようなものをこの部屋に隠すとしたら、どこへ隠すだろうか。書棚の背か、引き出しの裏か。いや、それはだれでも思いつく場所だ。目をあけると、天井にむき出しの蛍光灯が四本並んでいるのが見えた。思わず唇を噛んだ。連中はプラスチックの照明カバーを取り外し、器具の内部まで探っているのだ。

そこまで徹底的に探して見つからなかったとすれば、写真の隠し場所はここではない。しかしここ以外の隠し場所というとどこだろう。やはり妹にでも預けたのだろうか。

彼は立ち上がった。とにかく東中野へ行ってみよう。何か手がかりにぶつかるかもしれない。

鍵をポケットにしまい、非常階段からこっそり外へ抜け出した。いつの間にか霧のような雨が路面を濡《ぬ》らし始めていた。

午後二時過ぎ、彼は東中野駅の新宿寄りの改札口を出た。ちょっと迷ったあと、日本閣という結婚式場があるらしい出口に向かう。

跨線橋《こせんきょう》を渡り、通りにつながる階段を下りようとしたとき、下から歓声をあげながら駈《か》け上がって来た二人の小学生とぶつかりそうになった。彼はとっさに体を左側にずらし、小学生をやり過ごそうとした。ランドセルが彼の腰にぶつかった。靴のゴム底が濡れた階段の縁で滑り、足が宙に浮いた。

目の中で火の玉が飛び散り、彼は勢いよく階段を転げ落ちて行った。そのとき、スローモーションのように、あずき色のタイルが貼《は》られた瀟洒《しょうしゃ》な建物と、トリコロールの張り出しテントのついたパン屋、鮮やかなステンドグラスがドアにはめ込んである喫茶店が、頭の中にゆっくりと浮かんだ。

つぎの瞬間彼は、記憶を取りもどしたと思った。しかしそのときには、階段の鉄の支柱部にしたたかにこめかみを打ちつけ、意識を失っていた。

4

白い壁がやけにまぶしい。

大杉良太は腰に手を当て、小ぢんまりした瀟洒なマンションを見上げた。思わず溜《た》め息《いき》が出る。西荻ビューパレスだと。くそ。

国電西荻窪の駅から徒歩十分の距離にあるこのマンションは、ホワイト・カラーがいかにも喜びそうな外観と立地条件を備えていた。一戸建てとはいえ、成増の平屋の古びた借家に住んでいる大杉には、こういうマンションの住人は別世界の人間だった。

大杉は無意識のうちにネクタイを締め上げている自分に気づき、舌打ちした。皇居に参内《さんだい》するわけでもあるまいし、何も取り繕うことはないのだ。

ロビーにはいると、ガラスのドアの脇《わき》にずらりとボタンが並んでいるのが見える。目当ての名前のボタンを押して待つ。小さなスピーカーから金属的な声が流れて来た。大杉が名乗ると、ドアがするするとあいた。

まったくけったくその悪いシステムだ。セールスマンや押し売りを撃退するには都合がいいかもしれないが、ちゃんとした客を迎えるには失敬極まりない応対ではないか。

四階まで上がり、四〇一号室のチャイムを鳴らすと、すぐにドアがあいて倉木尚武が顔をのぞかせた。歓迎されざる客であることは、今朝方の電話のやりとりで察しがついている。少なくとも倉木の顔は、待ちかねていたという表情ではなかった。

リビングルームへ通されると、そこはかなり凝《こ》った北欧風の調度品で統一されているにもかかわらず、どこか雑然とした雰囲気《ふんいき》に包まれていた。しかもその雑然さには、幼児のいる家庭に見られるような活気が欠けていた。恐らく倉木は妻が死んでから、整理整頓をほとんどしていないのだろう。

書棚に並んでいるのは法律や思想関係の本ばかりで、文学書の類はほとんど見当たらなかった。それは倉木の人柄をよく表わしているように思えた。

倉木はパーコレーターでコーヒーを入れ、大杉にすすめた。

「わたしが言いつけどおりおとなしくしてるかどうか、確かめに来たんでしょう」

「いや、そう言うわけじゃありません」

まともに答えてから、大杉は倉木の目の中にからかうような色があるのに気づき、苦笑してコーヒーに手を伸ばした。予想外にうまいコーヒーだった。

「捜査に特別な進展があったようでもないし、どういう風の吹き回しかな。男やもめのうじ退治にでも来てくれたんですか」

大杉は首筋を掻いた。こう性急に用件を突っ込まれると、かえって切り出しにくくなる。

さりげない口調で言う。

「この間お話しした例の沼田要吉ですがね、先週土曜日の深夜に顔の下半分を血だらけにして、地元の夜間救護センターに転がり込んで来たそうですよ。当人は何があったか、がんとして口を割らないんですが」

「ほう」

「顎の骨こそ折れなかったが、歯が二本折れた上に、口の中をひどく切っていたらしい」

「酔っ払って芝刈り機にでも嚙みついたんだろう」

大杉は危うく笑いそうになったが、かろうじて嚙み殺した。

「しばらくして、浮浪者仲間から妙な噂が流れ出しましてね。沼田はデカに痛めつけられたというんです」

「なるほど、それで犯人はわたしじゃないかと、そう思ったわけだ」

大杉は目を上げた。

「正直に言えば、そのとおりです」

倉木は動じる風もなく大杉を見返した。

「もしわたしの仕業《しわざ》だとしたら、どうするつもりですか」

「どうにもなりませんね。まあだれがやったにしても、ああいった無力な連中を痛めつけるのは、さぞかし痛快なものでしょうな」

大杉の痛烈な皮肉は、さすがに倉木の胸に突き刺さったらしく、頬の筋がぴくぴく動くのが分かった。固い声で応酬する。

「あの手の連中を甘やかしてはだめだ。確か例のバス放火事件をきっかけにして、新宿中央署は顔写真、背番号つきの浮浪者台帳を作ったはずです。それをもとにびしびし取り締まればいいのだ」

「それは極めて公安的な発想ですな」

「街の治安を守るためには、当然の処置だと思いますよ」

「申しあげておきますがね、警部。あの爆弾事件に関する限り、沼田は善意の第三者、いや被害者です。沼田を責めるのは八つ当たりというものですよ」

倉木は大杉を睨《にら》みつけ、カップに手を伸ばすと、コーヒーを一息で飲み干した。

「それより、捜査本部は何をしてるんだ。事件から二週間以上もたっているのに、まったく進展がないというのはおかしい」

大杉は爪《つめ》を調べるふりをした。

「そのことなら、若松警視に聞いてください。答えてくれるかどうか分かりませんがね」

「その口ぶりでは、彼とあまりうまくいってないようだね」

「うまくいってません」

「彼が嫌いですか」

「はっきり言って嫌いですね」

倉木は空《から》のカップを見下ろして、含み笑いをした。

「大杉さん。あなたがわれわれ公安に好意を持っていないのはよく分かる。しかし一緒に仕事をするからには、仲良くやってほしい。こんなやっかいな事件のときは特にね」

「一緒に仕事なんかしてませんよ、わたしたちは」

倉木は目を上げた。

「どういう意味ですか、それは」

「若松警視は、野方の筧のアパートから押収した証拠物を二週間近くも独占して、われわれに指一本触れさせなかった。つい二、三日前に一部お下げ渡しくださいましたがね、それもひどいがらくたばかり。虫眼鏡でのぞく気も起こりませんでしたよ。これでも一緒に仕事をしてるといえますか」

倉木は苦い顔をした。

「彼には彼の考えがあるんだろう。わたしも個人的には好きじゃないが、仕事はできる男だ」

「そうですかね。ご専門とかいう爆弾についても、まだ出所を明らかにすることができないときてる。まごまごしてるうちに、ほかの筋から情報が寄せられるありさまです」

「どんな」

「今年の初めチリへ研修に行った爆発物処理班の部長刑事がね、問題の爆発物は中南米の反政府ゲリラが使っている新型時限爆弾じゃないかと言ってきたんです。非常に小型で、非常に高性能の爆弾らしい。現場からスイス製のマグマというトラベルウォッチの破片が採集されたんですが、マグマを使うのがその時限爆弾の特徴なんだそうです。これまで各セクトが使ったことがないものとなると、まんざらこの情報も軽視できないと思う」

「中南米のゲリラか。ちょっと信じられないな。それで若松警視の意見は」

「まったくの無視です。だからよけいにわたしはその情報を信じたくなる。今、筧が中南米の反政府組織となんらかの接触があったかどうか、調べようかと考えてるところです」

倉木は立ち上がり、もう一杯コーヒーを入れに行った。大杉は肩の力を抜き、ソファの背にもたれた。

倉木に会いに来たのは、確たる目的があってのことではなかった。捜査本部が公安に牛耳《ぎゅうじ》られ、思うように仕事ができないために、愚痴をこぼす相手を求めていたのかもしれない。捜査への介入を禁じられた倉木に同情も感じており、また何かヒントになる情報を持っているのではないかという期待もあった。

コーヒーを運んでもどった倉木の顔に、かすかな変化があった。

「大杉さん、今の話で思い出したんだが、十二月の十日に南米のサルドニア共和国の、エチェバリア大統領が来日するという話は知っていますか」

「ええ、聞いてはいます」

サルドニアは十年ほど前に独立した新興国だが、これまですでに十数回のクーデタを経験し、中南米でももっとも政情不安定な国として知られていた。しかし三年前、当時陸軍大佐だったエチェバリアが左翼政府をクーデタによって倒し、極右の軍事政権を樹立してから、革命騒ぎは一段落したかたちになっていた。それというのも、エチェバリアが大統領の座に就いてから半年とたたぬうちに、北部の砂漠地帯に莫大《ばくだい》な量の石油が埋蔵されていることが分かり、国の財政構造が一挙に好転したからだった。

エチェバリアの独裁恐怖政治に眉をひそめていた自由主義諸国の態度は、それを境にがらりと変わった。今回の大統領来日も、露骨な狙《ねら》いを秘めた日本政府の、強力な招《しょう》聘《へい》によるものだった。日本政府は、かねて中東からの長期的な石油確保に不安を抱いており、この際サルドニアにプラント輸出や工業技術援助などの条件を提示して、新たな石油供給ルートを開発しようという腹づもりなのだ。

倉木は顎の先をつまんだ。

「本庁の警備部では、大統領来日にあたって綿密な警備計画を立てています。というのは、エチェバリアが大統領に就任して以来、左翼ゲリラによる暗殺計画が二十一件も発覚しているからです。全部失敗に終わってますがね。そして今回大統領の訪日を機会に、連中はこの国で彼を暗殺しようと計画を練っている」

大杉は眉を上げた。

「そんな動きがあるんですか」

「いや、具体的な動きがあるわけではないが、可能性としては十分に考えられる。だからこそ警備部も、公安部の力を借りながら万全の警備体制をしこうとしているわけです。こちらから招聘して不祥事を起こしたのでは、政府の面目は丸つぶれですからね」

大杉は落ち着きを失い、もぞもぞと体を動かした。

「すると警部は、サルドニアの左翼ゲリラが使う新型時限爆弾が、なんらかのルートで国内へ流れ込んで来て筧の手に落ちたと、そう考えるわけですね」

「ありえないことではない」

大杉は腕組みをした。爆発物処理班の部長刑事の説と今の話を照合すると、確かに筋書きがはっきりして来る。少なくとも、筧がサルドニアの反政府ゲリラとなんらかのつながりがあるかどうか、調べてみるだけの価値はありそうだ。

大杉は腕組みを解いた。

「その筋を調べてみたいのは山やまですが、わたしにはできそうもない。肝腎《かんじん》の若松警視はこっちの意見に耳を貸そうとしないし、公安関係の調査は畑違いなんでね。まあ、警部が力を貸してくださるというなら、話は別ですが」

倉木は口元にかすかな笑いを浮かべた。

「いつから捜査本部の方針が変わったのかな」

大杉は二杯めのコーヒーを一息に飲み干し、倉木を見返した。

「別に変わっていません。この事件に実質的にタッチすることを許されていない点では、わたしは警部とまったく同じ立場だといってもいい。実に奇怪なことですがね。本件の裏には、何か政治的な、妙な力学が働いているような気がする。公安部が刑事部をないがしろにするときは、たいがいそうなんです。そんなときに、捜査本部の方針なんかにこだわっても始まらない。わたしは自分の好きなようにやる。たった今そう決心しました」

5

「ずいぶん大胆な決心をしましたね」

倉木は言い、大杉をじっと見た。その目の中に、わずかながら驚きの色があった。

大杉はちょっと肩を動かしただけで、答えるのをやめた。大胆な決心をし、しかもそれを口に出して表明したことに、自分でも驚きを感じていた。しかしこの決心は、今朝捜査本部に無断で倉木に会うことを決めたとき、すでに固まっていたといってもよいのだ。

室内に沈黙が漂った。その沈黙は当然のように多少の気まずさを伴ったが、不思議なことに大杉にとってさほど居心地の悪いものではなかった。それは敵意を含んだ気まずさではなく、互いに理解し合える部分があることに突然気づいた、その当惑からきた気まずさだった。

倉木はゆっくりとコーヒーを飲み干し、なんの前ぶれもなく言った。

「わたしはある意味では、やはり女房に惚《ほ》れていたのだと思う」

大杉は驚いて倉木を見直した。倉木の顔にのろけを言っている様子は微塵《みじん》もなく、むしろ苦渋の色が濃かった。この場の雰囲気からはまったく予想もできないその言葉に、大杉はひどくとまどった。それにある意味ではとはどういう意味だ。

倉木は自嘲《じちょう》めいた笑いを浮かべた。

「妙なことを言ってすいません」

「いや。わたしだって今、女房に死なれたらショックですよ。ふだんは摑み合いの喧嘩《けんか》をしていてもね」

「そういう意味じゃない」

倉木は言下に否定したが、それ以上説明しようとしなかった。大杉もあえて聞くのを控えた。倉木は拳を握り締め、ゆっくり開いた。その仕草を何度か繰り返す。それは倉木が、大塚の監察医務院で妻の遺体と対面したときに示した仕草と、まったく同じだった。大杉は無意識に膝がしらを摑んでいた。

倉木はソファにもたれ直した。

「珠枝は結婚する前、本庁総務部の部長秘書をしてましてね。知り合って半年後に結婚しました。一応恋愛結婚といってもいい。一年後には長女が生まれた」

大杉は唇をなめた。倉木に子供がいたとは初耳だが、それよりなぜ倉木がこんな話を始めたのか、その方に興味があった。

倉木は続けた。

「まあ、人並みに幸せな結婚生活だったと思いますよ、最初の四年ぐらいはね。ところが娘が三つのとき、落とした額縁のガラスで太股《ふともも》の動脈をひどく切って、出血多量で死にかけたことがある。ただ、血液型が一番多いA型だったので、輸血は楽でした。傷痕は残ったけれども、命だけは助かりました」

「それはまあ、不幸中の幸いでしたね」

ほっとして大杉が言うと、倉木は両手を見比べながら言葉を継いだ。

「そんなことがあってから半年後、娘が今度は風呂場で遊んでいて、水を張った浴槽に落ちました。残念ながら手当ての甲斐《かい》もなく、息を吹き返しませんでした」

「なんですって。亡くなったんですか」

「そうです。もう何年になるかな」

大杉は口をあけたまま、呆然《ぼうぜん》と倉木を見つめた。心臓が釘《くぎ》を打ち込まれたように痛む。

倉木は低い声で続けた。

「そして娘の葬式を出した翌日、女房が手首を切って自殺を図りました。たまたま様子を見に来た友だち、今入院している中塚保代ですが、彼女が発見してくれたおかげで失敗に終わりましたがね」

大杉は言葉を失い、目を伏せた。煙草に火をつけようとしたが、指に力がはいらない。いたたまれぬ気持ちだった。

煙草を置き、首筋をこすった。監察医務院の解剖台の前で、じっとちぎれた手首に見入っていた倉木の姿が、目の裏に蘇《よみがえ》る。あれはそのときの傷痕を確認していたのだ。

倉木は両手を膝に下ろし、顔を上げた。

「女房はあのとき死んだ方がよかったのかもしれない。そうすれば、今度のようなひどい死に方をしないですんだのだ」

「そんなこと言っちゃいけません。奥さんはそのとき、娘さんの事故死に責任を感じて死のうと思ったんだ。その気持ちを汲《く》んであげるべきです——べきでした」

大杉は言ってから、顔に血が上るのを意識した。何も自分が他人の死んだ妻の心境を説き明かすことはないのだ。それも当の亭主を相手に。大杉は自己嫌悪を感じ、乱暴に煙草に火をつけた。テーブルには灰皿がなかった。

倉木は立ち上がり、戸棚から灰皿を出して大杉の前に置いた。

「失礼。女房が死んでから、煙草をやめたものだから」

大杉は二、三度煙を吐き出し、すぐに煙草をもみ消した。

それを見ながら、倉木は続けた。

「女房が責任を感じていたことは、わたしにも分かっていた。あれが事故死であろうとなかろうとね」

大杉はぎくりとして目を上げた。

「事故死ではなかったかもしれないというんですか」

「発見したのは女房で、わたしはその場にいなかった」

大杉はかすかに寒けを覚え、身震いした。おぞましい考えを平気で口にする倉木に対して、ある種の嫌悪感と恐怖感が湧く。同時に大杉は、そんな倉木と対等でありたいという、子供じみた残酷な気持ちになった。ことさらゆっくりした口調で言う。

「奥さんが娘さんを、浴槽に沈めて殺さなければならないような理由が、何かあったんですか」

倉木の眉が、電気に触れたようにぴくりと動いた。

「女房は、わたしとの仲が冷えた原因は娘にある、ひいては娘を生んだ自分に全責任があると考えたんでしょう」

大杉は溜め息をついた。倉木の言葉は答になっていないように思われたが、それ以上追及することは控えた。結局これは倉木の問題であり、他人が介入すべき事柄ではないのだ。

倉木は顔を上げ、照れたような笑いを浮かべた。口調を変えて言う。

「ところで、大杉さんのお子さんはいくつぐらいかな」

急に話の矛先が向いて来たので、大杉はたじろいだ。

「ええと、十五でした、確か。一人娘でしてね。扱いにくい年ごろですよ」

急に苦いものが口ににじみ出たように感じて、大杉は顔をしかめた。

「十五というと、中学三年か。一番むずかしい年代ですね、校内暴力とかシンナー遊びとか」

倉木の何げない言葉が、大杉の胸に突き刺さった。喉が震えるような衝動に駆り立てられ、大杉は思わず言ってしまった。

「娘はね、非行少女なんですよ。今はツッパリとかいうようですがね。皮肉なもんですな、現職の刑事の娘が非行少女だなんて」

「別に珍しいことじゃないと思いますよ。子供にとっては親の職業がなんだろうと関係ない」

大杉は薄笑いを浮かべた。

「ところがうちの娘の場合は、大いに関係があったんですよ。まさにわたしが警察官だったために、娘は非行化したんです。まあ一人娘だというので、母親が甘やかし過ぎたこともありますがね」

「どういうことですか」

「二年前、娘が中学一年のときのことですが、ある銀行マンの妻が知的障害のある幼い娘を、食べ物を与えずに餓死させるという事件がありました」

「ああ、その事件なら覚えてますよ。当時鬼のような母親とか騒がれましたね。確か一年ほど前に、執行猶予つきながら有罪判決が確定したはずだ」

「そうです。そしてその母親は裁判所からの帰り道、ある新聞社の屋上から飛び下りて自殺した」

倉木の顔にかすかな苦渋の色が走った。

「ええ、そうでしたね。新聞で読んだ記憶がある」

「実は新聞がこぞってセンセーショナルに伝えた鬼のような母親像は、まったく事実に反していたんです。医師の鑑定や証言から、死んだ幼女は拒食症にかかっており、母親はむしろ無理にも食事を与えようと努力していた。ところがどうしても娘がそれを受けつけず、看病疲れで母親が眠ってしまったあと、息を引き取ったというわけです」

「どうして入院させなかったんだろう」

「どこの病院でももて余されて、自宅で面倒みるより仕方がなかったんですよ。つまり母親には、娘を死なせようという意志、いや未必の故意すらなかった。ところが、執行猶予つきとはいえ、有罪判決が下った。これは彼女には耐えられないことでした。彼女が死を選んだ気持ちが、わたしにはよく分かる」

「誤報の原因はどこにあったんですか」

「捜査本部の最初の発表資料です。捜査員が現場や遺体の状況から、母親の犯行という先入観で談話を発表してしまったんです。それに記者連中がわっとばかり飛びついた。話に尾ひれがついて、たちまち鬼のような母親像ができ上がる。あのダイナミズムというものは、まったく恐ろしいほどでした」

「訂正発表をすればよかったのだ」

「しましたよ、だいぶあとになってからですがね。しかし一度鬼のようなと書いた新聞が、そう簡単にあれは言い過ぎでしたとあやまるわけがない。事件に関する報道は途絶えて、つぎに記事になったのは母親が自殺したときでした」

倉木は深く息をついた。

「大杉さんはその事件に嚙んでいたんですね」

大杉も同じように溜め息をついた。

「そのとおりです。本庁から、応援でね。そして間《ま》の悪いことに、死んだ幼女の姉というのが、わたしの娘の仲のいい友だちだったんです。つまりわたしは、娘の親友の母親を取り調べるはめに陥ったわけです」

部屋に重苦しい沈黙が流れた。

大杉は続けた。

「娘は、あのお母さんは自分の娘を殺すような人じゃない、許してあげてくれとわたしに泣いて頼みました。わたしは取り合わなかった。わたし一人の力では、どうにもならんことでしたからね。娘が変わったのはそのころからです。わたしと口をきこうとしない。少しでも叱《しか》ると、弱い者いじめはやめてよと食ってかかる。決定的だったのは、その母親が自殺したときです。わたしになんと言ったと思いますか。人殺し——自分の父親に向かって、人殺しと叫んだんですよ、目を憎しみでぎらぎらさせながらね。わたしは思わず娘を叩《たた》いてしまった。おれは警察官だ、たとえ娘の友だちの母親だからといって特別扱いはできない——そんなことを怒鳴ったと思う。娘はそのまま家を飛び出して、一週間もどって来ませんでした。それからというものは親子喧嘩と家出の繰り返しでね、積木くずしもいいとこですよ」

大杉は手を伸ばし、カップの底に残った冷たいコーヒーをすすった。それからわざとらしく笑い声を上げて、

「どうも今日は、中年男が二人、家庭の愚痴をこぼし合う会になってしまったな」

倉木も力なく笑った。

「まったくですね。しかしわたしは大杉さんがうらやましい。とにかく奥さんも娘さんもこの世にいるんだから」

「おっしゃるとおりです。しかしわたしはときどき思うんですよ、女房も子供もいなかったらどんなに気が楽だろうと、そんな風にね」

# 6

彼は壁にもたれ、体をかがめた。

頭が割れるように痛み、くらくらする。

「すいません。もう大丈夫です」

助け起こしてくれた駅の売店の女店員に礼を言う。本当は路上にもう少し寝転がっていたかったのだが、必死に抱き起こそうとする女店員に気づいて、無理やり立ち上がったのだった。意識を失っていたのは、ほんの十秒かそこらのようだ。

よく太った女店員の丸い顔が、心配そうにのぞき込んで来る。

「ほんとに大丈夫ですか」

「ええ、大丈夫。どうもありがとう」

彼は小雨の降る通りへ出た。少し足がふらついたが、歩くことはできた。斜めに振り向き、女店員に笑ってみせる。角を曲がり、最初に目にはいった喫茶店のドアを押した。

おしぼりで顔をふき、ついでに服の汚れもこすり落とした。こめかみが熱っぽく、さわると少しはれている。ほかに左の肘と尻のあたりに鈍痛がある。いまいましい小学生め。

しかしもっといまいましいのは、記憶喪失がまったく治っていないことだった。意識を失う直前、なぜか記憶を取りもどしたという実感があったのに、今になってみるとそれはただのぼやけた残像に過ぎなかった。二日前野本の一味に頭を殴られたときも、同じような体験をしている。

彼は運ばれて来たコーヒーに口をつけた。めまいはしだいに収まり、意識がはっきりし始めた。それとともに、苛立ちもつのる。頭部に打撃を加え続ければ、記憶がもどりそうな気がしてくる。彼は両手で自分の頭を取り外し、テーブルに叩きつけたい衝動に駆られた。

喫茶店を出ると、雨はあっけなく上がっており、濡れた路面に薄日さえ差していた。ブルゾンを通して冷たい空気が食い込み、思わず身震いする。

小広い通りに沿ってしばらく歩いたが、彼の記憶を刺激するものは何もなかった。まったく見知らぬ街だった。もっとも地図で調べたところによると、東中野は中央線を挟んで一丁目から五丁目まで展開しており、簡単に踏破できるような面積ではない。

マンションを見かけるたびに、そばへ行って記憶の糸に触れそうなものを探す。管理人の姿が見えないときは、ロビーにはいって郵便受けに並んだ名前を丹念にたどったが、少なくとも新谷の名前を見つけることはできなかった。

山手通りと表示の出た広い通りを渡って、三丁目の区域にはいる。それまで歩いた四丁目や五丁目に比べると、三丁目はかなりの高台に位置しているようだった。東中野銀座という賑《にぎ》やかな商店街がある。山手通りの反対側より雑然としているかわりに、活気もあった。商業地域という感じだ。

彼はここでも同じようにマンションを探して歩き回ったが、やはり成果はなかった。学校の横の道を抜けると、街が途切れて中央線を見下ろす線路沿いの通りに出た。テニスのラケットを持った男女の学生が三々五々、駅の方へ歩いて行く。腕時計を見ると、もう四時を回っていた。日もだいぶ傾いている。

高校の校門を通り過ぎ、何げなく柵《さく》越しに線路の向こう側を見やったときだ。その建物が突然目に飛び込んで来たのだった。いや、正確にはその建物の一部、天辺《てっぺん》の部分が見えるだけだが、西日に映ったあずき色のタイルが鋭く彼の目を打った。さっき階段を転げ落ちたときに見た幻影が、突然まぶたの裏に蘇った。体に震えが走る。

彼は追いつめられた犯罪者のように道の前後を見渡した。早くあの建物へたどり着かなければならない。蜃気楼《しんきろう》のように消えてしまわないうちに。

二、三十メートル先に線路をまたぐ陸橋があるのを見つけ、彼はのめるように駈け出した。体の痛みも気にならなかった。線路を渡り、見え隠れするあずき色のタイルを追って坂を駈け下りる。やがて平坦《へいたん》な道へ出ると、目指す建物は視界から消え、あたりは見知らぬ街にもどっていた。

彼は足を止め、汗をふいた。ここで焦《あせ》ってみても始まらない。駅で見たのは幻影だが、今見たのは確かに蜃気楼ではない。だとすれば、建物はかならず存在する。焦ることはない。ただ、しだいに夕闇《ゆうやみ》が押し迫っており、それだけが心配だった。暗くなると探すのに手間がかかるだろう。

まだ雨雲の残る空を見上げながら、彼は見当をつけて歩き出した。さっき線路の反対側から見たときの感じでは、さほど遠い距離ではない。あずき色のタイルを求めて、道から道を伝い歩く。

しばらくして彼は立ち止まった。このままやたらに歩き回ったところで、ますます道に迷うだけだ。もう一度高台へもどって目的の建物を見定め、落ち着いて探し直すことにしよう。彼は空から道へと視線を落とし、石畳の上り坂に向かって方向転換した。そのとき、坂の途中の右側に、トリコロールの日よけテントが張り出しているのが見え、思わず足を止めた。つぎの瞬間彼は坂を駈け上り、明るい灯の洩れるパン屋の店先に立っていた。隣に目をやると、フィレンツェと看板の出た喫茶店があった。店のドアには、色鮮やかなステンドグラスがはめ込まれている。

彼は手の汗をズボンにこすりつけた。目の前にあるのは、間違いなく先刻幻影で見たものと同じだった。このパン屋と喫茶店を、彼は確実に記憶の中にしまい込んでいたのだ。一つ深呼吸して、ゆっくりと振り向く。真後ろに、通りから数メートル引っ込んだところに、コンクリートのビルに隠れるようにして、あずき色のタイルを敷きつめたマンションのロビーが淡い光を放っていた。

カサ東中野と埋め込まれた文字を確かめ、階段を上ってロビーにはいった。すぐ左手に郵便の集配ボックスがある。その表示に素早く目を走らせる。

一〇一号管理人岩下定夫……一〇二号金子久美子……一〇三号吉田修……マンション

は五階建てで三十戸ぐらいしかない、小規模なものだった。そしてその中に、新谷と書いてあるプレートは見当たらなかった。

彼は唇を噛み、もう一度名札を見直した。女の名前も五つほどあったが、どれも該当《がいとう》しない。男の名前も同様で、かろうじて引っかかるのは三〇二号の新山功二ぐらいだった。しかしそれも、偶然のものと考える以上に意味がありそうには思えなかった。

彼は肩を落とし、溜め息をついた。幻影で見たあずき色の建物は、このマンションではなかったのだろうか。いや、失われた記憶の底から浮かび上がって来た、マンションとパン屋と喫茶店の特徴のある組み合わせが、何か所もあるはずはない。もしかすると、妹は変名を使っているのかもしれない。だとすれば、一軒ずつドアを叩いて確かめるしか方法はない。

もう一度ネームプレートを見直そうとしたとき、エレベーターホールの奥のとっつきのドアが開いて、黒縁の眼鏡をかけた白髪の男が出て来た。まともに顔が合う。彼はとっさにその男が管理人であることを直感し、反射的に軽く頭を下げた。男は眼鏡に手をやり、前かがみになりながらそばへやって来た。

「シンガイさん。シンガイさんのお兄さんじゃありませんか」

「ええ。いつもお世話になりまして。岩下さんでしたね」

彼はネームプレートの名前を思い出しながら、とっさに言葉を返した。やはり妹はここに住んでいたのだ。

「それより、妹さんはどうなさったんです。もうまる一か月お見かけしないんで、心配してたんですよ。海外へでも行かれたんですか。だったらわたしに一言そう言っていただかないとね」

「それはどうも。実はわたしもしばらく地方に行っていたものですから、妹と連絡が途絶えてしまいましてね」

よどみなく話を合わせながら、彼の頭は目まぐるしく回転した。妹も自分と同じように、一か月ほど前から姿を消していたのか。なぜだ。いったいどこへ行ってしまったのだ。

管理人は彼の顔の傷痕を眺め、眉を寄せた。

「お兄さんがご存じないんじゃどうしようもないな。どこへ行かれたか心当たりはありませんか。管理人としては、無関心でいるわけにもいきませんからね」

作業着らしいグレイのジャンパーをぽんぽんと叩く。彼はなんとなく頭を下げ、管理人の押しつけがましい態度に対する反感を悟られないようにした。

管理人は集配ボックスに手を伸ばし、ネームプレートの一つを指で叩いた。

「一か月も留守にしてるというのに郵便が一つも来ない。新聞もとってなかったようだし、だいぶ変わった妹さんですな」

彼の目は管理人の指先に吸いつけられた。そのネームプレートには、「二〇三号深貝宏美」と書いてあった。深貝――しんがい。そうか、妹は別の字で同じ読み方の変名を使っていたのだ。管理人が彼をシンガイさんと呼んだのは、新谷ではなく、深貝のつもりだったのだ。

「もし行方不明ということなら、警察へ届けた方がいいんじゃありませんか」

管理人が言い、彼は我に返った。

「そうですね。その前にちょっと部屋を見たいんですが、合鍵を貸してくれませんか」

管理人は口をへの字に曲げた。

「ここには合鍵はないんですよ。マスターキーは建主の笠井建設が保管してるし。各戸に二本ずつお渡ししてるんですがね、スペアをお持ちじゃないんですか」

彼は失望を押し隠しながら、わざとらしくポケットをおさえた。

「おっと、そうでした、妹から一本預かってたんだ。それじゃ」

管理人が口を開く前に、彼は脇をすり抜けて奥の階段へ向かった。刺すような視線を背中に感じる。ことさらゆっくりと階段を上った。二階に上がると、建物の内側に砂利を敷いた小さな中庭があるのに気づいた。その中庭に面した廊下に沿って、静かに歩く。廊下にはすでに明りがついている。

二〇三号室は、玄関と反対の側にあった。名札にはサインペンか何かで「深貝宏美」と書いてある。あまりうまい字ではない。鉄灰色に塗られたドアをじっと見つめる。試しにノブを回してみたが、やはり鍵がかかっていた。彼は冷たいドアの表面に額をつけ、目を閉じた。

いったい妹はどこへ行ってしまったのだろうか。豊明興業の手に落ちていないことは確かだが。あるいはそれを恐れて姿を隠してしまったのだろうか。いや、そもそも妹なるものは、本当に存在するのだろうか。他人の話には何度も出て来たが、自分ではまだ一度も見ていないのだ。いくら記憶を喪失したとはいえ、妹の住んでいるらしい部屋の前まで来ながら、何も思い出せないということがあるだろうか。

彼はめまいを感じてその場にしゃがみ込んだ。鉄製のドアが氷のように冷たい。ドアにもたれたまま薄くあけた彼の目に、小さな取手が見えた。ドアの横手に、ドアと同じ色に塗られたメーターボックスがあり、取手はその下部にはめ込まれた小さな物入れのものだった。

いつの間にか彼は取手をあけ、床に膝をついて物入れの内側に手を突っ込んでいた。ほこりだらけのポリ容器から、灯油の臭《にお》いがぷんと鼻をつく。彼は手を引き出し、自分の指がつまんでいる一本の鍵を呆然と見つめた。それは物入れの手前上部に、ガムテープで貼りつけてあったのだ。彼はつばを飲んだ。別に記憶がもどったわけではない。めまいにかすんだ目で取手を見たとたん、無意識のうちに手が動き、気がついてみると物入れの内部を探っていたのだった。

彼は立ち上がり、ドアの鍵穴に鍵を差し込んだ。軽い金属音がして、鍵が回った。ノブを握って静かに引きあける。かび臭いこもった臭いがむっと鼻を襲い、彼は思わず息を詰めた。

彼はその中に、かすかな死臭を嗅《か》いだ。

## 7

ドアにノックの音がした。

公安三課長の若松忠久《ただひさ》は、室井の顔を見た。室井ははっとしたように眉を開き、どうぞ、と声をかけた。

ドアがあいて、倉木がはいって来た。若松は驚いて上体を起こした。室井も意外そうな顔をして、きれいに撫《な》でつけた半白の髪に手をやった。

「どうしたんだ。休暇は十日間のはずじゃなかったのかね」

「二、三お話ししたいことがありまして。若松課長がご一緒とは、なおさら好都合でした。爆弾事件の捜査状況もお聞きしたかったものですから」

若松はそれを聞いていやな気がしたが、仕方なく長椅子の上をすさって隣に倉木をすわらせた。この無愛想な男が、どことなく苦手だった。自分の部下でなくてよかったと、つくづく思う。

倉木は膝に載せたアタッシェケースを開き、白い表紙の分厚い資料を取り出して室井の前に置いた。表紙には「サルドニア共和国大統領来日警備計画書」と印刷され、赤い「極秘」の印が押してある。若松もちらっとしか見たことのない、超極秘の資料だった。

「お預かりしていた資料です。一通り目を通させていただきました」

室井はそれを見下ろしたが、手を触れずにうなずいただけだった。倉木は若松に目を向けた。

「ところで捜査の方はいかがですか」

若松はわざとらしく咳をして、ズボンの塵《ちり》を払うふりをした。この男からその件で質問を受けるのが、今の若松にとっていちばんいやなことだった。

「残念ながら、あまり進展していない。肝腎の筧が死んじまったんで、思うように仕事がはかどらないんだ。やつが〝黒い牙〟の幹部だったと分かったのは事件のあとだし、〝黒い牙〟自体ほとんど正体不明のグループだからな。担当の特務一課にデータがないんじゃ、どうしようもない。高野君もがんばってくれてはいるんだがね」

高野は倉木と同じ特務一課の係長で、室井の指示によってこの事件の捜査に投入された男だ。

「課長。差し出がましいようですが、問題の爆発物は中南米の反政府ゲリラが使用している新型時限爆弾だ、という噂を耳にしました。当然お調べになっているでしょうね」

若松は倉木の顔を見直した。

「どこからそんな噂を聞いたのだ。きみは室井部長の指示で、本件の捜査スタッフとは接触を禁じられているはずだぞ」

「自然に耳にはいって来たのです。わたしが知っているくらいだから、新聞もいずれ書き立てるに違いありません」

若松は不快を隠さず、眉をしかめた。

「なんの根拠もない、ただの風評だ」

「しかし現場に、スイス製マグマのトラベルウォッチの破片が残されていたのでしょう」

若松は顎を引き、ちらりと室井を見た。倉木が室井の命令に背《そむ》いて、この事件をあれこれ嗅ぎ回っていることは明らかだった。

室井が何も言わないので、若松はやむをえず倉木に目をもどした。

「きみは休暇中にこの事件のことを嗅ぎ回っていたのかね」

倉木の頬がかすかにこわばった。

「家内の死について調べることが嗅ぎ回るという表現に当てはまるなら、おっしゃるとおりです」

室井は肩を動かし、やっと口を開いた。

「若松君はそういう意味で言ったんじゃない、分かってるだろう。きみの勝手な行動が、捜査に悪影響を及ぼすことを恐れているのだよ」

「しかしわたしにも、本件の捜査に多少の口を差し挟む資格はあると思いますが」

室井は考えを整理するように、ゆっくりと煙草に火をつけた。

「実はたった今も、そのことを若松君と話していたところなんだ。確かにあの爆弾の時限装置として、マグマのトラベルウォッチが使用されたのは事実だ。そして中南米の反政府ゲリラがそれをよく使うことも事実だ。しかしそれをもってして、ただちに例の爆弾を彼らが作ったものと断定するのは早計だろう。そう簡単に国内に持ち込めるものではないし、筧と彼らの間に連絡があった形跡もないのだからね」

若松はそれを引き取って言った。

「確かにマグマはわが国では珍しい時計だ。この程度の製品ならよほど国産の方が優秀だから、どこの代理店でもほとんど扱っていない。しかし皆無というわけじゃないからね」

「爆薬の成分に特徴はないのですか。爆発物処理班の中に、今年初め南米のチリへ研修に行った者がいると聞きました。その男に成分表をチェックさせてみたらどうですか」

若松は大袈裟《おおげさ》に溜め息をついた。

「倉木君。爆弾のことなら、ぼくにもいささか自信がある。他人の手を借りるまでもないよ。成分はピクリン酸、ＴＮＴなど。起爆剤として雷汞《らいこう》を使っている点も格別目新しいものではない。軽量小型化の工夫のあとはみられるが、十分国内で製造できる爆薬だ。ただ一つ、時限装置にマグマを使っていることが従来にない点でね、そのために製造ルートを特定できずにいるわけさ」

「筧の立ち回り先や〝黒い牙〟のアジトで、マグマを発見できなかったのですか」

「マグマどころか、爆弾製造をうかがわせる形跡は何もなかった。〝黒い牙〟は少なくともこの六年間、爆弾闘争をしていないんだ」

倉木は室井に、目を移した。

「それでしたらなおさら中南米の筋を当たってみるべきです。筧がその方面と接触を持っていなかったかどうか」

若松は割ってはいった。

「そんなことはありえないよ、きみ」

しかし倉木はそれを無視して、テーブルの上の警備計画書を指で叩いた。

「部長。十二月十日に来日するサルドニアのエチェバリア大統領は、政権獲得以来二十一回も左翼ゲリラに命を狙われたそうですね。この計画書によれば、そのうち三度は国外で企てられたとされています。ということは、今度の来日に際して新たな暗殺計画が企図される可能性もあるわけです。そのためにこそ、この警備計画書が作成されたのですからね」

室井は何も言わず、煙草の灰を灰皿に叩き落とした。

倉木は続けた。

「サルドニアの左翼ゲリラが、大統領暗殺のために、〝黒い牙〟あるいは筧個人に共闘を申し入れ、爆弾を送り込んだという仮説は成り立ちませんか」

若松は笑い出した。

「そんな馬鹿な、きみ。いくら仮説といっても、ほどがあるよ」

倉木は若松に冷たい目を向けた。

「それでは課長は、ほかにほどのよい仮説をお持ちですか。だったらぜひ聞かせていただきましょう」

その皮肉たっぷりの物言いに、若松はさすがに色をなして倉木を睨みつけた。しかし倉木が一歩も引かずに睨み返したので、むしろたじたじとなった。若松としては、目下《めした》の者に気後《きおく》れを感じるなどめったにないことだった。

それを見透かしたように、室井が助け舟を出した。

「問題はそこなんだよ、倉木君。エチェバリア大統領の来日が、日本政府にとって国家的セレモニーであることはきみも承知しているだろう。したがって大統領の警備も、わが警視庁の威信を賭《か》けた一大プロジェクトになるわけだ。来日を一か月後に控えた今、サルドニアの左翼ゲリラが日本で大統領暗殺を狙っているとか、そのためすでに爆弾まで持ち込んでいるとか、そのような噂がマスコミに流れたらどうなると思う。万が一そのようになるばかりか、エチェバリアが来日を取りやめにでもしてみたまえ。わが国の面子《メンツ》は丸潰れになるばかりか、新しい石油供給ルートの開発計画も大幅に遅れてしまうだろう。われわれとしては、そのような噂が流れないように極力努めねばならんのだ。この計画書に目を通したからには、それくらい分からぬきみでもあるまい」

「でしたらむしろ、わたしの申し上げた筋を徹底的に洗うべきではないですか。来日前に禍根《かこん》を断つことが、最大の警備でしょう」

「むろんそうだ。しかし今は噂を押えることの方が先だ。少なくとも政治的判断はそのように要求している」

「政治のことはわたしには分かりません」

倉木は強く言い切った。若松がひやりとするような口調だった。室井は口をつぐみ、室内に気まずい沈黙が流れた。

若松は間を取り持つように口を出した。

「きみは覚えていないかもしれないが、三年前サルドニアでエチェバリアがクーデタを起こしたおりに、現地に商用で滞在していた丸忠物産の大原義則《おおはらよしのり》君が、当時の左翼政府の武装警察にクーデタ協力分子と間違えられて銃殺された。大原君は、室井部長のお嬢さんの夫君だった」

倉木はちょっと目を伏せた。

「その事件のことは承知しています」

「お嬢さんはそのショックで精神を冒され、以来ずっと入院されたままだ。部長がどれだけサルドニアの左翼ゲリラに怒りを燃やし、エチェバリア警備に命を賭けておられるか、考えてみたことがあるかね」

倉木は若松を見て、唇の端にさげすむような笑いを浮かべた。

「ありますとも。だからこそわたしは、妻を失った男の気持ちも分かっていただけると思ったのです」

室井の顔にかすかな赤みが差した。

「わたしがエチェバリアの警備に参画するのは、立場上やむをえないことなのだ。それにこの場合、あくまでも主役は警備部だからね。公安の仕事は、むしろ来日前の地ならしにある。その意味では、きみの言うように筧とサルドニア左翼との関連を探ることも必要かもしれん。早速若松君に手配してもらうとしよう」

若松は室井の譲歩が不満だったが、何も言わずに肩を揺するだけにとどめた。

倉木は立ち上がり、無言で頭を下げると、ドアに向かおうとした。室井はそれを急いで呼び止めた。

「倉木君。明日から予定どおり四課の方で仕事をしてもらうよ」

「休暇は十日間いただいたはずです。あと二日残っています。明日は土曜ですし、来週の頭からにさせてください」

室井はわずかに表情を引き締めたが、渋しぶうなずいた。

「いいだろう。仕事の中身は決まったかね」

「はい。右翼関係の資料を総ざらいしてみるつもりです。筧が右翼の殺し屋に狙われていたという噂もあるので、これまで未解決の右翼テロ事件を洗ってみるのも無駄ではないでしょう」

若松は驚きを隠し、倉木を見直した。

「いったいどこからそんな噂を聞き込んだんだ」

「局外者の立場に置かれると、どこからともなく色いろな噂が耳にはいって来るんです」

若松は、話にならない、というように首を振ってみせた。

「あの事件が右翼のしわざである可能性は、これまでの捜査ですでに否定されてるんだ。それに四課からは初動段階で中畑《なかはた》係長が本部にはいっているし、きみの出る幕じゃない」

倉木は何か言おうとして、思いとどまった。室井が諭《さと》すように言う。

「四課長から話があると思うが、きみの仕事はエチェバリア大統領警備のための、資料収集になるはずだ。サルドニアで発行されている新聞や週刊誌のバックナンバーが、山のように集まっている。それを分析してもらうことになるだろう。スペイン語だから少々手強《てごわ》いぞ。だれか語学のできる人間を見つけて、うまくやってくれたまえ。来日まで、あと一か月足らずしかないんだからね」

倉木は頬の筋をぴくりとさせ、じっと室井を見返した。

「その仕事は、たった今思いつかれたのですか」

室井は眉を上げた。

「とんでもない。以前からきみには、サルドニアのプロジェクトに加わってもらうつもりだった。だからこそこの極秘の警備計画書を持ち帰らせて、目を通しておいてもらったのだ」

## 8

彼は生《なま》つばを飲み、狭い靴脱ぎを見下ろした。

そこには、たった今脱ぎ捨てたばかりのように、黒いパンプスが転がっていた。目を上げると、正面の壁に黒いコートが掛かっているのが見える。左手に触れたスイッチを押し、明りをつけてからドアをしめた。靴を脱いで上がる。コートにさわってみた。非常に薄手の軽いコートだった。右側のドアをあけてみる。洗面所だった。

左に延びる短い廊下の突き当たりにドアがある。その中はあまり広くないリビング・ダイニング・キチンだった。キチンのテーブルの上に食べ残した皿が載っており、かすかに腐臭を放っていた。さっき死臭を嗅いだと思ったのは、この臭いだったのかもしれない。

リビングには安物の四点セットが置いてあるだけで、はやらない医者の待合室のように殺風景だった。本と名のつくものは週刊誌一冊目につかず、小さなキャビネットの上に小型テレビが載っているのが唯一のアクセサリーだった。食べ物の残骸《ざんがい》以外に、ここに人が住んでいた気配を感じさせるものは何もなかった。電話さえも見当たらない。本当に妹はここに住んでいたのだろうか。

リビングの奥に襖《ふすま》がある。ソファの後ろを回り、静かに襖を開いた。リビングの明りが畳の部屋に流れ込むと同時に、むっとする異臭が鼻を襲った。彼は手を握り締めた。

まぎれもなくそれは死臭だった。なぜかは分からないが、それが死臭だということを悟った。頭は忘れていても、鼻が覚えていた。

壁際のスイッチを押す。蛍光灯がちかちかと瞬《また》き、部屋が明るくなった。畳の上に倒れている、半ば腐りかかった妹の死体を彼は思い描いた。しかしそこには何もなかった。白じらとした畳が広がっているだけだった。溜め息をつき、あたりを見回す。

その部屋は六畳で、洋服ダンスと小振りの整理ダンス、それに開かれたままの三面鏡が置いてあった。彼は中へ踏み込んだ。整理ダンスの上に、五十センチ四方ぐらいの青い金網の籠《かご》が載っている。そばへ行って中をのぞいた。かすかな気分の昂揚を感じた。

巣から体半分乗り出すようにして、じっと動かない焦げ茶色の鳥。雀《すずめ》より二回りほど大きく、くちばしも鋭い。宙を睨んでいる目は、その鳥がすでに死んでいることを告げていたが、生きているときは恐らく禍《まが》まがしい光を放っていたに違いなかった。

鳥籠の外から内側に向かって、固定された金串《かなぐし》に突き刺さっているのは、ひからびた蛙《かえる》ととかげの残骸だった。死臭の源はそれだったのだ。彼はあきずに鳥籠に見入った。その鳥にはどこか見覚えのあるような気がしたが、なんという鳥か思い出せなかった。退院してから二度ほど、鳥が出て来る夢か幻を見たような記憶があるが、あれはこの鳥と何か関係があるのだろうか。

突然頭の芯《しん》に錐《きり》で揉《も》むような痛みを感じ、彼はその場にしゃがみ込んだ。頭の奥深い所で、何かが戦っている感じだった。彼はリビングに這《は》いもどり、二人掛けのソファに体を投げ出した。前触れもなく、突拍子もない考えが浮かんで来る。おれには妹などいなかったのではないだろうか。おれが妹と一緒にいるところを、だれか実際に見た者がいるのだろうか。里村か。里村は見たと確かに言ったが、本当だろうか。しかしそれを確かめる方法はもはやなかった。

痛みが少しずつ薄れるにつれ、睡魔が襲って来た。彼は起き上がろうとしたが、体がいうことをきかなかった。漠然とした危険を意識しながらも、そのまま眠り込んでしまった。

冷気がブルゾンを通して肌を刺し、彼は目を覚ました。本能的に上体を起こして身構える。部屋の様子が寝入ったときと変わらないのを確かめ、ほっと肩の力を緩めた。腕時計を見ると七時半を指している。すっかり寝込んでしまった。

宮内と木谷に殴られた腹が、まだ重苦しい痛みを残している。しかしそれは内臓ではなく、筋肉組織の痛みなので心配はなかった。腹といえば、急に空腹感が募《つの》ってきた。考えてみればまだ晩飯を食べていない。

赤井たちから抜き取った四十万円ほどの金は、まだ半分以上残っている。しかしそれもいつまでもつか分からない。ドルミール滝野川の自室では金を見つけることができなかったし、いっそホテルを引き払ってここを拠点にしようか。宿泊費を節約できるし、妹がいつもどって来るかもしれない——もし実在するとすればだが。

彼はソファを立ち、和室へもどった。異臭はもう気にならなかった。洋服ダンスをあけてみる。どちらかといえば地味な柄のスーツやスカート、カーディガンなどがきちんとぶら下がっている。つぎに整理ダンスの引き出しをあけた。パンティ、ブラジャーなど女の下着がぎっしり詰まっている。ここに女が住んでいることは、それが本当に妹かどうかは別として、どうやら確かなようだった。

一番下の引き出しをあけたとき、くしゃくしゃになったストッキングの上に、無造作に一万円札の束が置いてあるのが見えた。取り上げて数えてみると、五十枚あった。彼はそれをブルゾンのポケットに入れ、手の汗をふいた。妹の金なら一時借用しても罰は当たるまい。

鏡台の前に立つ。口紅やクリームなど、化粧品が所狭しと並んでいる。しかしそれは雑然とした配置ではなく、所定の場所にきちんと置かれているという感じだった。妹は几帳面な性格だったのだろうか。

何げなく鏡台の開き戸をあけた彼は、ぎくりとして後ろへ下がった。黒いものがばさりと畳の上にこぼれ落ちたのだった。彼は息を飲んでそれを見下ろした。黒く長い髪の毛がそこにとぐろを巻くようにうねっていた。恐るおそる指でつまみ上げてみる。それはロングヘアのかつらだった。持ち上げると、その下にサングラスが落ちているのが見えた。

かつらとサングラス。彼は目を閉じ、目頭を指で押えた。狭いビルの階段……汚いトイレ……蓋《ふた》の浮いたポリバケツ……詰め込まれたかつら。そうした光景がめまぐるしく彼の瞼《まぶた》の裏をすり抜けた。わけもなく怒りが込み上げ、体の中を暴れ回る。突然闇を裂いて火の玉が爆発する。土ぼこり……雨のように降りかかるガラスの破片……耳をつんざくばかりの叫喚。

彼ははっとして目を開いた。耳の中で何かが鳴った。体中汗にまみれている。空耳《そらみみ》だろうか。いや、そうではない。軽やかなチャイムの音。玄関にだれか来たのだ。急いでかつらとサングラスを元の場所に押し込む。だれだろう。まさか野本の一味ではあるまい。豊明興業の連中は、ここの場所を知らないはずだ。恐らくあの管理人が、何かおせっかいでも焼きに来たのだろう。

彼は額の汗をふき、今見た幻想をしっかり頭に焼きつけた。それが何を意味するか分からないが、記憶を取りもどすヒントになることは確かだった。リビングを抜けて玄関へ出る。どなたですか、と一応尋ねてみよう。そう考えたとき、ドアの内側にマジック・アイがついているのに気がついた。そっと目をつけてみる。

妹だ。一瞬そう思ってどきりとした。レンズに映ったのは管理人ではなく、ベージュのコートを着た女の姿だった。彼は目を離して口元をぬぐった。見覚えのない女だ。しかし妹であるはずがなかった。妹なら自分の部屋のチャイムを鳴らすようなことはしないだろう。保険の外交員か何かに違いない。

彼はドアを細めにあけた。

「なんでしょうか」

女はドアの隙間《すきま》に顔をのぞかせた。

「あの、一〇二号の金子《かねこ》といいますが、深貝宏美さんのお兄さんでいらっしゃいますか」

一〇二号の金子。そういえばネームプレートにそんな名前があった。

「ええ、そうですが」

「わたくし、妹さんと親しくさせていただいておりました者ですが、このところずっとご不在のようでしたので、どうなさったのかと思いまして」

「それはどうも」

「今外出からもどりましたら、お兄さんが来られたと管理人さんが教えてくださいましたので、ちょっと様子をうかがおうと思って」

「実はわたしも、妹を探してるんです」

「とおっしゃいますと」

彼はちょっとためらった。妹と親しくしていたというこの女に、多少の興味が湧く。わずらわしさから早く追い払いたいと思ったが、一方では話をしてみたいという気持もあった。

彼はドアを押し開いて言った。

「ちょっとお上がりになりませんか。妹のことでお話ししたいこともあるので」

女はほとんど躊躇《ちゆうちよ》することなく、中に踏み込んで来た。コートを脱いでコート掛けに掛ける。オリーブ・グリーンのスーツ姿だった。背は女としては大柄で、彼とほとんど変わらない。顔立ちは整っているが、化粧気がない上に表情にも乏しく、どこかぎすぎすした感じの女だ。

彼は女をリビングに案内し、ソファに向かい合ってすわった。

「妹からあなたのことを聞いていなかったので、お見それしました」

彼が探りを入れると、女は膝に載せたショルダーバッグのベルトを無意識のように丸めたり解いたりしながら、

「別にいつもおつきあいさせていただいたわけじゃありませんから。たまに廊下で挨拶《あいさつ》するぐらいで」

彼は何げなく目をそらした。その程度のつきあいで、この女は妹と親しくしていたと言うのだろうか。

女は急いで言葉を継いだ。

「ただわたくし、一か月半ほど前急に物入りがあって、妹さんに十万円ばかり用立てていただきましたの。それをお返ししないうちに、妹さんの姿が見えなくなってしまって。どこに行かれたか、お兄さんもご存じないんですか」

「ええ、さっき言ったとおり、わたしも探してるんです。ただお金のことでしたら、わたしが受け取っておいてもいいですよ」

女はちょっと目を伏せた。

「でも、借用証を返していただかないと。ちゃんと書いてお渡ししましたのよ」

「そうですか」

彼は口をつぐんだ。

妹が実在することはやはり間違いないらしい。これだけいろいろな人間が、いもしない妹をいるかのように口裏を合わせることは不可能だ。しかし彼には、妹の姿を思い浮かべることはできなかった。無理に描こうとしてもそれは顔のない女であり、あるいはロングヘアにサングラスをかけた正体不明の女でしかなかった。

彼は思い切って言った。

「妹はどんな女なんですか」

女は二、三度瞬《まばた》きし、あっけにとられたように彼を見返した。予想外の質問に、返事をすることができないようだった。彼は相手を安心させるように微笑を浮かべた。

「実はわたし、十月の末ごろ事故にあいましてね。頬の傷もそのときのものなんです。頭を強く打ったために記憶をなくしちゃって、妹のこともまったく覚えてないんですよ」

女は上体を引き、まじまじと彼を見た。

「覚えてない。つまり記憶を喪失したと、そうおっしゃるんですか」

「そうです。信じられないかもしれないけど、本当なんです。管理人はうまくごまかしましたがね」

「その、何も思い出せない、と」

「ええ。断片的に閃《ひらめ》くことはあるんですが、記憶としてまとまらないんです。妹がここに住んでいることをつきとめるにも、ひどく時間がかかったぐらいでね。あなたが妹と親しくしていたとすれば、あなたの方がわたしよりずっとよく妹のことを知っていることになる。妹がどこへ行ったか、わたしの方こそあなたに心当たりを聞きたいほどですよ」

女は不安と疑惑のまじった目で、なおも彼を見つめた。

「驚いたわ。ちょっと信じられないわ。お見かけしたところ、普通の人と全然変わらないんですもの。お顔の傷は別として」

「記憶を失ったことを除けば、どこにも異常はないんです。日常の生活の仕方についてはちゃんと分かっている。ただ人の顔とか名前とかがだめなんです。テレビに出ている芸能人なんか、二、三思い出しつつあるようですが」

「事故にあってから今まで、どこにいらしたんですか」

彼は肩をすくめた。

「そのことは今話したくありません。それより妹のことを聞かせてください、お願いします」

女は疑わしげに目を光らせた。

「何かの理由で、わたしを試してらっしゃるんでしょう。わたしはほんとに拝借したお金を——」

「とんでもない。どうしてわたしが記憶喪失のふりをしなくちゃいけないんですか」

女は唇を結び、しばらく考えを巡らしていたが、やがて気の進まぬ様子で口を開いた。

「実を言うと、わたしそれほど妹さんと親しくしていたわけじゃないんです。ただお金を貸してくださったので、お兄さんにはそう申しあげましたけど」

「妹は、あまり親しくない人にも金を用立てるような、人のいい女だったんですか」

「そう言われると困りますけど、やさしい人だったことは確かです。お互いに独り暮らしなものですから、たまにお茶に呼んでくださったりして。もちろんわたしの部屋に来ていただいたこともありますけど」

「妹は働いてたんですか」

女はかすかに視線を揺らした。

「そのことについては話そうとしませんでした。たぶん夜のお仕事だったんだと思います」

「夜の仕事というと、バーとかクラブとか」

「ええ。夜いらっしゃらないことが多かったから。でも確かじゃありません」

「じゃ、お茶を飲んだりするのは」

「昼間、だいたい土曜か日曜の昼間ですね、ふだんの日はわたし、勤めに出ていますし」

「妹の話の中に、わたしのことも含めて、身内や友だちの噂が出ませんでしたか。つまり妹の消息について心当たりがありそうな人の話ですが」

女はちょっと考えたが、すぐに首を振った。

「お兄さんがいらっしゃることは一度聞きましたけど、それ以外には何も」

彼は指の関節を嚙んだ。

「変なことを聞くようですが、わたしもときどきここへ妹を訪ねて来てるはずなんです。わたしのことを見た覚えがありますか。つまりその、妹と一緒にいるところを」

女は軽く眉をひそめた。真意をはかるように彼の顔を見つめる。

「ええ、二度ほどお見かけしましたけど」

彼はほっと息を緩め、つばに濡れた指の関節をズボンにこすりつけた。女は彼の顔をのぞき込み、言葉を継いだ。

「本当に記憶をなくしたのなら、病院にはいらないといけないわ。妹さんやご家族のことでしたら、わたしが探してさしあげることもできますし」

「いや、ご親切はありがたいんですが、病院はやめておきます。出て来たばかりなんでね」

「でも、今のままでは」

彼は手を上げて女をさえぎった。

「いいんです、わたしのことは気にしないでください。それより妹のことですが、妹はあなたとお茶を飲んだりするときに、どんな話をしましたか」

「ただの世間話でした。妹さんはどちらかというと無口な人で、あまりお喋りはしませんでした」

「だけどよくあなたを呼んだんでしょう、この部屋に」

「ええ。でもどちらかといえば、わたしから電話する方が多かったですね」

彼は背筋に冷たいものを押し当てられたように感じて、上体を揺らした。

「電話で誘ったと——誘い合ったというんですか」

彼の口調に異変を感じたのか、女の目を警戒の色がよぎった。

「ええ。このマンションでは、そうするのが普通なんです」

彼は部屋を見回した。

「電話はどこですか」

女は右手を上げ、素早く視線を周囲に巡らせた。しかし指差すべきものを発見できぬまま、その手は宙に止まってしまった。

「あら、おかしいわね。キチンのテーブルの上にあったはずだけど」

「それは妙ですね。この部屋には、電話がないんですよ」

女は瞬きもせずに彼を見つめた。宙に浮いた手が、熱に熔《と》け出した蠟人形《ろうにんぎょう》のようにそろそろと膝へ落ちる。

「変ですね。電話局が取り外したのかしら」

「それとも妹が持って出たのかな。質にでも入れるつもりで」

女はこわばった笑いを浮かべた。手が無意識にショルダーバッグのベルトを握り締める。

彼は静かに拳銃を抜き出し、女の腹のあたりに狙いを定めた。

「とんだところでぼろを出したな」

女は銃口をちらりと見やり、すぐに彼の顔に目をもどした。

「ぼろですって」

「とぼけるのはよせ。あんたは妹と親しくなんかしてない。金を借りたというのも嘘だろう」

彼が決めつけると、女は唇をぴくりとさせたが、何も言わなかった。

「あんたはいったいだれなんだ。どうして妹と親しいなどと嘘をついてまで、おれに近づこうとしたんだ」

女は答えなかった。彼はじっと女を見た。

「バッグの中身をテーブルにあけろ」

女は動かなかった。しかし彼が銃口を上げて促すと、渋しぶ言われたとおりにした。テーブルに手帳やコンパクト、ハンカチなどがちらばった。彼はほかのものに目もくれず、手帳を取り上げた。黒い紐がついている。何げなく表紙を見て、ぎくりとした。
それは警察手帳だった。

# 第四章　電　撃

## 1

喉《のど》がアルコールを求めていた。

引戸《ひきど》進介《しんすけ》は吊革《つりかわ》を握った手を放し、口元をこすった。乾いた唇のささくれが手の甲を刺す。吊革を握り直し、深呼吸する。もう八時間もウィスキーを口にしていない。ここ数年来初めてのことだった。半ばアル中になりかかった体が、無性にウィスキーを求めていた。しかし今夜ばかりは飲むわけにいかない。

引戸は気を紛らすように首を巡《めぐ》らし、少し離れた所に立っている男を盗み見た。間に乗客がいるので全身は見えないが、それほど大きな男ではない。ウェルター級か、せいぜいジュニア・ミドル級といったところだ。現役時代はライト級の、それも東洋タイトルの一位にまでランクされた引戸にとって、素人《しろうと》のジュニア・ミドル級など物の数ではない。リングを去って七年になるが、まだパンチの力は衰えていない。アルコールさえはいっていなければ、プロと打ち合ってもかなりいける自信がある。

アルコールか。引戸はまた深呼吸した。まだ下り坂とはいえない二十六歳で引退するはめになったのは、もとはといえばアルコールのせいだった。酒に魅入《みい》られさえしなければ、東洋どころか世界チャンピオンの座を狙《ねら》うこともできたのだ。

それが今はどうだ。恐喝、詐欺、暴行、無銭飲食などで警察に挙げられること十数回に及び、定職はなく、家庭もない。二つの拳《こぶし》で稼ぎ出した金はとうに酒に消えてしまった。手元に残った女は一人もいない。要するに生き甲斐《がい》とすべきものは何もないのだった。

たまに暴力団に金で雇われて、用心棒を務めるのが関の山だが、そんなときは酒を控え、買われた腕を存分に発揮する。相手がだれであろうと、容赦なく叩《たた》きのめす。そうしなければつぎの仕事が回って来ない。相手をさんざんに殴りつけるとき、引戸は過去の自分を殴り倒そうとしていることに気づく。今の方がかつての自分よりも強い、そのような幻想を抱くことによって、現在の自分の存在価値を確認しようとするのだ。しかしそれが幻想に過ぎないことは、自分でもよく分かっていた。

ふと我に返ると、いつの間にか電車は止まり、ドアが開いていた。目指す男の頭が出口の方へ移動して行く。引戸はあわてて乗客を掻《か》き分け、ドアに向かった。ホームに下り、男のあとを追う。柱の表示を見ると、「布田《ふだ》」となっている。新宿から京王《けいおう》線の各駅停車に乗って来たのだが、この駅には前に何度か下りたことがある。二十分ほど歩いたところに日活の撮影所があり、現役を引退してから映画の端役《はやく》の仕事で電車通いをしたのだ。あのころすでに車を手放していたのかと思うと、わけもなく腹が立った。

男は駅を出ると、その撮影所へ向かう道を歩き始めた。甲州街道とは逆の、多摩川の方角だった。引戸は拳を握り締めた。すでに夜も九時近くになっている。昼間からずっと男をつけ回しながら、今やっと邪魔がはいらずに痛めつけるチャンスが巡って来たのだ。

男はトレンチコートを着込み、きびきびした足取りで歩いて行く。年は引戸より少し上に見えたが、フットワークはよさそうだ。その方がいい。少しは手応《てごた》えがないと面白くない。動きの鈍い中年男を殴るだけでは、元東洋ライト級一位の看板が泣く。試みに二、三発殴らせてやってもいいくらいだ。

やがて商店街が終わり、人家が次第に途切れて畑が多くなった。広い十字路を渡ると、ますます人家が間遠になった。人通りもほとんどない。前方に小高い建物の一群が見えて来た。ちょうど日活撮影所のあるあたりだ。引戸は眉《まゆ》をひそめた。あれはマンションではないか。どうしたのだろう。撮影所はなくなってしまったのだろうか。

突然前を歩いていた男が足を止め、振り返った。ちょうど街灯の真下だった。引戸は驚き、つんのめるようにして立ち止まった。街灯の光をまともに顔に浴びるのが分かる。

「何か用かね、ずっとあとをつけ回しているようだが」

男は穏やかな口調で言った。まるで道でも尋ねるような、のんびりした調子だった。

引戸はぐっと詰まった。相手の落ち着いた態度に、なぜか気圧《けお》されるものを感じた。

その日の午前中、西荻窪のあるマンションから出て来た男を、雇い主からそれと指し示されたとき、引戸は実はどことなくいやな感じがしたのだ。その男には何か暗い影があり、まるで抜き身の日本刀を見たようにぞっとした。直感的に手強《てごわ》い相手だと思った。今それを改めて思い出し、引戸は緊張した。

「別に用はないよ。ただあんたをぶちのめしたいだけさ」

精一杯凄《すご》みをきかせて答える。街灯の下で男の唇にちらりと冷笑が浮かぶのが見えた。

「試してみたらどうだ」

男は小馬鹿《こばか》にしたように言った。引戸はプライドを傷つけられ、かっとなった。だれを相手にものを言っているのだ。よし、今それをたっぷりと思い知らせてやる。

「それなら、そこで試してやろうじゃないか」

引戸は怒りを抑えて言い、道路脇の空地に顎《あご》をしゃくった。そこは畑を宅地用に整地したものらしく、石ころと雑草が所どころ顔を出しているだけの、平らな空地だった。引戸は有刺鉄線の張ってある柵《さく》に右手をかけ、勢いよく飛び越した。まるでロープを越えてリングに上るような気分だった。

相手の男は、コートを脱いで柵の支柱に引っ掛けると、鉄線の間をくぐってゆっくりと中へはいって来た。引戸ははやる心をなだめながら、少しずつ後退した。できるだけ道路と街灯から遠ざかった方がいい。靴に当たる土は思ったより固く、足場としては悪くなかった。

引戸は道路と反対側の端まで下がった。背後は山肌をさらした崖《がけ》だった。街灯の光はほとんど届いて来ない。殴り合いにはうってつけの場所だ。革のジャンパーを脱ぎ、遠くへ投げ捨てる。深呼吸を一つすると、握り締めた両の拳をぐいと顎の下に構えた。

男はそれを見て言った。

「ボクサー崩れか」

「ボクサー上がりと言ってもらいたいな。どうした、怖《お》じ気《け》づいたか」

男はそれに答えず、チェックのブレザーを脱ぐと、二つに折って静かに地面に置いた。ワイシャツが夜目にも白く引戸の視界に浮き上がった。男は腰を上げると、同じように拳を構えた。引戸の目からみれば、それは隙《すき》だらけの構えだった。ボクシングはもちろん、空手の心得もないことは明白だ。

引戸は軽くサイドステップしながら、少しずつ間合いを詰めていった。男は引戸の動きに合わせて体を揺らしたが、足を使おうとはしなかった。引戸はかすかに眉をひそめた。こっちをボクサー上がりと知りながら、逃げ出すどころか眉一つ動かさないこの男に、ふと不安を覚えた。刃物でも持っているのだろうか。それなら別にどうということはない。元ボクサーの目から見れば、素人が振り回す刃物のスピードなどたかが知れている。もっとも、飛道具を持っているというなら話は違う。しかしそういう様子もなかった。

引戸は軽く左のジャブを放ち、相手の出方をうかがった。男は誘いに乗らず、軽く左肘《ひだりひじ》を上げてブロックしただけだった。引戸は珍しく慎重になりすぎている自分に、腹の中で舌打ちした。相手の素姓を知らされないのはいつものことで、不安もなければ不審もない。自分はただ、示された相手を叩きのめせばいいのであり、そのほかのことを気にかける必要はないのだ。ただし今回の仕事には、二つ念を押されていることがある。三、四週間起きられないように、しかし死なない程度に手加減しながら、こっぴどく痛めつけること。財布を抜き取るか何かして、強盗ないし暴力すりのしわざに見せかけること。

引戸は雑念を振り払い、相手に向かって小刻みにステップした。まず顔に十発ほどジャブを浴びせてやれば、意識が混濁して足に来るはずだ。それを見すまして腹にパンチを叩き込む。そうやって抵抗力を奪っておいてから、料理にかかればいい。膝《ひざ》の皿を砕いてやれば、当分歩けないだろう。

引戸がステップインしようとしたとき、突然男の左腕が弧を描いて顔を襲った。それは予想外のスピードで迫ってきたが、引戸は難なくそれをダッキングしてかわした。同時に、がらあきになった男の顎にカウンターを入れようと、左のパンチを繰り出した。その瞬間、やや体勢を崩していた男の右腕がしなり、引戸の左腕と交差した。パンチに不自然な手応えを感じたとたん、引戸は目に衝撃を受けて後ろへよろめいた。鋭い痛みに思わず声を上げる。顔に土《け》くれを叩きつけられた——そう悟ったときはすでに遅く、引戸はしたたかに腹を蹴り上げられ、後ろざまに吹っ飛んでいた。はらわたがちぎれるような苦痛に息もできず、体を海老《えび》のように曲げてその場を転げ回る。不意打ちを食らった驚きと怒りで、ほとんど気が狂いそうだった。

息をつく間もなく、引戸の体に相手の靴先が食い込む。まるで葬儀屋が棺桶《かんおけ》に釘《くぎ》を打ち込むような、正確で容赦のない蹴りだった。引戸は体を丸め、鳩尾《みぞおち》と股間《こかん》の急所をかばうのがやっとだった。竹槍《たけやり》の生えた落とし穴に落ちたような恐怖と激痛に襲われ、もう少しで気を失いそうになった。攻撃が途絶えるのを感じてほっと体の力を抜いたとたん、それを見すかしたような一撃を脇腹に食らい、恥も外聞もなく悲鳴を上げる。目からは涙があふれ、食い縛った歯の間からは血の味のする胃液が流れ出した。

うつぶせになった引戸の首筋を、男の靴が踏みつけた。その屈辱は引戸に、自分を引退に追い込んだ新人ボクサーの強烈なパンチを思い出させた。おれはあの一発でリングに沈み、人生の汚泥に沈んだのだ。

しかし今引戸をこのような目にあわせている男は、ボクサーではない。不意をつかれたとはいえ、素人にこれほど痛めつけられたのは初めてだった。ブレザーを地面に置いたとき、男が土を摑《つか》み上げることは十分に予想していなければならなかったのだ。

「だれに頼まれた」

頭の上から男の声が降って来た。引戸は答えず、そっと目を開いた。まだ痛みは残っていたが、涙と一緒に土が溶けて流れ出し、遠くの街灯がかすかににじんで見えた。体中が熱くうずいている。そっと手足の関節を動かしてみる。どうやら骨は折れていないようだ。

「豊明興業に雇われたのか」

引戸はぎくりとしたが、やはり答えなかった。雇い主の名は口が裂けても言えない。それはプライドの問題ではなく、喋《しゃべ》れば確実に命にかかわるという恐怖のせいだった。

「財布を出して見せろ」

男が固い声で続ける。引戸は首筋を踏みつけられたまま、左手をズボンのポケットに入れた。何もはいっていないことは承知の上だ。空《から》の手を出してみせ、つぎに右手で反対側のポケットを探る。そのままの格好で言う。

「革ジャンのポケットだ」

財布には二万ほど現金がはいっているだけで、身元のばれるようなものは何もはいっていない。首筋から靴がどけられ、引戸はごろりと仰向《あおむ》けに転がった。ポケットの中で、ブラス製のメリケンサックを指にはめ込む。いまだに妙なプライドがあって、この種のものはめったに使わないが、今の状態では生のパンチに自信がなかった。最初の一撃で相手にダメージを与えないと、反撃の機会を失ってしまう。

ジャンパーを調べに行った男がもどって来た。用心深く引戸の頭の方に立つ。

「喋るまでおまえの頭を蹴ってやる。断っておくが、おれは大学でサッカーをやっていたんだ。頭がどこかへ吹っ飛んでも知らんぞ」

引戸には、男がそのとおりにするつもりだということが、直感的に分かった。

「やめてくれ、喋るから」

わざと喉を詰めて言う。

「聞こえないな。はっきり喋れ」

「声が出ない」

引戸は涙ににじんだ目を細めにあけ、逆さにのぞき込む男の顔を見上げた。遠い街灯の光がかすかに映っている。その顔が不意に近づき、引戸は体を固くした。男が自分の上にかがみ込んだことが分かった。それと同時に引戸は右腕に力を込め、頭上目がけてメリケンサックのはまった拳を叩きつけた。やった、と一瞬思った。しかし腕に伝わったのは拳が当たった手応えではなく、寸前にはねのけられた手首の衝撃だった。予想以上に手強い相手だった。

引戸は唸《うな》り、体を捻《ねじ》ってもう一度男を殴りつけようとした。男がその手首をぐいと掴んだ。革の鞭《むち》に締めつけられるような、恐ろしい力だった。引戸は声を上げ、左手で地面を掻きむしった。相手と同じ手でやり返そうなどという冷静な計算があったわけではない。しかし引戸は無意識のうちに、左手で掴み取った土を男の顔に投げつけていた。

今度は手応えがあった。男がのけぞり、掴まれた手首が緩む。引戸は左腕を引きつけ、死に物狂いではね起きた。体のあちこちに鋭い痛みが走ったが、気にしている余裕はなかった。男が顔をおさえ、後ろに下がるのが見える。今だ、今を逃したらチャンスはない。引戸はよろめく足を励まして大きく踏み込むと、男のこめかみを狙ってメリケンサックを叩きつけた。目にはいった土を払い落とそうとしていた男は、気配を察したのか左肘を上げて引戸のパンチをブロックした。しかしメリケンに手首を打ち砕かれ、たたらを踏んで片膝をついた。引戸がボディを打つつもりで繰り出した左フックは、男の胸に当たった。男は後ろざまに倒れたが、そのまま一回転して起き上がった。

引戸はさらに踏み込み、中腰になった男の頰《ほお》をメリケンで殴りつけた。今度は狙いすました一撃だった。男はほとんど一回転して地面に転がった。引戸は余裕を取りもどし、肩で息をしながら男を見下ろした。このメリケンをまともに顔に食らって、もう一度立ち上がることができた者は一人もいない。男は地面の上で芋虫《いもむし》のようにもがいていたが、やがてうつぶせになり、少しずつ膝を立て始めた。それを見た引戸は驚き、あわてて男の横腹を蹴りつけようとした。しかし思い直すと、じっと男の動きを見守った。もう少しで自分のパンチに自信を失うところだった。

男がよろめき立つのを待ち、引戸は今度は腹を目がけてメリケンを叩き込んだ。男はくの字になって崩れ落ち、胃の中のものを吐き出した。しばらくそのままのたうっていたが、三十秒もするとまたうつぶせになり、起き上がろうともがき始めた。引戸は幽霊《ゆうれい》でも見るように、男をじっと見つめた。この男は、元プロボクサーのメリケンを二発も食らいながら、まだ立とうとしている。しかも呻《うめ》き声《ごえ》さえ上げようとしない。

男がよろめきながらついに二本の足で立ち上がったとき、引戸は突然言いようのない恐怖に駆られ、男の襟首《えりくび》を引き回すと、顔といわず腹といわずめちゃくちゃに殴りつけた。頭に血が上り、自分が何をしているのか分からなくなった。とうとう腕が疲れ、引戸は男を投げ出して尻餅《しりもち》をついた。体中に汗が吹き出し、心臓がポンプのように跳《は》ね回る。まるで十五ラウンドをフルに戦ったような気分だった。

ふと気がつくと、男は引戸から二、三メートル離れた所に、ぼろきれのようにうずくまっていた。ぴくりともしなかった。引戸はそろそろと腰を上げ、男の様子をうかがった。ふと、殴り殺してしまったのではないかという考えが浮かび、ひやりとする。恐怖と怒りで前後の見境を失くしてしまったことが、今さらのように悔やまれた。これまで人を殺したことはないし、まして今回の仕事は殺してはならぬと厳命されているのだ。

引戸は不安にさいなまれ、無意識に後ずさりした。汗をふこうとしてメリケンサックを額にぶつけ、はっとする。こわばった指を押し開き、メリケンを外すと、ジャンパーを探して着込んだ。通りの方へもどろうとして、引戸は男が脱いで地面に置いたブレザーに気づいた。そうだ、強盗か何かのしわざに見せかけなければいけなかったのだ。体をかがめ、ブレザーの内ポケットを探る。手帳のようなものが手に触れた。何げなくそれを抜き出し、街灯の光にすかして見た引戸は、もう少しで心臓が止まるところだった。闇《やみ》に光る金文字。

それは警察手帳だった。

## 2

彼は警察手帳を閉じ、テーブルに置いた。

明星美希。警視庁公安部公安第三課。巡査部長。女の名前に記憶はなかった。頭が混乱してしばらく言葉が出ない。病院を出てからこの数日の間にいろいろな人間と出会ったが、こんな所で警察官と、それも女の私服と顔をつき合わせることになろうとは予想もしていなかった。

「あんたは刑事か、本物の」

彼は心にもなく、くだらない質問をした。しかし聞かずにはいられなかった。

「ええ」

女の顔から突然表情というものが消えてしまった。生まれてから一度も笑ったことがないとでもいうように、頰がこわばっていた。しかしその目には不安も怯《おび》えも認められない。正体を見破られても取り乱さぬ女の態度に、むしろ彼の方が不安を感じた。

「あんたはおれを知ってるのか」

「ええ」

「おれの名前を言ってみろ」

「新谷。新谷和彦。あなた、記憶を失ったってほんとなの」

「黙れ。質問するのはおれだ」

彼がぴしゃりと言うと、女は口をつぐんだが、少しもたじろいだ様子はなかった。彼は腰を上げ、拳銃を女に向けたまま和室にはいった。ストッキングを取って来ると、女をソファにうつぶせにさせ、手と足をきつく縛った。もう一度仰向かせ、自分のソファにもどる。不安が収まると同時に怒りも消え、彼は冷静さを取りもどした。

「おれを探していたのか」

女がうなずく。縛られたためか、顔から血の気が失せていた。

「どうしておれがここにいることが分かった」

「管理人に頼んでおいたのよ。妹さんがもどるか、あるいはだれか訪ねて来る人間がいたら、すぐに電話するようにって」

彼は唇を歪《ゆが》めた。くそ、あの管理人もぐるだったのか。

「どうしておれを探すんだ。おれはいったい何をやったんだ」

「ほんとに何も覚えてないの」

女のいぶかるような質問にかっとなり、彼は銃口でテーブルの表面を叩いた。

「おれに質問するのはやめろ。これで二度めだぞ」

女は彼の表情をじっとうかがっていたが、やがて後ろ手に縛られたまま肩をすくめた。

「分かったわ。あなたは殺し屋なの。ある組織に雇われて、人殺しをするのがあなたの仕事よ」

彼は口元をこすった。ある程度予想はしていたが、刑事に面と向かって言われてみると、さすがに動揺した。

「ある組織って、豊明興業のことか」

女は二、三度瞬《まばた》きした。

「そうよ。よく覚えていたわね。あら、これは質問じゃないわよ」

彼は女の言葉に苛立《いらだ》ったが、どうにか自分を抑えた。

「一か月ほど前の、新宿の爆弾事件とやらも、おれのしわざか」

女は無意識のように唇をなめた。だいぶ間をおいてから、目を伏せて答える。

「ええ。あなたがあの、過激派の筧という男のボストンバッグに、時限爆弾を仕掛けたのよ。思い出したくない気持ち、分かるわ。ひどい事件だったもの」

彼は女を睨《にら》みつけた。こちらの気に障《さわ》ることばかり言うのは、どういうつもりだ。

「その事件で死んだ女の亭主は、あんたと同じ公安の刑事だそうだな、倉木とかいう名前の。おれのことを探してるらしいが、今どこにいる。あんたと組んでるんだろう」

「組んでないわ、所属が違うから。倉木警部は十日ほど前に、ちょっとした事故にあって、今病院にはいってるわ」

彼は眉をひそめた。事故か。少し気が楽になる。自分を追い回す人間が一人でも減るのは大歓迎だ。

「どこの病院にはいってるんだ」

「お見舞いにでも行くつもりなの」

彼はゆっくりと立ち上がり、女のそばへ行った。目にかすかな恐怖の色が浮かぶのを見て、わけもなく快感を覚える。女の下腹のあたりに銃口を押しつけ、ぐいとこじった。女は唇をわななかせた。

「調布、第一病院よ」

「何号室だ」

「五〇七号室」

彼はたっぷり時間をかけて女の表情を観察し、それからやっと銃口を引いた。女は栓《せん》を抜かれたように大きく息をついた。

「念のため言っておくけど、彼に手を出そうとしても無駄よ。病室の周りには警官が人垣を作ってるんだから」

彼はソファにもどった。別に倉木に手を出すつもりはなかった。ただこの身のほど知らずの女刑事に、どちらが質問しているのかを思い知らせたかっただけだ。

「あんたはおれを、どうするつもりなんだ。つまりその、逮捕するつもりだったのか」

「それだったら、あなたがドアをあけたとたんに飛びかかっていたわ」

「じゃあいったい、どういうつもりなんだ」

「あなたが殺し屋であることは確かなのに、証拠がないのよ。例の爆弾事件にしてもそうだわ。証拠がなければ逮捕できない。わたしはなんとかしてその証拠がほしいの」

「それで作り話をしておれに接近したというのか」

「そうよ。でもあなたが本当に記憶喪失にかかっているのなら、病院にはいらなくちゃいけないわ。早くちゃんと治療しないと」

「そして記憶喪失が治ったとたんに、両手に手錠がはまるという寸法だろう。そいつはごめんだな。おれは自分がだれであるかを見つけるのに、ひとの手は借りたくない」

「豊明興業の連中があなたを探しているようね。あなたの記憶喪失の原因がもしあの人たちにあるのなら、警察に保護を求める方が賢明だわ。彼らは、あなたが永久に記憶を取りもどさないように、口を封じるつもりなのよ」

彼は銃口を少し下げた。

「やつらは写真を発見しない限り、おれを殺すことはできないんだ」

女の表情がかすかに動く。

「写真。なんの写真」

彼はじっと女を見つめた。女の顔に浮かんだ戸惑いの色は、芝居ではなさそうだった。とすると、連中が探している写真のことは、警察も知らないのだ。

「なんでもない。知らなきゃそれでいい」

女は何か言い返そうとしたが、彼の顔を見てやめた。

彼は続けた。

「妹のことを話してくれ。さっきのは作り話だとしても、少しは知ってるんだろう」

「ほとんど知らないわ。遠くから見かけただけ。あなたのしっぽを摑もうと追い回しているうちに、ここに妹さんが住んでいることを知ったぐらいだから」

「おれと一緒のところを見たというのは本当か」

「ええ。一度だけだけど」

「妹はどんな女だ」

「そうね、わりと大柄で、口紅を濃く塗って、いつもサングラスをかけていたわ」

「髪は」

「長くしていて、前髪は眉にかかるぐらいだった」

「本当におれの妹のように見えたか」

「どういう意味」

「つまりあんたは、妹の素顔を見てないわけだろう」

女は二度瞬きした。

「顔立ちが似てたかどうかという質問なら、はっきり答えられないわね。似ているようにも思えたけど、そばで見たわけじゃないし。ただ管理人の話では、あなたが妹だと言ったというので、わたしもそれを信じただけ」

彼は拳銃を握り直した。また新しい可能性が出てきたことに気づく。管理人も、それから里村の場合も、彼自身の言葉を信じて妹だと思い込んでいただけで、実際には妹ではなかったかもしれない。

「ほかに管理人は、妹のことでどんなことを言った」

「別に何も。変わった人だとは言ってたけど。一度も口をきいたことがないらしくて、言葉が喋れないんじゃないかとも言っていたわ」

そのとき突然チャイムが鳴り、彼は文字どおり飛び上がった。ソファの後ろへ回り、女に向けて拳銃の狙いを定める。女は不自由な上半身を起こし、目をきらきらさせて言った。

「あきらめた方がいいわ。わたしが三十分して出て来なかったら様子を見に来るように、同僚に言っておいたのよ」

「同僚だと」

「そうよ。ここへ一人で乗り込んで来るほどお人好しだと思ったの」

彼は引き金に指をかけた。玄関のドアは、女を入れたあと施錠《せじょう》してある。そう簡単に破ることはできないはずだ。

女はさらに続けた。

「わたしの言うとおりにしなさい。病院で治療するのよ。妹さんもわたしたちがきっと見つけてあげるわ」

「黙れ」

チャイムが二度、三度と鳴り、やがて狂ったように鳴りっ放しになった。彼は女に銃口を向けたまま躊躇《ちゆうちよ》した。女を撃ち殺すのは簡単だが、あとが面倒だ。里村を始末したのとはわけが違う。もしこの女刑事を殺せば、警察は目の色を変えて彼を追い回すだろう。そうなったら彼が逃げおおせる可能性は万に一つもない。

彼は女を残し、和室に飛び込んだ。ガラス戸をあけ、ベランダに出る。下をのぞくと、夜目に小さな庭が見えた。一階の部屋の専用庭らしい。窓明りが洩《も》れていないところをみると、今は不在に違いなかった。彼は鉄柵を乗り越え、支柱にぶら下がって庭へ飛び下りた。芝生のおかげで、音も衝撃もほとんどなかった。上の方でまだかすかにチャイムの音がする。

彼は拳銃をベルトに差し込み、一階の柵を乗り越えようとした。そのとたん、背後からぐいと肩を引きもどされ、芝生の上に尻餅をついた。彼は恐怖と怒りに駆られ、上からのしかかってくる男を死に物狂いではねのけようとした。

「住居侵入の現行犯で逮捕する。おとなしくしろ」

男が押し殺した声で言う。くそ、こんな所でもう一人仲間が待ち伏せしていたのか。

彼は左腕で相手の胸を押しもどし、右手で芝生の上を探った。さっきちらりと目にした、鉢植えの木が指に触れる。それを握り締めるや否や、上になった男の頭めがけて思い切り鉢を叩きつけた。鈍い音をたてて鉢が割れ、あたりに土が飛び散った。男の体から力が抜けるのが分かる。

彼は男を押しのけてはね起きると、柵に飛びついた。一瞬後、石畳の狭い路地へ飛び下りる。左へ行くとマンションの正面に出るはずだ。彼は右手へ猛然と走り出した。数十メートル突っ走り、小広い通りに出る手前で一度振り返った。だれも追って来る者はいない。よし、大丈夫だ。彼は怪しまれないように走るのをやめ、通りに出た。街灯が明るい住宅街だった。できるだけ早く現場を離れなければならない。

角を三つほど急ぎ足に曲がる。背後で車の音がして、ヘッドライトが浴びせられた。彼は冷や汗をかき、道端に寄って車をやり過ごした。タクシーだった。タクシーは彼に排気ガスを浴びせ、五十メートルほど先へ行って右手のマンションの前で停まった。女の客が二人下りるのが見える。

それを見て彼は小走りに駈《か》け出した。タクシーをつかまえればもう安心だ。彼は手を上げ、足を早めた。しかしタクシーはそれに気づかず、音高くドアをしめると、すぐ前に停まっていた黒塗りの車をよけるようにして、走り去ってしまった。

彼は小さく罵《ののし》り、走るのをやめた。もう一度後ろを振り返る。人影はなかった。どうやら追手は来ないようだ。彼は大きく息をつき、歩き続けた。

黒い車の数メートル手前まで来たとき、右側のマンションの階段を男が二人下りて来るのに気づいた。彼がそちらを見ると同時に、二人も彼を見た。一瞬三人の動きが凍りついた。

彼は急いでブルゾンの内側に手を突っ込んだ。思わず唇を嚙《か》む。ベルトに挟んだ拳銃がなかった。さっきの格闘で落としたに違いなかった。

坊主頭の男が、呆然《ぼうぜん》と立ちつくす彼の背後に回った。

「まったく驚いたぜ。ついてるとしか言いようがねえな」

前に立ったパーマの男がうなずく。

「だからおれが言っただろう。この界隈《かいわい》のマンションを片っ端から当たれば、いつかは金的《きんてき》を射止めるはずだってな」

## 3

針は十一時を指していた。

明星美希は壁の時計から目をそらし、眉をしかめた。仕事柄待つことには慣れているはずだが、今夜ばかりは勝手が違った。電話がかかってきてからこの二時間というもの、テレビをつけたり本を開いたり、はては三か月もほうり出してあったレース編みまで取り上げてみたが、何一つ手につかなかった。少なからぬ緊張とかすかな期待に、胃のあたりが重苦しくなり、体に悪寒《おかん》のようなものが走る。それは今までにないことだった。

何度めかに時計を見上げ、溜《た》め息《いき》を洩らしたとき、突然チャイムが鳴った。美希は不意をつかれて、レース編みを床に落とした。たちまち動悸《どうき》が激しくなる。

できるだけゆっくりと玄関へ足を運ぶ。不用意にロックを外そうとして、ふと思いとどまり、ドア越しにどなた、と声をかけた。返事の代わりに、ドアの外で何かこすれるような音がした。

「どなた」

もう一度、今度は強い口調で言う。

「倉木」

くぐもった声が耳を打ち、美希はほっと体の力を抜いた。念のためドア・チェーンが掛かっているのを確認し、ロックを外《はず》した。細めにあけたドアが妙に重い。チェーンの向こう側で体が揺れている。

美希は唇を噛んだ。

「お酒を飲んでいらしたんですか、警部」

外でせわしげな息が洩れた。

「いや。ちょっと怪我《けが》をしただけだ」

怪我ですって。問い返そうとした美希の目の前に、ドアの隙間《すきま》から血まみれの手が突き出された。美希は小さく声を上げ、急いでチェーンを外すと、ドアを力任せに押しあけた。そして、倒れかかってくる倉木の体を、かろうじて両腕に抱き止めた。

倉木をリビングへ運び込み、長椅子に寝かせた美希は、しばし呆然としてその場に立ちすくんだ。倉木の顔は原形をとどめぬまでに青黒く腫《は》れ上がり、所どころ肉が裂けて血と泥にまみれていた。はだけたコートとブレザーの下にのぞくワイシャツとズボンも、同じように血と泥で汚れ切っている。まるでコンクリート・ミキサーの中をくぐり抜けたような、凄《すさ》まじい状態だった。美希は吐き気を催し、両手を握り合わせた。気が動転して、すぐには言葉が出ない。

「すぐに救急車を呼びます」

やっとそれだけ言い、電話に向かおうとする美希を、予想外に鋭い声で倉木が制した。

「待て。わたしがここへ来たのは、電話で言ったとおりきみに話があるからで、救急車を呼んでもらうためじゃない」

美希はきっとなって言い返した。

「ですが、こんな所で警部に死なれたら、わたしが困ります」

倉木が歯をむいた。それが笑ったのだと気がつくまでには、少し時間がかかった。

「大丈夫だ。死ぬときはきみの話を聞いてから、ちゃんと外へ出て死ぬよ」

美希はちょっとためらったが、電話を取るのをやめて洗面所へ行った。タオルと湯、消毒用アルコールを用意してもどる。そのときにはすっかり落ち着きを取りもどし、がき大将の子供を持った母親のような気分になっていた。手際よくコートと上着を脱がせ、ワイシャツの前をはだける。裸の上半身もあざだらけで、一面に赤黒く変色していた。ジェットコースターにでもぶつかったとしか思えないようなすさまじさだった。

「どうなさったんですか、いったい」

「すまないが、それについて説明している時間はない。病院へ行かないとは言わないが、とにかくきみと話してからのことだ」

美希は口を閉じ、タオルに湯を含ませると、倉木の顔についた血と泥をそっと拭き落とした。左の頰が裂け、赤い肉がのぞいているのには身震いが出た。右のまぶたはほとんど塞《ふさ》がり、こめかみは熟《う》れた柘榴《ざくろ》のようにつぶれている。美希はタオルを置き、脱脂綿にアルコールをたっぷりと注いだ。急に嗜虐《しぎゃく》的な気持ちになり、ためらわずにそれを倉木の顔に押し当てた。倉木は獣のように唸り、美希の手首を掴んだ。凄《すご》い力だったが、美希は負けずにのしかかり、傷口に脱脂綿を押しつけた。思わず笑い出したくなるような痛快な気分だった。

倉木が突然手を放したので、美希は体のバランスを崩した。倉木の右腕が腰に回り、ぐいと引き寄せられる。はっとしてのけぞるより早く、倉木は左手でブラウスの上から美希の右の乳房をむずと鷲掴《わしづか》みにした。美希は死ぬほど驚き、無我夢中で倉木の肩を突きのけた。倉木は苦痛の声を上げ、手を放した。

美希は反対側のソファまで身を引き、無意識に胸を抱いた。膝が震え、そのままソファに腰を下ろす。

「何なさるんですか」

倉木は傷口から脱脂綿をはがし、床に投げ捨てた。

「やられたらやり返すのがわたしの主義でね」

美希は唇の裏側に歯を食い込ませた。急いでタオルと洗面器を取り上げ、湯がこぼれるのも構わずリビングを走り出た。

洗面台に湯をあけ、息を整える。ふと鏡を見ると、今にもガス栓を捻《ひね》りそうな女がそこにいた。美希は深呼吸して髪にブラシを入れた。ここで冷静さを失ってはならない。倉木の狙いがどこにあるのか、それを確かめるのが先決だ。

リビングへもどると、倉木が同じ姿勢で長椅子に伸びたまま口を開いた。

「実は四、五日前、きみに教えてもらった新谷のマンションへ行って管理人と話した。その話によると、爆弾事件の当日新谷はずっと部屋にいたそうだ。ところがきみはやつを尾行したという。どっちが本当なんだ」

美希はサイドボードからウィスキーを出し、グラスに注いで倉木に渡した。倉木は受け取ったが、すぐには飲まずに美希の返事を待った。

「それは管理人がそう思い込んでいたに過ぎません。新谷はロビーを通らずに、非常階段から抜け出したんです。わたしは両方の出口を見渡せる場所に張り込んでいました」

よどみなくすらすらと答える。倉木はゆっくりと酒を飲み干し、グラスをテーブルに置いた。

「それは百パーセント予想していた答だね」

「事実を申しあげたまでです。それともわたしが嘘《うそ》をついているとでもおっしゃるんですか」

「きみは必要とあれば嘘をつきかねない女だ」

ずばりと言われ、美希はたじろいだが、すぐに切り返した。

「それは認めますが、そうでない女がいると警部が信じておられるとは思えませんね」

倉木は歯をむき、声を出さずに笑った。何があったか知らないが、体中をめちゃめちゃにされながらなおもこの事件に食らいつこうとするその執念に、美希は感嘆するよりも背筋に冷たいものを感じた。この男は根っからの警察官なのか、ただ死んだ妻をあきらめきれずにいるだけなのか、あるいはまったく別の理由があるのだろうか。

「実は今日新宿のマルセーユで、ウェートレスに会って来た」

美希は膝を握り締めた。マルセーユといえば、爆弾事件の少し前に筧俊三がはいった喫茶店だ。

「それが」

「この前きみに話を聞いたあと、マルセーユへ行って従業員全員に筧の写真を見せた。例の事件の直前、この男が店へ来たのを覚えていないか、と尋ねたんだ。残念ながらだれも覚えていなかった。ところが事件の翌日から観光ツアーでヨーロッパへ行ってしまったウェートレスがいて、その子だけ尋ねることができなかった。それが二、三日前に帰って来て、やっと今日店へ出て来たのをつかまえて尋ねたというわけさ」

倉木は言葉を切り、手の甲をそっと頰の傷に当てた。歯の隙間から息が洩れる。喋ることがかなり負担になっていることが見て取れた。このまま喋らせておいて大丈夫だろうか。救急車を呼ばぬまでも、喋るのをやめさせ、ベッドに寝かせた方がよくはないか。ベッドのことを思い浮かべたとたん、美希は胸がうずいてもぞもぞとすわり直した。寝室にベッドは一つしかなく、そこにはまだ男が寝たことはない。

「——をくれないか」

倉木の声にはっと我に返る。別のことを考えていたので、最初の方を聞き逃してしまった。しかし倉木の指がグラスを指しているのに気づき、酒を催促したのだと分かった。ウィスキーを満たしたグラスを渡すと、倉木はまたそれを一息で空《あ》けた。

「そのウェートレスが、筧のことを覚えていた。倉木は注文を取ったんだ。コーヒーに勝手にミルクを入れた、と言ってねちねち文句をつけられたので、よく覚えていたそうだ」

美希は自分のソファにもどった。

「それで」

倉木はグラスを指でもてあそびながら、醜く塞がった目を美希に向けた。

「彼女の証言によれば、筧は女と一緒だったというんだ。正確に言えば女が先に来ていて、そこへ筧が加わったんだが」

美希は驚いて背筋を伸ばした。

「筧は、女と待ち合わせていたというんですか」

「そうだ。この間のきみの説明によれば、きみは新谷と筧を追って一度マルセーユへはいったのに、また外へ出て出口を見張ったということだった。そのとき筧が女のいる席にすわったのを見届けなかったのかね」

美希は頬が赤らむのを覚えた。

「座席が百もあるようなマンモス喫茶ですし、仕切りの観葉植物がじゃまになって見通しがきかなかったものですから。それにあのときのわたしの尾行の対象は新谷であって、筧ではありませんでした」

「しかしきみは新谷が何かテロを請け負ったらしいという見通しのもとに、新谷の尾行を始めたのだろう。その新谷が筧を尾行したとすれば、筧がそのテロの対象ではないかと疑ってみるのが普通だ。少なくとも通常の能力を持った公安刑事ならそうする。だとしたら、どんな悪条件の下《もと》でも、二人から目を離すことなどあってはならないはずだ」

倉木の言葉は鋭く美希の胸に突き刺さった。弱点をつかれ、こめかみのあたりが熱くなる。この男は、体こそひどく痛めつけられているが、頭の働きはまだまだしっかりしている。

「もちろんわたしもそれは警戒していました。でもまさかあんな喫茶店で筧を殺すことはできないだろうと思いましたし、現にあの店では何も起こりませんでした」

「それは結果がたまたまそうであったにすぎない。もう一つ、あの店の中で何も起こらなかったとは、だれにも言い切れないはずだ」

美希は無意識に親指の爪を噛んでいた。倉木の言うことには筋が通っており、反論すればますます窮地に追い込まれそうな予感がした。

「筧が待ち合わせた女というのは、どんな女なんですか」

美希が言うと、倉木は唇に冷笑を浮かべ、グラスを指でもてあそんだ。唐突に話題を変えた不自然さに思い当たり、美希は冷や汗をかいた。

「黒いコートを着てサングラスをかけた、髪の長い女だったそうだ」

美希はスカートの裾を握り締めた。急に動悸が早まるのを感じる。

「その女は、ほんとに筧より先に来ていたんですか」

倉木の半ば塞がった目がきらりと光った。

「それはどういう意味だ。その女が筧よりあとに来たのではないかと考える根拠があるのかね」

「いえ、ただ確認したかっただけです。それより、先日お話ししたと思いますが、マルセーユから新谷が一足先に出て来る少し前、女が一人出て来たんです。今思えばその女は確かサングラスをかけて、黒いコートを着ていたような気がします」

「なるほど。だんだん話の筋立てが整って来たようだね」

美希は唇を引き締めた。

「わたしがいいかげんなことを言っているとおっしゃるんですか」

「いや。しかしきみがこれまでわたしに話したことが真実かどうか、知っているのはきみだけだからね。もしそれが嘘かもしれないと疑えば、まったく別の局面が現われる」

「例《たと》えばどんな」

「例えばその謎《なぞ》の女は、きみ自身の変装だったということもありうる」

――――――――――4

美希は笑い出した。

とげのあるわざとらしい笑いであることは、自分でもよく分かっていた。

倉木はじっと美希を見つめた。美希の笑いは空《むな》しく宙に消え、気まずい沈黙があたりを支配した。

「まあいい。言い忘れたが、今日マルセーユへ行ったとき、店の連中に新谷の写真を見せて見覚えがあるかどうか尋ねた」

美希は顎を引いた。

「新谷の写真。そんなもの、どこで手に入れたんですか」

「四、五日前、やつの部屋から失敬して来たのさ」

「部屋を捜索なさったの」

「そうだ。豊明興業の連中が荒らし回ったあとだったがね。やつらは何かを探していたらしい」

「何をですか」

「連中は新谷が着服した金を探していると言ったが、むろんそれは嘘だ」

「豊明興業とも接触されたんですか」

倉木はうなずいた。美希は視線を落とし、それとなくスカートのしわを伸ばした。この男は、こちらの狙いどおりに動いている。かなり危ない賭《か》けだが、今のところ様子をみるしかないだろう。

「その探しものに心当たりがあるかね」

「いえ、ありません」

それは本当だった。もし豊明興業が何か探しものをしているのが事実なら、そのことは心に留めておく必要がある。

「話をもどそう。マルセーユの店の人間は、例のウェートレスも含めてだれも新谷の写真に見覚えがないと答えた。そのことをどう思うね」

「それは仕方ないでしょう、一日に何百人と不特定多数の人間が出入りするんですから」

「確かにそのとおりだ。しかし逆に、新谷は店にはいらなかったとも考えられる。もっと言えば、きみと筧との間に、そもそも新谷など介在していなかったかもしれないんだ」

美希は目を伏せた。

「警部はどうしてもわたしを、その謎の女に仕立てたいようですね」

「わたしは何も仕立てたいなどと思ってはいない。ただそう考える方が筋が通っていると言いたいだけだ」

美希は目を上げ、静かに応じた。

「わたしには筋が通っているようには思えませんね」

「それでは話を変えよう。きみは新谷の妹についてどの程度知っているのかね」

倉木の鋭い質問に、美希は虚をつかれた。この男は、こちらの論理の隙をついて、次つぎと矛先《ほこさき》を繰り出して来る。どう答えれば追及をかわすことができるか、一瞬判断に迷いが生じた。

美希は立ち上がり、ボトルを取って倉木の空のグラスに酒を注いだ。奇跡的に手も震えず、こぼさずにすんだ。ボトルを置き、ソファにすわり直す。

「新谷に妹がいたなんて初耳ですね。どこでお聞きになったんですか」

そう答えて、臆《おく》せず倉木の顔を見返す。目が塞がっているために視線が捉《とら》えにくく、そのことが美希にとって救いだった。

倉木はまた一口でグラスを空にした。

「リビエラで新谷の下にいた里村という男から聞いたのさ。それからドルミール滝野川の管理人も二、三度見かけたことがあると言っていた。きみが彼らからそれを聞き出していないとすれば、いよいよもって公安刑事は失格だな。むしろきみが嘘をついていることを祈るよ、きみ自身のためにね」

美希は屈辱に唇を噛み締めたが、何も言い返さなかった。言い返せば倉木の術中にはまり、立場を悪くするだけだ。黙っていても立場が悪くなるのは同じだが、少なくとも言葉尻を捉えられるような目にあわずにすむ。じっとがまんするよりほかはない。

倉木は少しの間静かに呼吸していたが、やがて力を奮い起こすように息を吸った。

「もう一つだけ聞こう。きみは津城《つき》警視正を知っているだろうね」

今度ばかりはショックを受け、美希は棒を飲んだように背筋をこわばらせた。驚愕《きょうがく》がもろに顔に出たのが分かったが、もはやどうしようもなかった。

倉木は腫れた唇を醜くゆがめた。

「またグラスに酒を注いだりしなくていいのかね」

美希は汗ばんだ手で膝頭を掴んだ。

「知っています。なぜですか」

声が力なく震えた。

「つい先日、きみが津城警視正と、浅草の牛鍋屋で食事しているところを見かけたんだ」

むらむらと怒りが込み上げてくる。

「見かけたですって。正直にわたしを尾行したとおっしゃったらどうですか。有能な公安刑事なら、そうするはずだわ」

倉木は取り乱した美希を見つめ、何事もなかったように続けた。

「彼とはどういうつきあいかね」

美希は顎を突き出した。

「極めてプライベートなおつきあいです。でも大きなお世話というべきですね、その質問は」

「それはどうかな。きみが怒りの仮面の下に隠しているのは何なんだ」

美希はじっと倉木を見返した。憎しみが突然頭をもたげてくる。それは今までに経験したことのない、激しい感情だった。

「警部はいったい、何がおっしゃりたいんですか」

倉木は苦しそうに肩で息をした。

「きみが警視正と、道ならぬ恋に陥っているようには見えなかった、ということさ」

美希も肩を上下させた。倉木の執拗《しつよう》な追及はとどまるところを知らず、容赦なく美希を攻めつけた。どう言い抜けようとしても悪あがきになることは目に見えていたが、美希としてはほかに道がなかった。

「どうしてですか。わたしも警視正も独身ですし、二人とも大人なんですから」

「そこまで主張するなら、そうしておこう。ただわたしは彼の役職に非常に興味がある。津城俊輔、警察庁警務局所属の警視正、特別監察官。間違いないだろうね」

「ええ」

「特別監察官の仕事は、警察内部の不正や犯罪を調査したり取り締まったりすることだ。もちろん承知しているだろうが」

「そのように聞いています」

「しかし実際には、そうした不祥事が外部、特にマスコミに洩れないように揉《も》み消したり、闇から闇へ葬り去るのが仕事だという噂《うわさ》もある」

「わたしは知りません」

美希が強く否定すると、倉木はちょっと顎を引いた。

「何年か前、きみが公安へ来る以前のことだが、わたしの同僚の刑事が不祥事を起こして、当時まだ警視だった津城さんに射殺されるという事件があった。これはその刑事の個人的犯罪として処理されたけれども、実は背後に相当複雑な政治問題が絡《から》んでいたといわれている」

「その事件なら聞いたことがあります」

「寝物語にかね」

美希は拳を握り締めた。倉木が自分を怒らせようとしていることが分かり、かろうじてその侮辱に耐えた。

倉木は続けた。

「事件のあと彼はパリのインターポールに出向した。もちろんほとぼりをさますためにね。そしていつの間にか帰国して、今や警視正に昇進というわけだ」

「それがわたしとどんな関係があるんですか」

美希は苛立ちをあらわにした。

「それはわたしにも分からない。ただ彼がまた何か餌《えさ》に食いついたんじゃないかと思っただけさ」

倉木はさりげなく言い、少しの間美希を見つめた。それ以上追及するつもりはないようだった。

「ありがとう、礼を言うよ。やはり話をしに来たかいがあった」

あっけなく倉木が切り上げたので、美希は内心ほっとした。倉木のその口調には特別皮肉が込められているようには思えなかったが、一言言い返さずにはいられなかった。

「どういたしまして。でも警部はわたしの話を信じてらっしゃらないんでしょう」

倉木は薄笑いを浮かべた。

「きみが真実だけを語ることは最初から期待していなかったよ」

美希は打ちのめされ、唇を噛んだ。敗北感に、反論する気力も失っていた。

「ではこれで失礼する」

倉木の言葉で、美希は我に返った。見ると倉木は長椅子から身を起こそうとしていた。しかしよほど体力を奪われたのか、わずかにもがくだけに終わった。美希は反射的にソファを立ち、倉木に手を貸した。倉木は美希の肩につかまり、やっとのことで立ち上がった。苦痛をこらえているのか、食い縛った歯の間から鋭い息が洩れる。苦労して上着とコートを着る。

「救急車を呼ばせてください」

「いや。きみのマンションから運び出されるのは、いかにもまずい。女房を亡くしたばかりの刑事が、同僚の女刑事の部屋にいたなどと知れてみたまえ。それこそ津城警視正のご出馬を願うはめになる」

倉木は玄関に向かって足を踏み出し、美希もあわてて肩を差し入れた。

二人はもつれるように玄関へ通じる廊下に出た。美希はふと、倉木が肩を借りながらもできるだけ美希に体重をかけまいと、必死で足を踏ん張っているのに気づいて胸をつかれた。この男も、傷つきやすい心に強がりの鎧《よろい》をまとっているだけではないのか。

廊下の途中で倉木はバランスを崩し、床に片膝をついた。美希は一度しゃがみ、倉木の胸を下から押し上げた。倉木は壁に肩をもたせかけるようにして、どうにか立ち上がった。美希は倉木の右腕をもう一度かついだ。二人の顔が予想外に近づき、ウィスキーの匂いがぷんと鼻をついた。

次の瞬間美希は唇で唇を塞がれ、驚いて身をのけぞらせた。倉木の腫れ上がった唇は血の味がし、満腹したひるのようなおぞましい感触だった。倉木の右腕はしっかり美希の肩を抱き、逃れるのを封じていた。

美希は倉木の胸に手を当てたが、さっきのように力任せに押しもどすことはできなかった。体の中で何かが崩れ去り、手足から抵抗する力が抜けていた。美希は目を閉じ、倉木の舌を受け入れた。奥のベッドがまぶたの裏に浮かび、思わず体が震える。

やっと唇が離れ、美希は大きく息をついた。倉木の体を支えていたはずの自分が、逆に相手の胸にしがみつく形になっているのに気づく。二人は壁にもたれかかり、荒い息を吐いた。奥のベッドが空いているわ。そう心の中で叫びながら、声に出せない自分がもどかしく、美希は唇を嚙み締めた。倉木の方から、ほんの一言でもそれをほのめかしてくれたらと祈る。

倉木はのろのろした動作で美希の体を押し離した。自力で玄関までたどりつくと、その場にうずくまって靴に手を伸ばした。美希はあとを追い、靴を奪い取った。冷蔵庫に投げ込んでしまいたいほどいまいましい靴だった。

しかし倉木が黙って足を投げ出すのを見ると、仕方なく靴をはかせてやった。もしかして倉木も、わたしの一言を待っているのではないか、という考えがちらりと頭をかすめる。しかし美希は、あらゆる意味でそれを口にすることはできなかった。

倉木は壁に両手をつき、ゆっくりと立ち上がった。背を向けたままで言う。

「一つだけ頼みがある。大杉警部補に、かならず病院の方へ見舞いに来るように伝えてくれないか」

「どこの病院にはいるおつもりですか」

「分からない。明日の新聞で見てくれたまえ」

美希が口を開くより先に、倉木はドアをあけて外廊下によろめき出た。鉄製のドアはそっけなく閉じ、美希はその場に取り残された。やり場のない焦燥感《しょうそうかん》に思わず手を握り合わせる。

倉木と交渉のあることを知られるのは確かにまずい。しかし重傷を負った倉木を、このまま一人ほうり出してよいものだろうか。せめて近くの病院まで連れて行くぐらいのことをしても、だれにも責められないはずだ。

美希は弾《はじ》かれたようにドアを押しあけ、裸足のまま外廊下へ飛び出した。

「警部」

しかしすでに倉木の姿はそこになかった。

美希は力なくドアにもたれ、放心したまま無人の廊下を見送った。

## 5

彼は悲鳴を上げ、体をのけぞらせた。

全身にショックと激痛が走る。手足を縛る革紐が容赦なく皮膚に食い込む。毛穴という毛穴が縮んで全身が総毛立つ。遠ざかりかけた意識が完全には消えやらず、そのために苦痛はひときわ強く、長く彼の体を苛《さいな》んだ。

彼はやっとのことで硬直した筋肉を緩めることができた。いつの間にか股間が生暖かく濡《ぬ》れているのに気づく。どうやら失禁したようだ。

頭の上で声がした。

「先生、どうしたんだ。ちっとも痙攣《けいれん》が起こらんじゃないか。電圧が低過ぎるのと違うか」

野本の声だった。

彼は意識を失ったふりをして耳を傾けた。

「いや、電圧や通電時間はこれが限度だ。患者によって、またそのときの体調によってこういうこともある。しばらく様子をみよう」

そう応じたのは、院長の小山《こやま》だった。

この病院に連れ込まれてから少なくとも十数時間はたっている。場所はよく分からないが、東京からそう遠くはない距離のようだ。

小山は野本の依頼、というより命令で彼に電撃療法を試みていた。小山は最初、電気ショックは主に分裂病の治療に用いられるものであり、記憶喪失には効果がないと言って反対したが、結局野本の脅しに押し切られてしまったのだった。彼は目の前で二人のやりとりを聞きながら、電撃療法に対する恐怖感とともに、ある種の期待感をも抱いた。もし記憶喪失が治る可能性があるのなら、少々のショックに耐えてみてもよいと思った。それで連中が彼をベッドに縛りつけたときも、抵抗せずにされるままになったのだった。

しかし今は、それを後悔していた。小山の説明によれば、頭に電極を取りつけて、通電するとすぐに意識を失うのでほとんど苦痛はないということだった。通電後体に痙攣が起こり、それが断続的にしばらく続くが、本人には分からないというのだ。ところが実際にやってみると、意識も失わなければ痙攣も起こらず、激痛と不快感があるだけだった。電圧を一〇〇ボルト以上に上げ、通電時間を長くしても結果は同じだった。

野本が口を開いた。

「しようがねえな。それじゃ明日もう一度やってもらおう。今度は電圧をあと五〇ボルト上げて、たっぷり通電してやるんだ」

「それは無茶だ」

「何が無茶なもんか。何千ボルトという雷に打たれて命が助かったやつもいるんだ」

彼は苦痛をこらえながら、もう少しで笑い出しそうになった。野本の単細胞の頭には、まったくあきれてしまう。

　小山の声の調子が変わった。

「ここをどこの病院だと思ってるんだ。仮にも——」

「ああ、よく承知してるさ。お偉方の身内をたくさん預かってる、由緒ある病院だと言いたいんだろう。だからどうだってんだよ。お偉方に目をかけてもらってるのはこっちも同じだ。いい気になるんじゃねえ」

　彼は薄目をあけた。真上にある蛍光灯がまぶしい。小山が機械を操作している看護人に合図するのが見えた。看護人はベッドのそばへ寄り、彼の手足の革紐をほどき始めた。半袖《はんそで》の白衣から突き出た腕が、針金のような剛毛におおわれている。背は高くないが、岩のように厚い胸板の持ち主だ。

「保護室へもどしておいてくれ。下着を替えてやるように」

　看護人は体の下に太い腕を差し入れ、彼を軽がると抱き上げた。彼はまるで自分が子供にもどったように感じ、わずかの間だが苦痛を忘れた。快い感覚が体を包む。

　その看護人は一度も口をきいたことがなかった。耳が聞こえるらしいところをみると、聾唖者《ろうあしや》ではないようだ。

　保護室は鉄の扉に閉ざされ、周囲をコンクリートで固められた独房だった。扉の下に小さな開き戸がついており、そこから食事を出し入れするようになっている。がたがたのベッドが一つと、隅に便器が据えつけてある。天井の隅にはテレビカメラがセットされている。彼の一挙手一投足はすべて監視されているのだった。

看護人は彼をベッドに寝かせ、パジャマと下着を脱がせた。彼は自分の勃起《ぼっき》した男根を珍しいものでも見るように眺めた。看護人はそれに目もくれず、てきぱきと下着とパジャマを着替えさせた。

「ありがとう」

試しに声をかけてみたが、看護人はいかつい顔の眉一つ動かさず、黙って出て行ってしまった。

彼はパジャマをずり下ろし、下着の中に手を入れた。その固い一物は、自分のもののようには思えなかった。握り締め、軽くしごいた。たちまち腰のあたりにむずがゆい快感が走る。その感覚に当惑と驚きを覚えながら、さらにしごき立てた。津波のようなうねりが急速に高まり、たまらずどっと下着の中に精を放出した。括約筋の鋭いわななきに身悶《みもだ》えしながら、彼は目の裏を無数の画面が次つぎによぎるのを見たと思った。うめき声を上げ、その画面の動きを止めようとしたが、それは空しい努力に終わった。

気がつくと、彼は冷たいベッドに元どおり横たわっていた。手が生暖かい体液にまみれ、べとべとする。手を抜き出し、シーツにこすりつける。目をあけると、天井の隅からテレビカメラが彼を見据えていた。かすかに羞恥心《しゅうちしん》が頭をもたげてきたが、それはすぐに消えた。もう一度目を閉じる。

確かに今日の裏をよぎったのは、失われた記憶の断片に違いなかった。しかし絶頂感が過ぎ去ってしまうと、それを思い出すことはもはや不可能だった。

おれを興奮させたのはなんだったのだろうと、彼はじっと考え込んだ。


―――――――――――――――――――6

ひっそりと暖簾《のれん》が出ていた。

九段上に近い裏通りだった。教えられなければ見逃してしまいそうな小さな間口だ。大杉良太が名乗ると、よく糊《のり》のきいた割烹《かっぽう》着姿《ぎ》の女将《おかみ》が、万事心得たというような笑顔で二階へ案内してくれた。一番奥の片開きの襖《ふすま》をあけ、大杉を通す。真新しい畳の匂いが鼻に快い、四畳半の部屋だった。

明星美希が座布団《ざぶとん》から滑り下り、大杉に床の間を背負わせた。大杉はちょっと戸惑ったが、示された上座にすわった。会いたいと申し入れたのはこちらだが、店を指定したのは美希の方だ。ここのところは相手の顔を立ててやろう。

「先日はどうも」

大杉は紋切り型の挨拶《あいさつ》をし、さっそくおしぼりを取って出てもいない顔の汗をふいた。

「新宿中央署以来ですわね」

「そうだな。あれからもう四週間近くになる。状況はほとんど変わってないがね」

美希はグレイの古風な仕立てのスーツに身を包んでいた。手首の包帯はすでに取れている。大杉は咳払《せきばら》いをして、卓上の箸置《はしお》きや小皿の位置を直した。

「どうして進展しないんですか」

「その辺の事情は、あんたの直属の上司に聞いてもらった方がいいね。若松警視は、なんといっても本件の実質的な捜査責任者だからな」

美希はかすかに笑った。

「若松課長がお好きじゃないようですね」

大杉も冷笑を返した。

「だれか好きなやつがいるかね」

仲居が酒を運んで来たので、話が中断した。盃《さかずき》に酒を注いでもらいながら、大杉は自分の右側が両開きの襖になっているのに気がつき、ぎくりとした。わけもなく動悸が高まる。襖をあけると、中に布団と枕が二つ用意されていそうな、おまけにピンクの豆電球がともっていそうな、そんな妄想が脳裡《のうり》を駈け巡った。

仲居が料理を並べ、引き上げてしまうと、大杉は雑念を振り払うように切り出した。

「昨日倉木警部を見舞って来た。あんたから連絡をもらってすぐに会おうとしたんだが、公安の連中のガードが固くて会うことができなかった。それにしても、あんたと倉木警部の間にコンタクトがあったとは、予想もしていなかったよ」

「わたしから求めたわけじゃありません」

「どっちから近づいたかは、この際どうでもいい。話は全部聞いた。警部があんたを尋問して、新谷とかいう殺し屋の話を聞き出したことから、豊明興業の息がかかったボクサー崩れにやられてあんたのマンションに転がり込んだところまで、洗いざらいだ」

「豊明興業ですって」

「そうさ。まさか酔っ払って地回りと喧嘩《けんか》などという、新聞発表を信じてるわけじゃないだろう」

「それはそうですが」

「爆弾事件のあった日、どうしておれに本当のことを喋らなかったんだ。筧を新谷が尾行して、そのあとをあんたがつけていたという話を。こんなことが上に洩れたらただではすまんぞ」

美希の頰が固くなった。

「その理由も倉木警部にお話ししました。それにしても、警部はいっさい他言しないと約束なさったのに。見損なったわ」

大杉は美希の表情の変化を少しも見逃すまいと、じっと視線を据えた。

「さて、それはどうかな。あんたは何かの狙いがあって、その話を警部に打ち明けたんだろう。それによって警部がなんらかの行動を起こすことを期待してな」

美希は一瞬目を伏せた。

「警部がそうおっしゃったんですか」

「そうだ。ところが警部は、ゴールに着かないうちにあんな目にあって、動きがとれなくなってしまった。そこでおれにあとを引き継いでくれというのさ」

「それで、承知なさったんですか」

「しちゃ悪いかね」

美希は膝に目を落とし、ハンカチをくしゃくしゃに丸めた。そのままの姿勢で言う。

「それは公的にですか、それとも私的にですか」

「もちろん私的にだ。倉木警部は本件への介入を禁じられているし、おれが警部と接触したと知ったら若松警視はおれの靴を嚙みちぎるだろうよ。昨日だって、だれにも見咎《みとが》められずに病室にはいるのに一苦労したんだ」

美希の肩がほっとしたように揺れた。

「でも警部は捜査本部の責任者の一人でしょう。私的な立場で動くことなど不可能だと思いますけど」

「すでに動いてるよ。新宿中央署の署長は若松警視の指示さえあれば、おれにどぶさらいでもさせる気だ。そんな状態でまともな仕事ができるわけがない。連中はこの事件がおみや入りになることを望んでるんじゃないかとさえ思える」

「望んでいるだけじゃなくて、そう仕向けているのかもしれませんね」

大杉は盃を持った手を止めた。

「それはどういう意味だ」

「別に。ただ、事件から一か月もたとうとしているのに、まったく捜査に進展がないというのはおかしいと思いませんか」

大杉は美希を見つめたまま盃を干した。

「そのとおりだ。そろそろ本音を聞かせてもらおうじゃないか」

「本音ってどういうことですか」

「とぼけるのはやめろ」

言ってしまってから、大杉は自分の声の大きさに気づいて口を結んだ。美希の頰にかすかに紅が差した。

「それで気がすむんでしたら、このテーブルを叩いてもけっこうですよ。女将には因果を含めてありますから」

大杉は拳を握り締め、怒りを抑えた。この女と話していると、わけもなく気が短くなる。いいだろう、そのときがきたら叩くどころか、このテーブルを二つにぶち割って窓から投げ捨ててやる。

「聞いてくれ。おれは倉木警部みたいに、裏に何かあるのを知りながら、知らん顔をして相手の筋書きに乗るような芸当は苦手なんだ。それは公安の常套《じょうとう》手段かもしれんが、少なくともおれの好みじゃない。おれはおれのやり方でやる。あんたに本音を吐かせるためなら、髪を摑んで壁に頭を叩きつけるぐらい朝飯前だ。女将に因果を含めてあろうとなかろうとな」

美希はじっと大杉を見返していたが、やがて目を伏せて形ばかり盃に口をつけた。

「倉木警部に全部お聞きになったとおっしゃいましたね」

「そうだ」

「わたしが警部にお話しした中で、一つだけ嘘があります。それも重大な嘘が」

大杉はすわり直した。

「それはなんだ」

美希は背筋を伸ばした。

「倉木警部には、リビエラの池袋店長をしている新谷和彦が右翼のテロリストだと、そのように申しあげました」

「そうらしいな。それが嘘だというのか」

「ええ。新谷は豊明興業から仕事を請け負うだけで、テロの実行者は別の人間なんです」

大杉は座卓の下で膝頭を握り締めた。

「それはだれなんだ」

「新谷宏美。和彦の妹です」

美希はさりげなく言ったが、その言葉の効果を推し量るように大杉の表情をうかがった。大杉は、驚かなかったといえば嘘になるが、意識して眉一つ動かさずに美希を見返した。

「倉木警部が妹の話を持ち出したとき、きみは初耳だといってとぼけたそうだな」

「あのときは、やむを得なかったんです。妹のことは、新谷を監視し始めてから比較的早い段階で、その存在を突きとめていました」

「その宏美とかいう妹の方が、テロを実行するというのかね」

「そうです。新谷は豊明興業から仕事を請け負うだけで、殺しは妹にやらせるんです。豊明興業は新谷自身が手を下しているものと考えているようですが」

「どうして妹が実行者だと分かるんだ」

「新谷があまり動きを見せないので、監視対象を宏美に変えたところ、少なくとも二件、わたしの監視下でテロを実行したのです」

大杉は目をむいた。

「あんたの監視下でだと」

「正確に言えば尾行中にですが。一件は彼女の狙いがだれであるか確認できないうちにやられてしまいましたし、もう一件は競馬場の混雑の中でそばへ行けない状況でした。その上どちらの場合も、彼女が確かに手を下したという証拠はないんです。二人ともアイスピックで後ろから首筋を一突きにされていましたが、彼女が刺すところはだれも見ていないんです」

「その二人というのはだれだ」

「表向きは平凡な会社員ですが、どちらも新左翼の幹部だったことがあとになって判明しました。新聞には伏せられましたけど」

「どうして宏美を引っ張らなかったんだ」

「今申しあげたとおり、証拠がありませんでした」

大杉は呆《あき》れて首を振った。

「むざむざと目の前で出し抜かれて、よく巡査部長が務まってるな」

美希の頬が紅潮した。

「弁解はしません」

「その方がいい。すると今度の事件も、筧をつけ狙っていたのは妹の方なんだな」

「ええ。わたしはあの日、東中野にある宏美のマンションから彼女を尾行しました」

「それで宏美は早稲田へ行き、事務所から筧をつけ始めたというわけか」

「ええ」

「そのときの宏美の様子は」

「いつものように黒いコートを着て、サングラスをかけていました。ロングヘアですらりとした体つきですが、素顔は見たことがありません」

「倉木警部がマルセーユのウェートレスから聞き出したところでは、筧は店の中でやはり黒いコートとサングラスの髪の長い女と同席したそうだ。それが宏美だったんだな」

「わたしも一瞬そう思いました。でもウェートレスの証言では、その女は筧より先に席についていたということなんです。だとすれば、筧のあとを追って店へはいった宏美がその女だと考えるのは不合理じゃないでしょうか」

「ウェートレスの思い違いということもある。宏美が筧と接触して、ひそかにボストンバッグに爆弾をセットしたと考えれば話の筋道は立つ」

美希は渋しぶうなずいた。大杉は刺身《さしみ》を口にほうり込み、酒と一緒に飲み下した。うまい刺身だったが、味を楽しんでいる余裕はなかった。

「それで事件の日以降、新谷は姿を消してしまったそうだが、妹の方はどうなんだ」

「まったく同じ日にマンションを出て行ったきり、行方が分かりません」

「東中野のなんというマンションだ」

「カサ東中野です。管理人には、宏美でも和彦でも姿を現わしたらすぐ電話をくれるように頼んであるんですが、いまだに連絡がありません」

大杉は座椅子の背にもたれ、腕を組んだ。もし新谷兄妹が筧を爆死させたのだとしたら、彼らはどこでどうやって例の爆弾を手に入れたのだろう。豊明興業からか。そうだとすれば、連中はどこから入手したのだ。

しかし今ここでそれを詮索《せんさく》しても始まらない。大杉は腕を解いた。

「じゃあ肝腎《かんじん》なことを聞かせてもらうとするか。いったいなんだって新谷のことをおれたち捜査本部の人間に黙っていて、倉木警部にだけ話したんだ。しかも妹のことで嘘をつくとは、何か狙いがあるとしか考えられんじゃないか」

美希はちらりと唇に舌を這《は》わせた。ためらいの色が目をよぎる。もう一息だ。そう判断した大杉はたたみかけるように言った。

「警部の話によると、あんたは警察庁警務局の特別監察官で津城とかいう名前の警視正とコンタクトがあるそうだな」

「ええ」

「津城監察官の噂はおれも聞いたことがある。警察内部の不祥事をうまく始末する、言ってみれば便所掃除のような仕事をしてる男だろう」

美希の顔色が変わり、体が揺れた。不自然なほどの狼狽《ろうばい》ぶりだった。

「それはお言葉が過ぎます」

「そんなにむきになることはないさ。あんたとその警視正が恋仲である可能性は百パーセントないと、倉木警部が言ってたぞ」

美希は落ち着きのない視線をあたりに走らせた。

大杉は続けた。

「警部の読みでは、この爆弾事件には公安内部のきな臭い問題が絡んでいて、あんたはそれを津城監察官殿の命令でひそかに探っている。つまりあんたは彼のスパイを務めているというわけだ。そしておれもその説に賛成する。どうだ、図星だろう」

「まさに図星です」

大杉はぎくりとして腰を浮かせた。そう答えたのは美希ではなく、物柔らかな男の声だったのだ。

横手の襖がするするとあき、男の顔がのぞいた。大杉は腰を浮かせたきり、言葉を失ってその男を見つめた。あまり背は高くないが、上半身が異常なほど発達した四十代後半の男だった。

男は名刺を取り出し、軽く気をつけの姿勢をとって大杉に頭を下げた。

「突然割り込みまして、申しわけありません。わたしはこういう者でして」

大杉は中途半端な膝立ちのまま、あっけにとられて名刺を受け取った。それを見たとたんに、あわてふためくより先に顔から血の気が引くのが分かった。名刺には警察庁警務局・特別監察官・警視正・津城俊輔と印刷されていたのだ。じっとりと冷や汗がにじみ出す。

「いったいこれは、どういうことでしょうか」

声が震えないように、精一杯努力しながら言う。これほどの不意打ちを食らったのは久しぶりだった。長年の習慣で、位の上下がただちにその場の人間関係を規定するのを意識してしまう。

「事前にお話ししなかったことはおわびします。ただ問題が問題ですから、わたしとしては大杉さんの肚《はら》を承知しておきたかったのです」

津城はあいた席にすわり、手を叩いた。それを待っていたように、さっきの仲居がもう一人前の料理と新しい酒を運んで来た。

くそ、引っ掛けられた。大杉は怒りを押し殺しながら、美希を睨みつけた。食い殺してやりたいぐらいだった。どうも立ち居振る舞いがおかしいと思ったら、こんな隠し球をしていたのか。道理でさっき津城の悪口を言ったとき、ひどくうろたえたわけだ。

「ま、お一つ」

津城からお銚子《ちょうし》を差し出され、大杉はあわてて盃を取り上げた。酌《しゃく》を受けながら、ここれは順序が逆だったともう一度冷や汗をかく。

ここまで来たらじたばたしても始まらない。どうにでもなれと肚を決めた。

「わたしとしては、事情を説明していただく権利があると思いますが」

切り口上で言うと、津城はそこだけギリシャ彫刻のような高い鼻を、指でつるりと撫《な》でた。

「おっしゃるとおりです。お察しのように、今回わたしが掃除しようとしているのは公安の便所なのです」

「それはつまり――」

大杉は言いかけてやめ、改めて美希を睨み殺そうとした。美希は気配を察したらしく、煮魚の小骨を取るのに専念するふりをしていた。津城は大げさに大杉を手で制した。

「ま、抑えてください。今夜の一件はわたしが仕組んだことで、明星君に責任はない。あなたが会いたいと言って来られたと聞いて、わたしがこの場所を使うように指示したのです。ご勘弁願いたい」

大杉は憮然《ぶぜん》として盃を口に運んだ。

津城がどんな男かまだ見当がつかないが、並みの警察官と違うことは感じ取れた。大杉より三階級も上で、しかも何歳か年長に見えるのに、丁寧な口のきき方をして少しも偉ぶったところがない。それは手練手管《てれんてくだ》によるものではなく、生来の人柄のように思われた。大杉は少し心の鎧《よろい》が取れるのを感じた。

「明星巡査部長は、事実警視正のス――お手伝いをしてるんですか」

「スパイです、どうぞお気遣いなく。数か月前、これと目をつけて明星君に事情を話し、わたしの手先になってもらったのです。言葉は悪いが、まさにスパイであり、手先なのです」

津城は悪びれずにそう言い切り、またつるりと鼻を撫で下ろした。

7――

彼は首をもたげた。

鉄の扉がいやな音をたてて開いた。体格のいい看護人を押しのけるようにして、野本がはいって来る。

「起きろ」

彼は上体を起こし、ベッドにすわって床に足を下ろした。その前に野本が立ちはだかる。天井の蛍光灯の光が、野本の薄い髪を通して頭の地肌に反射するのが見えた。コンクリートの床がしびれるほど冷たい。

野本はじっと彼を睨み下ろした。目には怒りがこもり、頰の筋肉がぴくぴく動いている。

「里村が死んだよ」

彼は表情を変えなかった。野本は茶の色つき眼鏡に手をやり、彼の顔をのぞき込むように見た。

「聞こえただろう、里村が死んだんだよ」

「聞こえた」

「昨日今日と店に出て来ないんで、マンションへ様子を見に行かせたんだ。そうしたら、ナイフを首に突き立てられてよ。たぶん即死だったろう」

「つまり苦しまずに死んだということだね」

言い終わると同時に野本の右手が飛び、彼はベッドに殴り倒された。その衝撃で一瞬目の前が暗くなる。口の中で血が流れ出すのが分かった。ベッドに突っ伏し、頭を振った。無意識のうちに過去のことを思い出そうとする。

野本にパジャマの襟《えり》を摑まれ、引き起こされる。野本が顔を近づけると、にんにくの臭《にお》いがぷんと鼻をついた。

「とぼけるんじゃねえ。おまえが里村をやったことぐらい、こっちにゃお見通しなんだ」

彼は黙っていた。野本はさらに彼を引き寄せた。頭がくらくらする。

「おまえ、赤井もやったんだろう」

彼は黙っていた。

「そうでなくって、赤井があれきり姿を見せないはずがねえ。少なくとも電話ぐらいしたってばちは当たらねえんだ」

どうやら孤狼岬に置き捨てられた車は、まだあそこに停まったままらしい。野本の両腕に力がはいり、彼は息苦しくなってもがいた。野本は目をむき、にんにく臭い息を吐きかけた。

「いいか、よく聞け。里村はともかく、赤井をやったとしたら許しちゃおけねえんだ」

「警察へ突き出したらどうだ」

野本は唇を歪《ゆが》めた。

「気の利いたことを言うじゃねえか。赤井よりずっと気が利いてるぜ。そこだけは前と変わらねえ。これまで請け負った仕事をしくじったこともねえし、こんなことさえなけりゃもっと引き立ててやってもよかったんだ」

彼が黙っていると、野本は続けた。

「おまえの記憶がもどるか、それとも脳味噌《のうみそ》が飛び出るか、どっちか決着がつくまでその頭を叩きのめしてやる。覚悟しておけ」

彼は野本の声を上の空で聞きながら、扉の脇《わき》に立っている看護人を盗み見た。看護人は太い毛むくじゃらの腕を組み、無表情に彼を見返した。

そのとき廊下を小走りに駈ける靴音がして、戸口に木谷の坊主頭が現われた。

「専務、電話ですぜ。大至急って言ってます」

「だれだ」

野本はそう聞き返したが、すぐに彼をベッドに突き放し、答えようとする木谷を制した。

「言わなくていい。あっちで聞く」

野本は戸口へ向かったが、途中でくるりと振り向いた。ベッドに倒れた彼に、人差し指を突きつける。

「いいか。明日一日の命だぞ。記憶がもどろうともどるまいとな」

―――――8

野本辰雄は専務室のデスクに足を載せ、葉巻をふかしていた。

久しぶりにくつろいだ気分だった。例の気障《きざわ》りな公安刑事を、計算どおり足腰立たぬようにして病院へ送り込んだのは実に痛快だった。もっとも雇ったボクサー崩れが同じように寝込んだという噂からすると、あのデカもけっこう手強い相手だったのだろう。

とにかくお偉方の指示に対しては、間違いなく対応することが必要だった。失敗は許されないのだ。失敗はただちにこっちの身の破滅につながる。新谷を遠く能登半島まで連れ出して、それもやつが筧を片付けた翌日のうちに始末したのは上出来だった。あそこならまず死体が上がる気遣いはない。

それにしても腑《ふ》に落ちないのは、あのあとお偉方から突然、新谷のマンションやリビエラの店長室を捜索して写真を見つけろと命じられたことだ。どんな写真か説明もされない。まったくお偉方ときたら、何を考えているのか分からない。

野本が眉をしかめて煙を吐き出したとき、外の廊下でただならぬ乱れた足音がした。野本は急いでデスクから足を下ろし、立ち上がった。ドアが乱暴に開いた。

「なんだ、騒々しいぞ、宵《よい》の口から」

怒鳴りつけた野本の口は、途中で開いたまま止まった。見たこともない男が、戸口に立ちはだかって野本を睨んでいる。その後ろに、気色《けしき》ばんだ子分たちが三、四人へばりついていたが、その目に脅えの色が見える。野本はわけもなくひやりとした。一瞬殴り込みかとも思ったが、相手はやくざのようには見えなかった。

ずんぐりした中年の男で、柔道の心得でもあるのかかなりのがに股《また》だ。一目で安物の吊《つる》しと分かるスーツを着ており、靴は汚れてはいないものの爪先《つまさき》がささくれ立っていた。デカだ、と野本は直感した。

男はドアを叩きつけるようにしめ、野本を見据えて警察手帳を示した。

「おれは本庁捜査一課の大杉だ。おまえが野本か」

野太い声で言うのを聞き、野本はそっと肩の力を抜いた。やはり思ったとおりだ。捜査一課か何か知らないが、こわもてを売り物にするデカにはごまんとお目にかかっているし、あしらい方も心得ている。びびると思ったら大間違いだ。

野本はデスクを回り、大杉の前に立った。値踏みするように相手を眺め回し、葉巻の灰を床に叩き落とした。

「いかにも野本だ。しかしサツの旦那《だんな》にしちゃ、人を訪ねるのに少々礼儀を欠いてるんじゃありませんかね」

「愚連隊を相手に礼儀もくそもあるか」

野本は顎を引いた。愚連隊というほとんど死語になった呼称に、ひどくプライドを傷つけられた。

「言葉に気をつけてもらおう。うちはれっきとした会社組織になってるし、おおもとは右翼の政治団体なんだぞ」

大杉はせせら笑った。

「愚連隊が生意気を言うんじゃない。本物の右翼にはな、少なくとも思想と信念があるんだ。おまえらには仁義もなけりゃ根性もない。やくざ以下だ。暴力団、愚連隊がいいとこさ」

野本は怒りのあまりもう少しで我を忘れそうになった。相手がだれであるにせよ、面と向かってこんな侮辱を受けたのは初めてだった。しかし長年の経験から、相手が自分を挑発《ちょうはつ》しようとしているのだと気がつき、かろうじて怒りを抑えた。いったいこの男は何しに来たのだろう。

「大杉さんとやら。用事があるならさっさとすましてもらいましょう。うちの若い衆は相手がデカだろうがなんだろうが、頭に血が上ったら何するか分からんぜ」

せいぜい凄みをきかせたつもりだが、大杉は動じる様子もなかった。

「じゃあそいつらが新谷をやったのか」

野本はぎくりとして息を詰めた。

「新谷。新谷がどうしたっていうんだ」

「とぼけるなよ。新谷はおまえらの命令で殺しをやっていた男だ。ところが先月の新宿の爆弾事件以来、ぷっつり消息を絶っちまっている。おおかたおまえらが口封じのために消したんだろうが」

野本は無理やり笑いを浮かべようとした。

「やぶからぼうに、いったいなんの話ですかね。殺しとか爆弾事件とか、こっちにゃまるで心当たりがないな。お門違いもいいとこだ」

そこまで言ったものの、野本は大杉の刺すような視線に耐え切れず、灰皿を探すふりをしてきょろきょろとあたりを見回した。すると大杉がついと手を伸ばして、野本の手から葉巻をもぎ取った。無造作にそれをデスクの上にあった野本の湯飲みに投げ込む。

「何しやがるんだ」

かっとなった野本は、危うく大杉を突き飛ばそうとして思いとどまった。二の腕に震えが走り、膝の裏側に脂汗《あぶらあせ》が吹き出すのを感じる。危ないところだった。もしこの男に指一本でも触れたら、相手は待ってましたとばかり手錠を取り出すだろう。理由などなんとでもつけられる。

大杉の口元に薄笑いが浮かんだ。

「どうした、オセロゲームみたいに目を白黒させて。殴りたけりゃ殴っていいんだぜ」

野本は手の甲で鼻の脇の汗をふいた。

「新谷は会社の帳簿をごまかしやがって、こっちも居場所を探してるんだ。だがな、間違ってもおたくらの力を借りようなんてつもりはねえ。だからこっちも力を貸す気はねえ。話ははっきりしてるんだ、引き取ってもらいましょう」

「しかし新谷が殺されたらしいから調べてくれと、そう訴えが出た以上捜査一課としてはほうっておくわけにいかんからな」

野本は唇をなめた。

「だれだ、そんな訴えを出したやつは」

「本庁公安部の倉木警部だ」

野本は驚いて一歩下がった。

「倉木だと」

「そうだ。おまえらがボクサー崩れを雇って半殺しの目にあわせた、あの倉木警部さ」

野本はすっかり落ち着きを失い、震える指先で眼鏡の具合を直した。

「言いがかりはやめてくれ。あの刑事なら一度ここへ来たが、あとにも先にもそれきりなんだ。おれも新聞で読んだが、どうせ酔っ払って喧嘩でもしたんだろう。おれたちがやらせたなんて、濡《ぬ》れ衣《ぎぬ》もいいとこだぜ」

大杉は両腕を伸ばし、野本の上着の襟を摑んでぐいと引き寄せた。野本はその手を振り放そうとしたが、相手はびくともしなかった。

「そうか、そうか。だがな、今度はおれが相手だ。おれは倉木警部より少々タフにできている。雇う相手をよく選ぶんだな」

野本は屈辱に喉を詰まらせた。

「くそ、ただじゃすまさねえぞ。デカだと思って下手《したて》に出りゃあつけ上がりやがって」

「そんな陳腐な脅し文句でおれが恐れ入ると思うか。おまえらの後ろにだれがついてるか知らんが、よく言っておけ。こっちは証拠を摑んでる、そろそろ年貢《ねんぐ》の納めどきだとな」

大杉は最後に野本の眼鏡にはあと息を吐きかけ、軽く突き放した。野本は後ろへよろめき、勢いよくソファに尻餅をついた。眼鏡が大杉の息で曇って見えない。ドアが音をたててしまる。

レンズの曇りがとれたとき、野本は一人で専務室に取り残されていた。

「ばかやろう」

野本は大声で怒鳴り、テーブルの角を思い切り蹴り飛ばした。激怒でほとんど息が詰まり、体がばらばらに弾けそうだった。これほどの挑発を受けながら手を出さなかったことが、自分でも信じられない。しかしその理由は、相手が警察官だったからではなかった。それはただ自分を納得させるための言い訳にすぎなかった。

野本は大杉の目に、生まれて初めて恐怖を感じたのだった。それは倉木に対して感じた不気味さとはまた違った、生理的な恐怖感だった。あれは間違いなく、おれを殺したがっている目だ。

野本がハンカチで汗をぬぐったとき、ドアに遠慮がちなノックの音がした。野本はハンカチをしまい、上着の襟を揃《そろ》えた。恐怖も怒りも潮のように引き、奇妙な無力感だけが残っていた。

「はいれ」

声をかけると、ドアが小さく開き、赤井がおずおずと顔をのぞかせた。そのまま野本の様子をうかがう。野本は息をついた。

「何をもじもじしてるんだ、女学生じゃあるめえし」

赤井は中へはいり、ドアをしめた。手に新聞を握り締めている。

「今外から帰って来たら、入れ違いに出て行った野郎がいて——デカだったそうですね」

野本はテーブルから新しい葉巻を取り、火をつけた。いつもならここで赤井に当たり散らすのだが、今日はその気力も失せていた。底なしの黒い穴をのぞき込んだような気分だった。

「ああ、捜査一課の大杉とかいう野郎だ。どうやらあの倉木に入れ知恵されて来たらしい。さんざかまをかけていきやがったよ。もちろんその手に乗るおれじゃねえがな」

「かまっていうと」

「倉木を半殺しにしたのはおれたちだろうとか、新谷をばらして口を封じたんだろうとか、そんなことよ。なんか証拠を摑んでるとかぬかしていたが、どうせはったりさ。ほんとに証拠を握ってるんなら、おれたちをほっとくわけはねえからな」

赤井はそろそろと向かいのソファに腰を下ろした。

「実は専務、その新谷のことなんですがね」

野本は赤井の声が妙にかすれているのに気づき、顔を見直した。赤井は額に汗を浮かべていた。顔色もよくない。

「どうしたんだ」

「新谷の野郎が、まだ生きてやがるんですよ」

野本は突然ソファの底が抜けたようなショックを受け、急いで肘掛けにつかまった。

「なんだと」

赤井は手の甲で口をぬぐった。

「確かに崖《がけ》の上から投げ落としたのに、なぜかくたばらずに助かったらしいんです。こいつを見てください」

そう言って折りたたんだ新聞をテーブルの上に伸ばす。野本は葉巻を灰皿に投げ捨て、新聞を取り上げた。

赤井が続ける。

「一週間前、十一月十三日付の能登新報ですがね。今日菅原《すがわら》先生の事務所でたまたま見つけて、失敬して来たようなわけで」

菅原哲市《てついち》は、石川県選出の民政党の代議士で、豊明興業とは古くからつながりのある男だった。今はもっぱら豊明興業の民政党に対する政治献金の窓口を務めている。

真先に野本の目に飛び込んで来たのは、パジャマ姿の写りの悪い新谷和彦の写真だった。

『わたしはだれでしょう

　意識もどるも記憶もどらず——

先月二十八日孤狼岬で頭部などに重傷を負って発見された身元不明の男性は、珠洲市中央病院で手当てを受けていたが、このほどようやく担当医師から回復状況などについて発表があった。

同病院の前野脳外科部長によると、この男性は発見されて二日後に意識を取りもどしたが、それ以前の記憶を完全に失ったまま現在にいたっているという。頭部の挫傷《ざしょう》自体はそれほどひどいものではないが、精神的なショックと重なって逆行性健忘症を引き起こしたものらしい。

警察の調べでは、この男性は身元を明らかにするものを所持しておらず、年齢も不明である。推定年齢は三〇~三五歳、中背、痩《や》せ型の体格で、指紋照会によって犯罪歴がないことは確かめられている。現場の状況などから事故あるいは自殺未遂という線が強く、警察では引き続き家出人、失跡者の照会に的を絞って調査を行なう模様である。——』

野本は全身の血行が停止したようになり、呆然と紙面を見つめた。自分の目が信じられなかった。

「このばかが」

ようやく赤井を罵《ののし》ったが、ショックのあまりあとが続かない。赤井も血の気を失い、脂汗を浮かべている。

野本はことさら声をおさえて言った。

「こんな記事がお偉方の目にとまったら、おれたちがどうなるかぐらい分かってるだろうな」

赤井は水槽から飛び出した金魚のようにあえいだ。

「もちろんですよ。しかしやつは確かに下まで落ちたはずなのに、どうして助かったんだろう」

「途中で木の枝かなんかに引っかかったに違いねえ。そんなことより、何か手を打たなきゃ。ぼやぼやしていて、新谷の記憶がもどったりしてみろ。一巻の終わりだぞ」

野本は新聞を投げ捨て、頭を抱え込んだ。

しかしすぐにはっと顔を上げた。

「この記事は全国紙にゃ出てねえだろうな」

赤井は急いでうなずいた。

「菅原先生のところでチェックした限りでは、出てませんでした。あんな田舎に支局を置いてる新聞はありませんよ」

「しかし通信員がいるかもしれんし、これを見て金沢あたりの支局から取材に行く記者がいるかもしれねえ。そうでなくても、お偉方にゃ特別の報告ルートがあるんだ」

赤井は喉仏《のどぼとけ》を上下させた。

「どうしましょう」

「ばかやろう、決まってるじゃねえか。すぐに新谷をもらい下げに行ってこい。それからできるだけ早く、今度こそ確実にやつの息の根を止めるんだ。早けりゃ早いほどいい。絶対足のつかねえ方法でな」

「だったら、もう一度孤狼岬から投げ込んでやりますよ。今度はちゃんとばらしてから」

「やり方は任せる。しかし今度失敗したら、ただじゃすまさねえぞ」

赤井は飛び上がるように立ち上がった。

「分かりました。明日中にはかならずかたをつけます」

「きっとだぞ。それからやつを引き取るときにゃ、腕じゃなく頭を使うんだ。すんなり請け出せるようにな」

赤井はドアをあけようとしてためらい、半身で振り向いた。

「専務、例のお偉方の探しもののことですがね。新谷が生きてるなら、やつから聞き出すことはできませんかね。まあ、記憶がもどったらの話ですが」

野本はソファの肘掛けを思い切り叩いた。

「よけいなことを考えるんじゃねえ。おれたちはな、やつが筧を片付けたらすぐに始末しろと、最初にそう命令されたんだ。探しものはあとから出たことで、見つかろうが見つかるまいがこっちの知ったこっちゃない。おれたちはとにかく新谷を始末しなけりゃならねえ。分かったか」

赤井が飛び出して行くと、野本はソファの背にぐったりともたれかかった。新谷が生きていることがお偉方に知れたら、こっちの信用はたちまち失墜する。まして倉木や大杉に嗅《か》ぎつけられでもしたら、ただではすまないだろう。一刻も早くあの世へ送り返さなければならない。

そこまで考えたとき、ふと赤井の最後の言葉を思い出して、野本は顎の先を掻いた。お偉方が探している写真は、新谷がどこかに隠し持っているのだろうか。だとすれば、新谷が記憶を取りもどすのを待って、やつを絞め上げるのも確かに一つの手だ。もしお偉方に、実は新谷は生きていると言ったら、どうなるだろうか。いや、やめておこう。何もわざわざこちらから、始末しそこないましたと報告することはない。

しかし、万一——。

野本は溜め息をつき、酒を取るために立ち上がった。時間はまだ少しある。よく考えてみよう。

## 9

彼は目を覚ました。

鍵の回る音だった。耳ざといことは自分でも驚くほどだ。つけ放しの天井の蛍光灯がまぶしい。鉄の扉がきしみ、体格のいい看護人がはいって来た。黙って彼のそばへやって来ると、白衣のポケットからタオルを取り出し、毛布の上に置いた。

彼は上半身を起こし、タオルを取った。看護人を見上げると、手真似《てまね》でそれを口に詰める仕草をしている。

「これを口に詰めろというのか」

彼が聞くと、看護人は無言でうなずいた。彼は首を振り、タオルを投げ捨てようとした。すると突然看護人の表情が変わり、背後に回されていた手が前に突き出された。彼は反射的にのけぞった。その手には鋭いメスが握られていた。

彼は仕方なくタオルを丸め、口の中に詰め込んだ。乾いたタオルは思ったよりかさばり、半分以上口からはみ出した。看護人は右手にメスを構えたまま、左手で毛布を床に引き下ろした。それから無意識のように舌なめずりをし、彼のパジャマのズボンに指をかけた。

彼は看護人が何をしようとしているのか分からず、本能的に体を硬直させた。たちまち動悸が高まる。今まで味わったことのない妙な興奮が彼を包んだ。それは恐怖感とも期待感ともつかぬ不思議な感情だった。やめてくれ、と言おうとしたが、口から出たのは弱よわしいうめき声に過ぎなかった。

看護人は彼のパジャマを引き下ろすと、メスを動かして床に下りるように命じた。彼はベッドから滑り下り、床の毛布の上に膝をついた。毛布越しに固く冷たいコンクリートの感触が伝わり、思わず身震いが出る。看護人が肩を摑み、彼をうつぶせに押えつけた。彼は毛布にしがみつき、むなしくもがいた。看護人は体格どおりの凄い力をしていた。

彼は体に脂汗がにじみ出すのを感じ、タオル越しに小さくうめいた。なぜか分からないが異様に心臓が高鳴り、下腹部が充血してくる。何時間か前に下着を汚したことが、ちらりと頭をよぎる。その下着を、看護人の手が乱暴にむしり取った。

冷たい空気に尻《しり》をさらし、彼は無意識に膝を縮こめた。これまで経験したことのない激情が頭の中を渦巻き、自分がばらばらになりそうだった。看護人が何をしようとしているのか、おぼろげに分かりそうな気がしたが、一方では分かりたくないという気持ちも強かった。

看護人が後ろに回る気配がする。彼は毛布を握り締め、目の先の壁のしみを見つめた。胸が破裂しそうだった。突然尻に冷たいものを感じ、膝立ちになる。それはぬるぬるしていて、何かおぞましい感触だった。彼は首をねじり、看護人を盗み見た。看護人はメスを口にくわえ、右手を白いクリームのようなもので汚していた。その手の下側に、恐ろしげに怒張した巨大な男根が、ぬっとせり上がっている。

彼はタオルの中で声を振り絞り、逃げようとした。その背中へ、看護人が獲物を捕える鷲のように、どっと襲いかかる。彼はもろくも押しつぶされ、固い床に肘をぶつけた。とがった蛇の頭のようなものが、尻の周囲を激しくはね回るのが分かる。彼は壁の方へ逃れようと体を上へずらした。しかしそれはただ毛布を掻き寄せただけに終わった。

突然尻に激痛が走り、彼は大声を上げた。それはタオルに吸い込まれ、自分にしか聞こえない悲鳴だった。あまりの痛さに息が詰まり、涙が流れ出す。まるで真赤に焼けただれた太い鉄の棒を、無理やり体内に押し込まれたようだった。その棒は生きもののように容赦なく彼の内部を攻めたてた。

看護人の激しい息遣いが首筋にかかる。たくましい両腕が彼の肩を砕けそうなほど強い力で抱きすくめる。彼はその体の下で、なすがままにされていた。不思議なことに最初の激痛が去ると、下半身は麻痺《まひ》したようになり、奇妙な感覚がじわじわと満ち始めた。看護人の動きがひときわ激しくなるのを感じた。看護人がうめき、目の前の毛布に何かきらりと光るものが落ちた。

看護人の両腕にものすごい力がこもり、体がえびのようにはねた。同時に押しつぶされた彼の内部でも何かが誘爆し、目の前に白熱した火花が散った。彼は電撃療法さながらに全身を痙攣させ、深い奈落《ならく》の底へ落ち込んで行った。

百舌は目を開いた。

朝の気配が忍び込んで来るのが分かる。枕元《まくらもと》の時計を見ようと首をねじると、体の節ぶしに軽い痛みが走った。昨日の爆発事件のことが頭に蘇《よみがえ》る。あのときは夢中で気がつかなかったが、マンションへもどってから調べてみると体のあちこちに打ち身や擦《かす》り傷《きず》ができていた。それだけですんだのはむしろ幸運といってよかった。

時計の針は六時少し前を示していた。すぐに起き出し、リビングへ行ってテレビをつける。新聞をとっていないので、とりあえず情報源はテレビしかない。昨夜遅くのニュースでは、男と女が一人ずつ死亡したと伝えられていたが、そのときはまだ身元は発表されていなかった。

六時からのニュースは、トップで爆発事件を取り上げていた。現場の状況がビデオで映し出される。舗道にぽっかりあいた黒い穴。散乱するガラスや敷石の破片。なぎ倒された街路樹。ずたずたに裂けた立て看板。ひん曲がったガードレール。片側をもぎ取られた停車中の車。かなりひどい爆発だったことが分かる。これでたった二人しか死ななかったとすれば、ほとんど奇跡だ。

アナウンサーがことさら沈痛な表情で事件を伝える。死亡した女性は、杉並区に住む主婦倉木珠枝。男性の方は内ポケットの焼け残った財布に、ルポライター筧俊三と印刷された名刺を所持していたという。

百舌はテレビを消し、バスルームへ行って入念にシャワーを浴びた。昨夜のニュースの段階で、爆発は男の持っていたボストンバッグの中の爆発物によるものであることが明らかにされている。筧は普段から爆弾を持ち歩いていたのだろうか。百舌は習慣に従って、狙《ねら》う相手の素姓を聞かされていない。恐らく過激派の闘士か何かだったのだろうと今にして思うが、たとえそうであれ街なかを爆弾を抱えて歩き回るだろうか。あるいは——。あの新宿のマンモス喫茶で、筧を置き去りにして出て行った黒いコートの女。長い髪にサングラスをかけた顔が目に浮かぶ。あの女はすぐ近くの古いビルに駈《か》け込むと、変装を解いて百舌の眼前をすり抜け、まんまと逃げ去ったのだった。女がポリバケツに捨てて行った黒いコートと、ロングヘアのかつら。あの女が事件に関係あるとしたら——。

とにかく百舌が手を下さないうちに筧が死んでしまったのは、後味は悪いが手間が省けたことになる。しかしこのことは、すぐに和彦に知らせておいた方がいい。そう決心した百舌は、裸のままバスルームを出て寝室へもどった。洋服ダンスをあけ、ベージュのスカートを取ろうとしてふと手を止める。脛《すね》に青黒いあざができていることを思い出した。スカートではそれがひどく目立つに違いない。百舌は少しの間考え、洋服ダンスに一着しかない特別の服を身に着けて行くことにした。たまに和彦を驚かすのも悪くない。

鳥籠《とりかご》をのぞくと、巣の中から百舌が鋭い目を向けて来た。百舌と百舌との睨《にら》めっこ。百舌は含み笑いをした。昨日餌《えさ》として与えた蛙《かえる》とかげが、まだ金串《かなぐし》に半分以上残っている。まったくすてきな鳥だ。一時は名前をつけようとしたが、やはり百舌に勝る呼び名はない。百舌は百舌でよい。自分が自分であるように。

鍵をメーターボックスの下の物入れに隠す。この隠し場所を知っているのは、ほかに和彦しかいない。管理人に見咎《みとが》められないように玄関ホールを避け、非常階段を使ってマンションを出た。だれにも会わなかった。

環状六号まで歩いて、タクシーをつかまえた。早朝だというのに、車の数はかなり多い。それでも三十分と少しで、和彦のマンションがある北区滝野川に着いた。

ドルミール滝野川のそばで車を下りようとしたとき、百舌はマンションの玄関ホールから出て来る四人の男に気づいた。急いでシートに身を引く。四人のうち一人は和彦だった。和彦は派手な服を着た三人の男に、周りを囲まれていた。百舌は息を詰めて四人の様子をうかがった。男たちはタクシーに目もくれず、横手の駐車場の方へ和彦を連れ出した。

百舌はとっさに財布から一万円札を抜き、運転手に渡した。駐車場から出て来る車のあとをつけるように頼む。運転手は札をおしいただき、愛想よく引き受けた。百舌は男たちの一人に見覚えがあった。リビエラのチェーンを取り仕切っている男で、確か赤井といったはずだ。以前和彦に社員旅行の写真を見せられたとき、名前と顔を覚えたのだった。

駐車場から出て来た黒塗りの車を追って、タクシーも走り出した。

さっきの様子から、特別差し迫った雰囲気を察知したわけではない。和彦の顔にも、これといった緊張や恐怖の色はなかったと思う。しかし百舌の本能が、何か危険を告げていた。彼らがこんなに朝早く、どこへ行こうとしているのか分からないが、少なくともこれは和彦の意志によるものではないと、そう直感した。

和彦は何も言わないが、和彦に殺しを依頼しているのは間違いなく赤井たちだ。そして赤井たちの後ろに、さらに殺人を指令する黒幕がいることも確かだった。もっとも彼らは、自分たちの委託した殺しの実行者が、百舌であることは知らないはずだ。

二十五分後、赤井たちは上野駅前で車を下りた。和彦と一緒に下りたのは赤井と坊主頭の男二人だけで、三人めは車を運転して走り去った。二人は和彦を間に挟んで構内へはいって行く。どこかへ遠出するつもりだろうか。

百舌は三人が切符売場に並んでいる間に、自動販売機で入場券を買った。どこへ行くのか分からないし、車中で適当に精算すればいい。

赤井たちは十六番線ホームにはいった。百舌は十分に距離を保ち、表示板を確かめた。九時発金沢行きの特急、白山一号となっている。いったいどこまで行くつもりだろう。

八時半過ぎに列車がホームにはいって来ると、三人は自由席の車両に乗り込んだ。かなり列は長かったが、三人はトイレの脇《わき》のボックスを確保した。反対側のドアから同じ車両に乗り込んだ百舌は、それをデッキから確かめると、同じように端のボックスの一つに滑り込んだ。同じ車両の中で、三人と遠く対角線上のボックスにすわる形になった。この位置なら、気づかれずに三人を見張ることができる。百舌の席から見えるのは、坊主頭の左後頭部だけだが、これ以上分かりやすい目印はなかった。

一時は和彦にこっそり自分の存在を知らせようかと考えたが、結局それはやめることにした。赤井たちの狙いが分からないうちは、様子を見るだけにとどめよう。もし和彦が身の危険を感じているならそのそぶりを見せるはずだし、連中の手から逃げ出そうとするかもしれない。そのときに飛び出して助けることも不可能ではあるまい。変な動きをしてかえって相手を警戒させるようなことになったらまずい。とにかく待とう、ぎりぎりのところまで——。

百舌は肚《はら》を決め、座席に深くすわり直した。

列車は午後四時少し前、終着駅金沢のホームに滑り込んだ。百舌は固くなった肩を二、三度回し、筋肉を揉《も》みほぐした。途中検札があったとき、面倒のないように金沢までの切符を買ったのだが、とうとうその終着駅まで来てしまった。和彦たち三人は、昼ごろ食堂車へ行って食事しただけで、あとはトイレ以外に席を立たなかった。百舌は食堂車の入口から三人の様子をうかがったが、特別緊迫した雰囲気《ふんいき》もなく食事を進めていた。少なくとも赤井たちは、和彦をこの列車から突き落とすつもりはないように見えた。

三人は改札口を出たが、百舌の鋭い目は彼らが切符を駅員に渡さず見せるだけだったのを見逃さなかった。三人はもっと遠くまで乗車券を買っており、ここから乗り継ぐつもりなのだ。百舌の予想したとおり、赤井たちは列車の発着表示板を眺めて時間を確認したあと、すぐ近くの喫茶室へはいって行った。それを確認してから、百舌はまた入場券を買って三人が出て来るのを待った。

三人は一時間ほど喫茶室でねばったあと、また改札口をはいって今度は能登路十一号という輪島《わじま》行きの急行に乗った。百舌は検札でまた終着駅までの切符を買った。

しかし赤井たちは輪島まで行かず、途中の穴水《あなみず》という駅で下りて別の各駅停車に乗り換えた。乗り換え時間が二、三分しかなく、百舌はもう少しで置いてきぼりにされるところだった。

その列車は能登線の蛸島《たこじま》行きの各駅停車だった。穴水を出たのは夜七時過ぎで、上野を発《た》ってから十時間が経過していた。ここにいたってようやく百舌は、三人の行く先の見当がついたような気がした。以前和彦が見せてくれた社員旅行の写真というのは、確か能登半島の先端のなんとかいう岬で撮《と》ったものだった。その近くに、豊明興業とつながりのある民政党のさる代議士の別荘があり、そこをレジャー用に提供されたのだと和彦が言ったのを覚えている。赤井は和彦をその別荘へ連れて行こうとしているのではないか。

百舌はまた車内で精算し、蛸島までの切符を買い直した。しかし予想に反して三人は終着駅まで行かず、二つ手前の珠洲という駅で下りた。ローカル線で人が少ないため、同じ車両に乗るのを避けていた百舌は、危うく乗り越しそうになって冷や汗をかいた。時間は九時近かった。

赤井たちは駅前の食堂にはいった。百舌は閑散《かんさん》とした駅前広場を見回した。もしここからその別荘へ行くつもりなら、タクシーに乗るしかないだろう。タクシーは今の列車で来た客たちを乗せて走り去り、乗り場には一台も見当たらない。しかしすぐにもどって来るだろう。

十五分ほどして、坊主頭の男が一人で食堂から出て来た。広場のはずれに向《む》かう。そこにレンタカーの営業所がまだ店をあけていた。レンタカーか。百舌は唇を噛《か》んだ。まずい。運転免許証は持っていない。いくら金を積んでも、免許証がなければ車は借りられない。

坊主頭は手続きをすませ、裏手の駐車場へ回った。やがて灰色の中型車を運転して出て来る。百舌は案内板の陰に身を隠しながら、あたりに目を走らせた。タクシーはまだ一台ももどって来ない。急激に焦燥感《しょうそうかん》が背筋を這《は》いのぼる。

車に目をもどした。坊主頭は車を食堂と土産物屋の間の路地にバックで入れた。車から下り、食堂へもどって行く。百舌はすぐに心を決め、足早に広場を横切った。土産物屋はすでに閉店している。食堂の横手の窓にはカーテンがかかっており、車が停められた路地にはほとんど光が届いていない。

百舌は車の脇に立ち、さりげなく周囲を見回した。だれも見ている者はいない。ためらわずに運転席のドアを引く。案の定ロックされておらず、車内灯が淡い光を放った。百舌は座席の横を手で探り、レバーをぐいと引き上げた。後ろでゆっくりトランクルームの蓋《ふた》がはね上がる。ドアをしめ、後ろに回った。

もう一度あたりに目を配り、素早くトランクルームに潜《もぐ》り込む。膝を折り、横向きになって蓋を静かに閉じる。完全に閉じてしまわないように口金と口金の間をハンカチで押えるのを忘れなかった。トランクの内部は予想したよりもずっと狭苦しく、機械油や錆《さ》びた金属の臭《にお》いが鼻をついた。しかしぜいたくは言っていられない。ここで置き去りにされたら、今まで追って来た苦労が水の泡になる。

百舌は闇《やみ》の中で静かに息を吐き、三人を待った。


長い時間がたったように思われたが、実際には五分かそこらだろう。足音がして、ドアのあく気配が伝わって来た。車体が揺れる。百舌はトランクの口金に指を入れ、蓋をしっかり押えた。車はゆっくりとスタートした。

道は平坦で、ちゃんと舗装されているらしく、思ったより揺れは少ない。多少息苦しさを感じたが、それは酸素の問題ではなく緊張のせいだろう。

百舌は体を少し上向きにし、口金に指をかけたまま一つ深呼吸した。鼻の方もいやな臭いに慣れてきた。急に空腹を感じる。考えてみれば、朝は急いでいたのでベーコンエッグを食べ残してきたし、あとは列車の車内販売でまずいサンドイッチを食べたきりだ。市街地を出たらしく、蓋の隙間《すきま》から差し込むかすかな光も消えた。百舌は目を閉じた。十月下旬の能登の夜は、さすがに東京より数段空気が冷たい。

そういえば、百舌が生まれ育った長野県飯田市の飛び地も、寒い土地だった。こうして揺られていると、子供のころ和彦と二人で潜り込んだ、肥料トラックのことを思い出す。飛び地から本市までの五キロほどを「密航」するのだ。町で映画を見たり、本屋で漫画を立ち読みしたりして半日を過ごし、帰りは歩いて帰る。子供の足で二時間以上もかかる道のりだったが、あの冒険旅行は楽しかった。

父親の顔がまぶたに浮かび、百舌はちょっと身じろぎした。父のことを思い出すと、いまだに奇妙な緊張感に身を包まれる。宏美、宏美となめるようにかわいがってくれたのが、つい昨日のことのように感じられる。祭りのときに、浴衣《ゆかた》を着せ、薄く紅を差してくれた、やさしい父親。幸せそうな笑顔。そのくせ百舌が和彦の真似《まね》をして木登りなどしようものなら、人が変わったように激怒した父。女の子がそんな真似をするもんじゃない。

百舌は溜《た》め息《いき》をついた。妻を若くして失い、男手一つで二人の子供を育てた父。手彫りの民芸家具を作りながら、いつか作家になろうとチラシの裏に小説らしきものを書きなぐっていた父。父が死んだあと、その紙の束が押入れから山のように崩れ落ちて来たのを覚えている。そんな父に気に入られようとして、どれだけ子供心に苦労したことか。そうした努力を強いられない兄の和彦が、どれだけうらやましかったことか。

初めて蛙の首筋に、先のとがった火箸《ひばし》を突き立てたときのことを思い出す。あのときの身も魂も震えるような恍惚感《こうこつかん》は、いまだに忘れることができない。鼠《ねずみ》、雀《すずめ》、とかげ、そして猫、兎《うさぎ》、山羊《やぎ》と、だんだん大きな動物へ対象がエスカレートしていったのは、当然といえば当然の結果だった。あれは後年和彦が分析してみせたように、自分の内部に抑えつけられていたものが、そんな形でしか昇華することができなかったということなのだろう。

しかし動物ですんでいるうちはまだよかったのだ。一度自分と同じ人間で試してみたい。そう思ったときに、百舌の将来は決まってしまったといってよい。少なくとも、最初のいけにえを血祭りに上げたとき、それは決まったのだった。そのことを考えると、いつも手が汗ばみ、胸が悪くなる。だがその秘密を知っているのは和彦だけだ。和彦はそれを知ったとき、百舌を許し、百舌とともに生きることで、自《みず》から共犯者の地位に身を落としたのだった。和彦は百舌の、生き物、なかんずく人間の生命を奪わずには生きられなくなった、おぞましい殺人嗜好癖《しこうへき》を許容した。それればかりでなく、殺す対象を探し出し、指示することで、百舌が無差別に殺人を犯し、官憲に逮捕される危険に陥らないように工夫した。百舌は和彦がそれによってだれかから——たぶん豊明興業から——

金を受け取っているのを承知している。その金は百舌の隠花植物のような秘密の生活を支えてもいるのだ。

百舌。二人の間だけで通じるその呼び名も、和彦がつけたのだった。蛙やとかげを火箸で串刺しにする姿を見て、そのように呼んだのだった。百舌はその名が気に入っていた。宏美などという名前より、よっぽどいい。

突然体が大きく揺れ、床に叩きつけられた。頭がトランクの蓋にぶつかり、思わず声を上げる。車が未舗装の道にはいったらしい。声が赤井たちの耳に届いたのではないかと、少しの間不安だった。しかし車は停まる気配もなく、なおもバウンドしながら凸凹《でこぼこ》道《みち》を走り続けた。どれくらい走っただろうか。闇の中で考えごとにふけっていると、まったく時間の感覚がなくなる。五分か、それとも一時間か。

車が急カーブを切る。車体にざわざわと何かがこすれる音。こつんこつんとぶつかる音。草むらか木立ちの中を走り抜けているようだ。いよいよ目的地に近づいたらしい。百舌は大きく息を吸い、吐き出した。

しばらく走って車は砂地のような所に停まった。エンジンが切られ、あたりが静かになる。やがてドアの開く音。車体が揺れ、人が下りる気配。

「どうして別荘の前につけないんですか」

和彦の声だ。百舌は唇を湿した。やはり目的地は代議士の別荘らしい。それにしても別荘の前まで車を乗り入れないとは、どういうことだ。

「前の道を工事していてな、はいれないんだよ。歩いてもすぐだ」

答えたのは、たぶん赤井だろう。ドアが閉まり、車体の揺れが止まる。

「その道だ。行こうぜ」

砂地を踏むかすかな足音が、しだいに遠ざかる。やがて完全な静寂。体を横向きにしようとして、百舌ははっと息を飲んだ。いつの間にか、口金にかけておいた指が外れている。あわてて両手で蓋を押し上げようとした。蓋はびくともしなかった。しまった、口金がかかってしまったのだ。手探りすると、腹の上に落ちたハンカチが指先に触れる。百舌は歯を嚙み締めた。さっき車が大きくバウンドしたとき、声を上げてしまったことに気をとられ、指が口金から外れたのをすっかり忘れてしまったのだ。

百舌は無駄と知りつつ、渾身《こんしん》の力で蓋を押し上げた。開くわけがなかった。脂汗《あぶらあせ》が吹き出す。狭いトランクルームに閉じ込められたことよりも、和彦のことが気がかりだった。赤井たちが本当に和彦を別荘に連れて行くつもりなのかどうか、確かめずにはいられなかった。もしそうでないとしたら——。

百舌は必死で口金のあたりを探った。どこかがバネ仕掛けになっていて、内側からでもあけられるはずだ。指先を忙しく周囲に走らせるが、焦《あせ》れば焦るほど仕掛けが複雑に思えてくる。不自然な姿勢で神経を集中するために、体のあちこちがしびれ始めた。額に吹き出た汗が目に流れ込む。どうしたらいいのだろう、こうしている間にも和彦の身に危険が迫っているかもしれないというのに。

拳《こぶし》を固め、蓋を叩く。万が一坊主頭の男でも車に残っていれば、トランクをあけさせよう。そのあとどうなるかは、とにかく外へ出てからのことだ。しかし百舌がいくら叩いても、蓋をあけてくれる者はいなかった。百舌は絶望のあまり蓋の裏側を掻きむしった。

そのとき、電気のコードのようなものが指先に触れた。急いで指を前後に這わせる。運転席のレバーでトランクをあけるための、延長コードだ。ぽっと希望の灯がともる。百舌はビニールの被覆を口金の部分までたどった。そこでビニールが途切れ、細い鋼線コードがむき出しになっている。百舌はその部分を指先でつまみ、ぐいと反対方向に引きもどした。

かちゃりと金属音を発して口金が外れた。百舌は勢いよく蓋をはね上げた。無意識に大きく息を吸い込む。夜の冷気が肺の隅ずみにまでしみ入る。砂地に転がり出たが、少しの間立つことができなかった。真暗闇《まつくらやみ》の中にいたせいか、かすかな月明りでもほぼあたりの様子がうかがえる。車は木立ちに囲まれた空地のような所に停まっていた。人影はない。遠く潮騒らしい音が聞こえて来る。

百舌はためらわずに、車首の斜め前方に口をあけている小道に突進した。本能的に危険の臭いを嗅《か》いでいた。危ない。和彦が殺される。小道にせり出す小枝や蔓《つる》が百舌の顔を打ったが、ほとんど痛みを感じなかった。

なんの前触れもなく、狼《おおかみ》の遠吠《とおぼ》えのような叫び声が、長く尾を引いて百舌の耳を打った。思わず足を止めて耳をすます。もう何も聞こえなかった。今のはなんだろう。ただの空耳だろうか、それとも——。ふたたび百舌は足を早めた。月明りは木に遮《さえぎ》られ、下草の生えた小道はほとんど見通しがきかない。目を閉じて歩くのと同じだった。

百舌は反射的に体を低くし、横手の草むらに転げ込んだ。かすかに人声が聞こえ、光がちらりと前方に見えたのだった。地面に這いつくばり、全神経を目と耳に集中する。

懐中電灯らしい小さな光が、木《こ》の間《ま》隠《がく》れに近づいて来る。百舌は口で息をしながら、耳をそばだてた。

やがて下草を踏む足音が聞こえ始める。懐中電灯の輪がしだいに大きくなる。

「それにしても、邪魔がはいらなくて何よりだった」

妙に浮かれたような喋り方で、甲高《かんだか》い声が言う。赤井のようだ。

「ま、東京から十二時間もかけて来たんだ、それだけの功徳はありますよ」

坊主頭の声らしい。やはりはしゃいでいるような喋り方だ。するとさっきの叫び声は、和彦か。

息を殺して潜《ひそ》む百舌のすぐ脇を、二つの足音が通り過ぎて行った。百舌は地面に爪《つめ》を立て、身を震わせた。やつらは和彦をどうしたのだ。追いかけて、聞き出すか。いや、相手が二人では、今の場合不利だ。それより何より、和彦のことが心配だった。あの二人はすでに素姓が知れている。あとからでもおとしまえをつけることはできる。

百舌は草むらから這い出た。気ばかり焦り、二度も足を滑らせる。月明りが届かず、手探り足探りで進まなければならなかった。はるか後方で車のスタートする音がして、百舌は一瞬はっとなった。しかし足は止めなかった。今は和彦のことで頭が一杯だった。撃たれたとは思えない。銃声は聞こえなかった。刃物で刺されて倒れているなら、まだ助けられるかもしれない。せめて息さえ残っていてくれたら——。

がむしゃらに突き進む百舌の目に、かすかな月明りが映った。木立ちの向こうが明るかった。月影がきらりと目を射た。木立ちが途切れ、開けた場所に出ると思った。気がはやり、足が傾斜した崖《がけ》に突っ込むのに気づくのが、わずか半秒遅れた。つんのめりかけた体を引きもどそうと踏ん張ったとき、草に足を取られて尻餅《しりもち》をつく。傾斜は考えていたよりも急で、百舌はそのままずるずると滑り落ち始めた。あわてて摑《つか》んだ草の根が、あっけなく抜ける。スピードがつき出した体を止めようと、夢中で地に這う木の枝にしがみつく。枝は他愛《たわい》なくしなり、百舌の体と一緒に斜面を滑った。つぎの瞬間、百舌は宙に投げ出されていた。

冷たい潮風がどっと下から吹き上げ、枝につかまった百舌の体を激しく揉みしだいた。百舌は死に物狂いで枝に抱きついた。細い枝はたわむだけたわみ、ぎしぎしといやな音をたてた。足の下に何もない——その事実は百舌にいまだかつて経験したことのない恐怖を呼び起こした。筋肉が鋼《はがね》のように硬直し、全身が総毛立った。真黒な穴の底に、泡のような波頭が見えた。崖の上から自分が投げ出されていることを悟り、パニックに陥る。和彦の放った悲鳴が耳によみがえる。暗い海面へ真逆さまに落ちて行く和彦の姿が見える。

百舌は片手を放し、枝の上方を摑み直そうとした。体が激しく揺れ、生木の裂ける音が耳をつんざいた。枝が親木から裂け落ち、百舌の体は空中に投げ出された。百舌は我知らず叫び声を発した。その叫び声は、百舌自身の耳の中でいつまでもこだました。

父の首筋に突き立てた火箸を伝って、血が流れ落ちる。引き抜いた火箸を追い求めるように、ぴゅうと血潮が吹き出す。裏山へ逃げ出す父親。追いすがる百舌。足を滑らせ、熊笹《くまざさ》の茂みに倒れ込む父親。その首筋の傷を狙いすましたように、竹の切り株が貫き通す。百舌は怒りと興奮と、そして奇妙な快感に身をしびれさせながら、それを見下ろす。いつの間にか後ろへ来て、百舌の手から火箸をもぎ取る和彦。じっと百舌を見つめる和彦の目。

「おやじはここで、足を滑らせた。それだけだ。いいね」

だまってうなずく百舌。父の死で、呪縛《じゅばく》が氷のように解けていた。そうだ、父が悪いのだ。いくらかわいがっていた長女に死なれたからといって、あとから生まれた双子の兄弟の一人に長女と同じ宏美という名をつけ、女の子として育てようとは──。百舌は父の歓心を買うために、精一杯娘の役を演じた。男にもどりたいという本能と戦い、その屈折を体内に鬱積《うつせき》させながら。しかしあれはどうにもがまんできなかった。あの夜、百舌の背にのしかかり、狂った獣の刃を突き立てようとした父を、許すことはできなかった。

風を巻いて落下する百舌の脳裡《のうり》を、血の思い出がよぎった。これでいい。まして今日は特別の服を着ている。めったに着ない、たった一着しかない背広を着ているのだ。そうだ、おれは男として死ぬのだ。世の中をあざむくため、女の姿で生き続けてきたが、ついに死ぬ間際になって男にもどったのだ。

崖の中腹に張り出していた松の枝に一度受け止められた百舌の体は、わずかに落下の方向を変え、折れた枝と一緒に奇跡的に中途の岩棚に着地した。岩角に後頭部をぶつけ、意識が遠のく。しかし両腕は本能的に岩にしがみつき、体が転落するのを防いでいた。

長い時間がたち、やがて百舌の体が動き始めた。

# 第五章　脱　出

1

名刺の角が汚れている。

大杉良太は拳《こぶし》を握り締め、相手の顔を睨《にら》み据えた。『特報タイムズ』編集主幹、木場《きば》秀助《しゆうすけ》。何が特報タイムズだ。ゆすり、たかりを業とする赤新聞であることぐらい、一目見れば分かる。それにしても現職の刑事を脅しにかかるとは、いい度胸をしているではないか。

木場は色つき眼鏡を押し上げ、大杉の脇《わき》でふてくされている娘のめぐみを顎《あご》で示した。

「お嬢さんは万引したことを自分で認めてるんだ。これ以上確かな証拠はないでしょうが」

大杉はめぐみの茶色に染めた髪をちらりと見やった。でれんとしたてかてかのセーラー服。黒のソックスが片足だけくるぶしまでずり落ちている。どなりつけたい気持ちを飲み込むと、大杉は言った。

「それであんたの望みは何なんだ。記事を書かないかわりに、いくらか出せとでもいうのか」

木場は大げさに顎を引き、スポーツ刈りの頭を一度しごいた。

「滅相もない、それじゃ恐喝だ。あたしも刑事さん相手に、そんな度胸はないね」

大杉は木場を絞め上げてやりたかったが、かろうじてこらえた。木場が続ける。

「いや、あたしはただね、国民の治安を預かるべき刑事さんが、自分の娘の万引さえ防げないというところに矛盾を感じただけのことですよ。社会正義に目覚めたというか、これはぜひ記事にして広く世間に知らせるのが、あたしら社会の木鐸《ぼくたく》としての務めではないかとね」

「ご高説はもうたくさんだ」

大杉は木場の長広舌《ちょうこうぜつ》をさえぎり、ソファを立とうとした。その腕をめぐみが押えた。

「ちょっと、なんとかしてよう。学校にばれたらまずいじゃん。あんただって、今の仕事やってらんないよ、記事書かれたらさ」

大杉は静かに娘の手をもぎ放し、すわり直した。めぐみを殴りつけたい気持ちと必死に戦う。たった一人の愛娘《まなむすめ》から、あんたと呼ばれるようになったのは、いつごろからだったろうか。

それにしても、例の万引事件については、あの時点で話がついていたはずだ。どうしてこんなトリ屋に情報が洩《も》れてしまったのだろう。しかもこの娘のふてくされた態度はどうだ。情けなくて涙も出ない。

いつもの大杉なら、木場の首根っ子を摑《つか》んで外へほうり出すところだが、ことがめぐみの万引事件となると話は別だ。ただでさえ普段構ってやれないという負い目がある。娘に万引の汚名を着せることはどうしても避けたかった。それは自分が警察官だからではなく、めぐみの父親だからだった。

「いったいどうしろと言うんだ」

大杉は歯の間から言葉を吐き出した。その答は聞かないでも見当がついている。捜査四課あたりから恐喝容疑で調べられているのを、なんとかしてくれというような話に決まっている。四課には顔なじみも多いが、それだけにこんな男のために口をきくのは、考えただけでも気が重かった。

大杉は黙っている木場を睨みつけた。

「便宜を図ってほしいことがあるのなら、さっさと言えよ。ただし分をわきまえるんだぞ。おれにもできることとできないことがあるからな」

それだけ言うのさえ、血を吐く思いだった。木場は満面にいやしい笑いを浮かべた。眼鏡の奥の目が、勝ち誇ったように光った。

「別にたいしたことじゃないですよ、大杉さん。あたしはあなたに何かしてくれと頼むつもりはない。むしろ、何もしないでくれとお願いするつもりなんです」

「どういうことだ」

木場は一度目を伏せ、それから媚《こ》びるように上目遣いに大杉を見た。

「実はあたしは、池袋の豊明興業と親しくしてるんですがね」

「豊明興業だと」

大杉の内部で何かがぴんと弾《はじ》けた。

「そう。あなたも心当たりがあるはずだ。あたしもあそこにゃだいぶ世話になってるんでね、あなたが理由もないのにいちゃもんつけたりしてると聞くと、黙っていられないわけさ」

大杉は手の汗をズボンにこすりつけた。

「野本に頼まれて来たのか」

木場はわざとらしく首を振った。

「とんでもない、だれに頼まれたわけでもありませんさ。ただ連中がぶつぶつこぼすのを聞いてるとね、ほうっておけんでしょうが」

「つまり、娘の万引事件は見逃すから、豊明興業にはちょっかいを出すなと、そういうことだな」

木場はしたり顔でうなずいた。

「そう。簡単なことでしょう、何かしてくれっていうんじゃないんだから」

「娘の万引のことをどこで聞いた」

木場は目をぱちぱちさせた。予期しない質問に虚をつかれたようだった。

「どこって、そいつは言えませんね。情報源は明かさないのが仁義だから」

「例のスーパーは成増署の少年係に届け出ただけで、学校にも町内会にも黙っていたはずだ。娘が父親は刑事だと、捕まったその場で店に脅しをかけたからな。スーパーもそれくらいの配慮と計算はするさ、あとあとのことを考えれば」

「情報源は明かさないよ」

木場は繰り返し、口を結んだ。

大杉は拳を握った。スーパーから洩れていないとすれば、あとは警察筋しか残っていない。

大杉はいきなり腕を伸ばし、木場の胸ぐらを摑んでぐいと引き寄せた。テーブルが傾き、湯飲みが引っ繰り返る。めぐみが小さく悲鳴を上げて身を引いた。

「言いたくなけりゃ、黙っているさ。おまえが豊明興業の差し金でのこのこ出向いて来たことが分かればそれでいい」

木場は顔を真赤にして大杉の手をもぎ放そうとしたが、その手はびくともしなかった。

「だとしたら、どうだってんだ」

木場の声は甲高《かんだか》く震えていた。ふてぶてしい態度はどこかへ消し飛んでしまった。

大杉は歯をむき出した。

「おまえも惜しいことをしたな、木場。ほかのことなら、おまえの口車に乗って便宜を図ってやったかもしれないのに」

「どういう意味だ。たいした取り引きでもないのに。もっと面倒なことを頼むこともできたんだぞ」

大杉はせせら笑った。

「そうすりゃよかったんだ。そうすりゃ、おれをうまく取り込むことができたんだ」

木場は眉《まゆ》を吊《つ》り上げた。

「黙って取り引きした方がお互いのためじゃ――」

「黙れ、このちんぴら。たった今おれは肚《はら》を決めたよ。書きたきゃ書くがいい。きさまの薄汚い赤新聞にな。娘には自分で責任をとらせるさ、自分でまいた種なんだから。学校に知れるなら、それもやむをえん。おれが警察にいられなくなるなら、それも仕方あるまい。しかしおれは今の仕事から手を引いたりしない。それだけは言っておくぞ。分かったか、ちんぴら」

木場は力なく大杉の上着の袖《そで》にしがみついた。頬《ほお》がひきつっている。

「しかしあんたは、さっき、便宜を図ってやると、そう言ったじゃないか」

「あれは魔がさしたのさ」

「娘が、娘がどうなってもいいのか」

大杉は木場の上着の襟《えり》を握り直し、鼻と鼻がこすれ合うくらいに引き寄せた。体の中を凶暴な怒りが渦巻き、出口を求めて荒れ狂っていた。豊明興業の薄汚い手口に、反吐《へど》が出そうだった。木場の目の中に、さっきまでかけらもなかった恐怖の色が満ちているのを見て、大杉はわずかに自制心を取りもどした。

「おれは警察官だ、娘の父親であるより先にな。たとえ娘のためでも、節《せつ》を曲げる気はない。分かったらさっさと出て行け」

大杉はそのまま木場を廊下へ引きずり出し、玄関の方へ突き飛ばした。木場は狭い三和土《たたき》に頭から転げ落ち、だらしない悲鳴をあげた。あわてて四《よ》つん這《ば》いになり、自分の靴を掻《か》き寄せる。

靴をはいて立ち上がると、木場はいつでも逃げられるように玄関のガラス戸に手をかけて、捨てぜりふを吐いた。

「畜生、あとで泣きをみても知らねえぞ」

言い終わらぬうちに体半分外へ逃げ出していた。腹いせのようにガラス戸を叩《たた》きつけて行く。大杉は拳を握り締めたまま、じっと廊下に立ち尽くしていた。はらわたは煮えくり返っていたが、どこかに無力感がわだかまり、立っているのがやっとだった。

木場が野本の差し金でやって来たことは間違いないが、野本にめぐみの万引事件を教えたのはいったいだれなのだ。成増署の少年係は、一応本庁へ報告するといやみを言っていたが――。

「あなた」

いつの間にか妻の梅子《うめこ》がそばに来ていた。振り向くと、その後ろにめぐみが立っている。梅子のやつれた顔が、恨《うら》みがましくゆがんだ。めぐみの大きな目が異様に輝いていた。二人の不信と非難が、無言の圧力で大杉を押しつぶそうとした。

大杉は思わず後ずさりした。

「おれは——すまん、勘弁してくれ」

そう声を絞ると、いたたまれずに下駄《げた》をはいて外へ出た。不覚にも涙がこぼれそうになる。ぐっと唇を嚙《か》み締め、路地を抜けて商店街へ向かった。どこへ行くあてもなかったが、家にいるよりはましだった。木場の姿が見えなかったのにはほっとした。まだこのあたりをうろうろしていたら、首を引きちぎらずにはいられなかっただろう。

大杉が豊明興業に乗り込み、野本を絞め上げてからまだ三日しかたっていない。ところが連中は、ボクサー崩れに倉木を襲わせたように、さっそく大杉に揺さぶりをかけてきた。これは悪い兆候ではない。こっちの狙《ねら》いが正しいことを、向こうから白状したようなものだ。こうなったら徹底的に食いついてやる。連中がどう出て来るか、楽しみになってきた。

大杉は足を止めた。パチンコ屋から賑《にぎ》やかな音と光が溢《あふ》れ出している。まるで別世界のような華やかさだった。とっつきの台で、ジャンパーを着た中年の男が玉を弾いている。その肩に、まだ小学生らしい少女がまとわりついていた。もう帰ろうよ、と言っているように見えた。大杉はしばらく二人の様子を見ていたが、やがて力なくきびすを返した。何年か前、自分とめぐみにもあのような場面があったことを思い出した。

家へつながる路地へ曲がり込んだとき、角の街灯の陰に人が立っているのに気づいて、大杉ははっと身構えた。考えごとをしていたために一瞬反応が遅れた。しかしそれは大杉が恐れていたものではなかった。

めぐみだった。

大杉はとまどい、肩の力を抜いた。めぐみは睨むように大杉を見つめた。大杉はどぎまぎして、ズボンのポケットに手を突っ込んだ。何か言おうとしたが言葉が見つからない。

「めぐみ。おれは、その——」

そこまで言いかけたが、大杉は急に自分が腹立たしくなり、口をつぐんだ。娘の万引も防げないような刑事は、確かに刑事失格だった。

めぐみが口をとがらせた。

「自分の娘もかばってくれないんだね」

大杉は背骨に錐《きり》を揉《も》み込まれたような気がして、すぐには返事ができなかった。

めぐみが続けた。

「だったら、娘の友だちの母親だって、特別扱いはできないよね」

大杉はめぐみが二年前の、例の娘殺しの事件のことを言っているのだと察した。まだあのことを根に持っているのかと、暗澹《あんたん》とした気持ちになった。唇をへの字に曲げ、黙って娘の脇をすり抜ける。

「お父さん」

めぐみに呼びかけられて、大杉は足を止めた。胸をちくりと刺される。娘からお父さんと呼ばれたのは、実に久しぶりだった。大杉はゆっくりと向き直った。

「仕方がなかったんだよ。おれは——」

それをさえぎるように、めぐみは言った。

「お父さん、さっきかっこよかったじゃん」

大杉は驚いて娘の顔を見直した。頭が混乱していた。

めぐみの目から涙が流れ出し、顔がくしゃくしゃになった。

## 2

百舌はメスの血糊《ちのり》をぬぐった。

体は冷気のために震えが止まらないが、頭はボイラーのように燃え立っていた。崖《がけ》を凄《す》い勢いで滑り落ち、空中に投げ出される夢を見たと思った。しかし今はそれがはっきり現実の記憶として体の中によみがえっていた。

百舌は冷たい汗がにじみ出すのを感じた。和彦の発した長い悲鳴が耳の奥でこだまする。そうだ、和彦はあの二人に崖から突き落とされ、殺されたのだ。いや、あの二人だけではない、豊明興業とその背後にいる黒幕に、和彦は殺されたのだ。百舌はじっと汚れた壁を見つめた。和彦の死が今初めて百舌の心を揺さぶり、深い悲しみを呼び起こした。胸に黒い穴があいたようだった。

珠洲中央病院で意識を取りもどしてからのことが、ぼんやりと思い出される。今はそれが現実と逆転して、まるで夢のように感じられた。後頭部に手をやると、まだ傷痕が生なましい。頬の傷も縫った糸のあとが盛り上がったままだ。

赤井を初めとする豊明興業の連中の対応を思い起こすと、彼らが百舌を和彦と勘違いしていることは明らかだ。また、妹というのが実は百舌のことで、しかも百舌こそ殺人の実行者だということに気づいていない。

豊明興業の連中は、爆弾事件の翌日和彦をマンションから遠く能登半島まで連れ出し、孤狼岬の断崖《だんがい》から墜落死させた。筧が死んだのを確認して、永遠に和彦の口を封じようとしたのだ。汚いやつらめ。あのとき、車のトランクがしまりさえしなければ――。

百舌は唇を嚙んだ。和彦の敵《かたき》はかならず討ってやる。恨みを晴らさずにおくものか。和彦のいない百舌は、ただ単に宏美でしかない。和彦がいてこそ、百舌は百舌になれるのだ。

和彦が殺された暗い岬で、赤井と連れの女を殺したときのことが目に浮かぶ。あれは今思えば、知らずしらずのうちに和彦の仇《あだ》を討ったことになるのだ。それから里村のことも思い出す。殺したことに後悔はない。里村が裏切ったために百舌は豊明興業につかまり、野本たちに脅され、痛めつけられたのだ。

百舌はたくましい看護人の死体をベッドへ抱え上げ、血を吸い込んだ毛布をその上にかぶせた。百舌は肛門《こうもん》に熱い疼《うず》きを感じ、顔をしかめた。看護人の思いもかけぬ行為は、その興奮の極致で百舌の意識を奪いながら、遠い過去のいまわしい記憶を呼び起こした。背にのしかかる父の荒い息遣いが、首筋にかかったと思った。そのとたん、体中の歯車が激しい勢いで逆回転を始め、百舌は暗い奈落《ならく》の底からうつつの世界へ跳《は》ね上がったのだ。

看護人が歯の間から落としたメスは、ほとんど無意識のうちに百舌の手に握られていた。返り血一滴浴びないように看護人の喉《のど》を切り裂くことは、百舌にとっては朝飯前の仕事だった。

今百舌は完全に記憶を取りもどし、復讐《ふくしゅう》の念に燃え上がっていた。

メスを握り直し、ドアに向かおうとした百舌は、天井の隅から見つめているテレビカメラに気づいてぎくりとした。その冷たいレンズは、ずっとこの部屋の出来事を見守っていたのだ。百舌はじっとレンズを見上げた。どこかおかしい。カメラは確実にここで起こった異変を捉《とら》えているはずだ。それならばとうにだれか駆《か》けつけて来なければならない。モニター室にだれもいないのか、それともスイッチが切られているのか。

どちらにしてもぐずぐずしてはいられない。百舌は鉄の扉をあけ、外の様子をうかがった。長く薄暗い廊下に人影はなかった。百舌は独房を滑り出し、タイル張りの廊下を右に走った。左側はむき出しのコンクリート壁で、右側には同じような鉄の扉がいくつも並んでいる。廊下の角まで来ると、ガラス窓から光の洩れる部屋があった。足音を忍ばせて中をのぞくと、テレビのモノクロ画面がずらりと並んでいるだけで、人の姿はなかった。独房監視用テレビのモニター室に違いなかった。9と番号のついた画面が百舌の独房らしく、ベッドにかぶせた灰色の毛布に広がる黒いしみがはっきりと映し出されていた。看護人の白い靴も見える。

例の看護人は宿直の機会を利用して、自分の特別の趣味を独房の患者に強要するのを常としていたのだろう。看護人は直感で百舌の特殊な匂いを嗅《か》ぎつけ、挑《いど》んで来たに違いない。

モニター室を通り過ぎ、突き当たりを右へ曲がる。トイレ、湯沸室、食器の洗い場。長い廊下の左側が、鉄格子のはまった窓になっているのが見える。右側にモニター室と同じように光の洩れている部屋があった。ガラス張りで入口にドアはない。中の様子をうかがうと、看護婦が一人椅子にすわっているのが見えた。看護婦は胸に顎を埋め、足をだらしなく投げ出して居眠りしていた。キャップの留めピンの片方が外《はず》れており、もう少しでずり落ちそうだった。

百舌はメスをもう一度握り直した。この看護婦を脅して、必要な情報を聞き出してやろう。

百舌は静かに詰所に忍び入った。

3

新宿中央署へ向かいながら、大杉良太ははやる心を抑えるのに苦労した。

たった今旧友の日下茂《くさかしげる》に聞かされた極秘の情報が、捜査を大きく進展させるに違いないと確信していた。

大杉は一時間ほど前、『サタデー』という今はやりのグラフ週刊誌の編集長をしている日下から、電話で近くの喫茶店に呼び出された。以前大杉は、日下が別の月刊誌の編集長をしているときに拝み倒されて、政治献金がらみの裏情報を横流ししてやったことがある。そのスクープで政治家が二人失脚し、日下は大いに株を上げたのだ。

日下はそのときの借りを返すと言って、話を切り出した。

その朝、名前を名乗らぬ若い女が日下に電話をよこし、『サタデー』に特ダネ写真を売りたいと申し出た。女は最初、それがどんな写真であるか言おうとしなかった。しかし日下がしつこく食い下がると、とうとうそれが筧俊三という死んだ男から預かった写真であることを白状した。女は筧から、もし自分が死んだらそれを『サタデー』に売れ、そうすれば金になると言われたという。口ぶりからするとその女は水商売で、筧と多少の交情があったらしい。

日下は直感的に特ダネだと判断し、女の言い値どおり三十万円で買い取ることに同意した。受け渡しの時間と場所は、その夜午前零時、新宿中央公園の陸橋の上。目印は、女が白いスカーフ、日下が白いビニール傘《がさ》。

大杉は歩きながら、ハンカチで汗を拭った。もちろんこれは、ガセネタかもしれない。しかし大杉日下が情報提供したのも、借りを返すというより内容を疑ったからだろう。

には、これは本物だという勘のようなものがあった。

調布第一病院に倉木を見舞ったとき、その口から聞かされた驚くべき話の中に、豊明興業の連中が何かを必死になって探しているというくだりがあった。彼らはそれを新谷が持っていると考えたらしく、爆発事件の翌日彼をどこかへ連れ去ったという。

しかしそのあとで新谷のマンションへ出直し、徹底的に部屋を捜索したとなると、新谷は口を割らずに殺されたか、あるいは途中で逃げ出したかのどちらかだろう。いずれにしても、その探しものというのは今夜手にはいるかもしれぬ写真ではないか、という強い予感がした。

捜査本部にはいると、もどりしだい署長室に来るようにという伝言があった。署長は叩き上げの警視正で、実直なだけが取り柄の平凡な警察官だった。この事件では捜査本部長を務めているが、実質的な指揮権は本庁公安部に奪われてしまい、単なる責任追及の矢面《やおもて》に立たされるだけしか仕事がない。

署長室にはいると、待っていたのは署長だけではなかった。本庁公安部公安三課長の若松警視が一緒だった。自然に頰がこわばるのを感じる。署長の眉間《みけん》には縦《たて》じわが刻まれていた。

署長は応接セットの向かいのソファを示した。若松は窓際に立ち、外を眺めるふりをしている。

大杉がすわると、署長は眼鏡を外し、手に持った新聞をためつすがめつしながら独り言のように言った。

「まったく困ったことをしてくれたね」

それからその新聞を大杉の方へ向け、テーブルの上に広げた。大杉はそれを見て体を固くした。『特報タイムズ』という毒々しい題字が目に飛び込んで来た。

署長は苦にがしげに言った。

「娘さんが地元のスーパーで万引したそうだね。いや、分かってるんだ、成増署に問い合わせて確認したからね」

大杉は何も言わずに、忙しく活字を目で追った。赤い見出しで『現職刑事の娘が万引、父親に反省の色全《まった》くなし！』とある。さらに読み進むうちに、大杉の体は屈辱と怒りで震え始めた。

『……この娘は同校でも札つきの非行少女で、近所の鼻つまみ者になっているという。娘が娘なら父親も父親で、紳士的に取材を申し込んだ本紙記者に対して暴言を吐き、あまつさえ突き飛ばすなどの暴行を加えた。娘の非行に一片の責任も感じている様子はなく、反省の念など薬にしたくも見られない態度だった。さらに親娘揃《おやこそろ》って、記事を書くなと記者を脅すその凄《すご》みは、百戦練磨の記者もたじたじとなる迫力だ。しかし本紙はそのような圧力に屈せず、こうして正義の筆をふるう次第である――』

署長は大杉が引き破るのを恐れるかのように、素早く新聞をすくい上げて折りたたんだ。

「大杉君。娘さんの万引のことはまだいい。初犯のようだし、手をつけたのは千円相当の文房具だけだというからね。しかしこの記事の後半は本当なのか。つまり、きみが記者に暴行したというのは」

「本当です。暴行どころか、殺人未遂で訴えられてもいいくらいです」

署長は驚いて体を引いた。

「それはどういう意味かね」

「殺したいほど頭に来たということですよ」

大杉が吐き出すように言うと、署長は落ち着かぬ様子で尻《しり》をもぞもぞ動かした。

「きみ、めったなことは言わん方がいいぞ。しかしこの記事が事実だというのなら、われわれとしても手の打ちようがないじゃないか」

「構わんですよ、ほうっておいてください。あのちんぴらが記事を書いて方々にばらまくことは、覚悟してましたからね」

署長は頰をふくらませた。

「これはきみ一人の問題じゃない。警察全体の信用に関わることなんだよ。それを自覚してもらわなければ困る。直接の上司でないわたしの口から言うのも変だが、とにかく現在わたしの指揮下にはいっているからには――」

「本署勤務中にこのような事態になったことについては、深くおわびします。いずれ責任はとらせていただくつもりです」

大杉が頭を下げると、署長は居心地悪そうに足を組み、若松の方をちらりと見た。

「そのことだがね、ええと、それについて若松警視の方から話があると思う。わたしはこれから署内会議があるので、ちょっと失礼させてもらうよ」

署長はそう言い残すと、そそくさとソファを立って部屋を出て行ってしまった。

署長のいたソファへ、若松がのっそりとすわった。

大杉は若松が嫌いだった。それを若松が感じていることも、よく承知していた。確かに頭が切れることは分かるが、人間が冷たすぎる。それに今度の事件では、でしゃばるわりにほとんど成果をあげていない。

若松は大杉とほとんど同年代だが、必要以上に階級の差を見せつけようとする。

「大杉警部補。今回の件は少々冷静さを欠いたというか、軽率だったようだね。ああいった連中には、言質《げんち》を取られないように気をつけなければだめだ」

「このつぎに娘が万引したときはそうしましょう」

大杉はそう言ってから、言わなければよかったと後悔した。案の定若松は頰をぴくりとさせた。

「なるほど、記事にあったとおり、あまり反省していないようだな。そういう態度を続けるなら、われわれとしても処分を考えなければならんぞ」

「われわれとおっしゃいますと」

大杉が切り込むと、若松は苦い顔をした。

「もちろんこの捜査本部として、という意味だ」

「どんな処分ですか」

若松はことさら渋面を作った。

「残念ながら捜査班から外れて、本庁へもどってもらうことになる」

大杉は胃の中の熱い塊《かたまり》を飲み下した。

「失礼ながら、わたしの異動は警視の権限外と承知していますが」

若松の目のあたりに、得意げな笑いのようなものがちらりと浮かんだ。

「この件については、すでに本庁の捜査一課長と刑事部長の意見を聞いてある。もちろん二人のところにも例の新聞が送られて来たそうだ。二人とも、処分はわたしに一任するということだった。本庁へもどったあとの処分は、もちろんわたしの権限外だがね」

大杉はじっと怒りを嚙み殺した。この男の鼻柱に一発叩き込んでやれたら、どれだけ気持ちがいいだろう。

「本日ただ今より、わたしは当捜査本部では用ずみになったというわけですか」

若松は拳を口に当てて咳払《せきばら》いした。

「そのように考えてもらっていい」

大杉はゆっくりソファを立った。軽く頭を下げ、ドアに向かう。しかしドアをあける前に向き直った。どうしても若松の鼻を明かさずにはいられなかった。

「一つだけ——今夜わたしは筧が所持していたと思われる、極秘の写真を入手する手筈《てはず》になっています。これも投げ出して行って構いませんか」

4

冷たい風が上着をはためかせた。

大杉は人けのない陸橋の手すりにもたれ、身震いした。超高層ビルの灯は消え果て、わずかに新宿中央公園の木立ちの上がほの明るいだけだ。

ＮＳビルの西側の陸橋。中央公園側の手すりの真中辺。日下から聞いた指定の場所をもう一度反芻《はんすう》する。ここで間違いないはずだ。大杉は新宿中央署の物置から持ち出した白いビニール傘を、目につきやすいようにぶらぶらさせながらあたりに目を配った。車の行き来はかなりあるが、人通りはほとんどなく、アベックが二組ほど離れた所で肩を寄せ合っているだけだ。

若松が見せた、なんともいえぬ複雑な表情が目に浮かぶ。若松は大杉の話を聞くと、目の色を変えた。しかしすぐにたいして関心のないような態度を取り繕い、写真の受け渡し場所と時間を聞き出そうとした。そこで大杉は、若松に処分を当面撤回し、この件を自分に任せてくれるよう要求した。若松は口惜《くや》しそうに頰をひくひくさせていたが、やがて無理やり冷笑を浮かべ、大杉の出した条件を飲んだ。

「しかしそれはどうせガセネタだよ。そんなガセネタのために、貴重な捜査員は割けないな。きみ一人で処理したまえ。手柄を独り占めするか、失敗の責任を一身に引き受けることになるか、楽しみに拝見しようじゃないか」

そうつけ加えたのが、若松の精一杯の反撃だっただろう。大杉に異存はなかった。もしこれがガセネタだったら、自分から捜査本部を抜ける覚悟だった。大杉は若松に受け渡しの詳細を告げ、三十万円の出金を要請した。しかしそれは予想どおり拒否された。大杉自身すんなり女に金を渡すつもりはないが、見せ金として必要になる可能性はある。やむなく大杉は自分の手持ちの万札と新聞紙で、偽《にせ》の三十万円の札束を用意した。それは封筒に収まり、上着の内ポケットにはいっている。

大杉は腕時計を明りにすかして見た。午前零時を四分ほど回っていた。陸橋の南北を交互に見渡す。二組のアベックの姿もいつの間にか消え、人っ子一人いなくなっていた。やはりただのいたずら電話だったのかと、ふと不安になる。もう一度時計を見直し、顔を上げたときだった。北の方角にある階段のあたりで人影が動いた。陸橋の下を直角に交差する道路から、だれか上がって来たようだった。

大杉は目をこらした。距離はおよそ六、七十メートルというところだ。街灯の光を受けて、白いものがちらりと映った。やがて白いスカーフで頭を包んだ人影が陸橋に現われた。ベージュのコートの下から細い足がのぞいている。女だ。大杉は体が熱くなるのを感じた。やはりガセネタではなかった。

「ありがとうよ」

大杉はだれにともなく声を出して言い、白い傘をよく見えるように体の横へ突き出した。女はショルダーバッグのストラップを握り締め、じっと大杉の方を見ている。なかなか歩き出そうとしない。大杉はじれったくなり、その場で傘を開いて振り回そうかと半ば本気で考えた。

やっと女が大杉の方へ歩き出した。大杉もほっとして二、三歩移動しかけた。そのとき、突然エンジンの音が高まり、大杉の横を黒い車がすり抜けて行った。そういえば南の方にライトを消した車が一台、ひっそりと駐車していたのを思い出す。車がすり抜けた瞬間、大杉はわけもなく胸騒ぎを感じた。子供のころ見たスパイ映画では、こんな場面でかならず邪魔がはいるものと相場が決まっていた。

車は四、五十メートル走ったかと思うと、女の少し手前で舗道すれすれに急停車した。そのブレーキ音が耳に達するか達しないうちに、大杉は猛然と駈け出していた。ばかな、これは映画ではない。邪魔がはいるはずはないのだ。しかし大杉の予感を裏づけるように、車のドアが四つ一度に開いて四人の男が舗道と車道に飛び出した。運転席にいた男が、ヘッドライトの中を回って女の方へ突進する。残りの三人は大杉の方へ駈けて来た。

「何すんのよ」

女の甲高《かんだか》い声が夜気をつんざく。黒い服の男はショルダーバッグを引きちぎり、女を力任せに突き飛ばした。

「くそ」

まるで絵にかいたような邪魔だてに、大杉は完全に頭に来ていた。暴走族風のいでたちの三人の男が待ち構える中へ、嵐《あらし》のように突っ込んで行く。

「警察だ。邪魔しやがるとぶち殺すぞ」

そう怒鳴り、正面のモヒカン刈りの男に体当たりを食らわせた。左から飛びついて来た革ジャンパーの股間を思い切り蹴り上げ、車に走り寄る。右側にいた金髪の若者が、大杉の足元に飛び込んで爪先《つまさき》をすくった。大杉は舗道に倒れ込み、いやというほど膝《ひざ》と肘《ひじ》を打った。目の前数メートルの所に、ドアが開いたままの車が見える。

大杉はとっさに仰向《あおむ》けになり、まだ握っていた傘を飛び込んで来るモヒカン刈りの横面に思い切り叩きつけた。モヒカン刈りは悲鳴を上げ、横ざまに車道へ転げ落ちた。大杉は骨がばらばらになった傘を投げ捨てた。しつこく足元を狙って来る金髪を蹴《け》り飛ばすと、跳ね起きて車の方へ突進した。運転席のドアがしまり、車が急発進する。その勢いで残りのドアが音高く閉じる。その最後のドアの一つに、大杉は死に物狂いで飛びついた。内側の取手にかろうじて右手がかかる。

そのとたんまた足首を掴まれ、大杉の重い体はずるずると伸び切った。金髪の頭をようやく蹴り放したとき、車はスピードを上げて舗道を離れ始めた。車道へ引きずり下ろされた弾みで、取手から手が外れる。大杉はしたたかにアスファルトに叩きつけられ、苦痛の声を上げた。一瞬息が詰まり、目の前が真暗になる。ドアのしまる音、そしてたちまち遠ざかる排気音。大杉は顔をゆがめ、アスファルトを掻きむしった。せめてナンバーを見定めようと向けた目を、対向車のヘッドライトが直射して視力を奪う。

「くそ」

苦痛と怒りに我を忘れ、大杉は拳でアスファルトを叩いた。信じられなかった。心に油断があったことは事実だが、この一件に邪魔がはいる要素は毛ほどもなかったはずだ。あの日下が自分の雑誌のために、複雑なトリックを仕掛けたのでなければ。

大杉は痛みをこらえて立ち上がり、舗道を見返った。数十メートル離れたあたりを、三つの人影が小走りに逃げて行く。両脇の二人が、残りの一人を抱えているように見える。あの革ジャンパーの男の一物《いちもつ》は、当分使いものにならないだろう。大杉は三人が闇に消えるのをじっと見送った。追いかけて雇い主を吐かせることも考えたが、気力が湧《わ》かなかった。あの暴走族の風体を見れば、行きずりに金で雇われた連中であることは明らかで、捕まえるならショルダーバッグを奪った男でなければならなかった。そうでなければ、裏で糸を操る連中までたどりつくことはできない。

大杉は舗道に上がり、陸橋の北に目を向けた。人影はない。女も風を食らって逃げ去ってしまった。さっき大杉が、警察だ、と怒鳴ったのをあの女も聞いている。ショルダーバッグの盗難届けなど、間違っても出すわけはなかった。

大杉は服の汚れを払い、力なく歩き始めた。

若松警視はほかにだれもいない捜査本部の長椅子にもたれ、大杉をじっと見上げた。

若松が待っているとは思わなかった大杉は、ありのままを報告するほかに手立てがなかった。若松は話を聞き終わると、唇の端に分かるか分からないくらいの嘲笑《ちょうしょう》を浮かべた。

「きみのその話には、だれか証人がいるのかね」

「いません。相手の男たちと問題の女以外は」

「だとすると、きみはただ夢を見ただけかもしれんな」

大杉は憮然《ぶぜん》として、自分の手を見下ろした。

「一言もありませんな」

「夢ということにしておいた方が、きみのためだろうね。もし報告どおりのことが起こったとしたら、きみにとっては致命的な大失態といわねばならん。この本部から抜けるぐらいの処分ではすまんぞ」

大杉は額の汗を拭いた。

「そうでしょうな。だれかが今夜の件を嗅ぎつけて、写真を横取りする計画を立てたのでなければ」

若松は冷笑した。

「負け惜しみは見苦しいぞ。邪魔をしたやつがいるとすれば、それは筧の仲間、つまり〝黒い牙〟の闘士たちのしわざとしか考えられん。恐らく『サタデー』の筋から洩れたに違いない。どちらにしてもきみの責任は免れられんところだな」

大杉は顔を上げた。

「若松警視。はっきり申しあげますが、今夜の一件を知っていた人間は、当の女を除いて『サタデー』の日下編集長とわたしと、そして警視の三人しかいません。日下とわたしは子供のころからの親友で、お互いに裏切ることは絶対にない。とすると結論は一つです。警視、あなたがだれかに命じて、問題の写真を横取りさせたのです」

若松のいかつい顎の筋肉がうねった。目が憎悪を込めて燃え立つ。

「大杉君、気は確かかね。自分が何を言ったか分かってるんだろうな」

「よく承知していますよ。あなたは最初からこの事件を解決する意欲を見せなかった。捜査一課と合同でやるべきところを、収集した証拠は抱え込むわ、情報は流さないわでまったくチームワークを無視している」

「それはきみたちが無能だからだ」

「冗談じゃない。捜査一課をなめないでいただきたい。今度の爆発事件の裏に公安がらみの陰謀《いんぼう》がからんでいることぐらい、こっちはお見通しだ。それを嗅ぎつけられたくないばかりに、倉木警部を襲わせて病院に送り込み、わたしを娘の非行にかこつけて本部から外そうとした。豊明興業をご存じでしょう。連中に情報を流し、陰で操っていたのはあなただ。前からおかしいとは思っていたが、今夜のことではっきりしましたよ」

若松はあきれたというように、首を振りながら立ち上がった。

「とても正気とは思えないな。そんな話をだれに吹き込まれたんだ。倉木か」

「ある意味ではね。しかしわたしが自分でそう結論をつけたんです。わたしだけではない。警察庁のしかるべき筋が、本件に関わる陰謀をひそかに調査しています」

それを聞いたとたん、初めて若松の表情に動揺の色が走った。若松はデスクの上のポットを取り、湯飲みに茶を注いだ。ゆっくりと飲み干し、大杉を見返す。

「大杉君、きみの狙いは何なんだ。そんな作り話をわたしに聞かせて、いったいどうしようというんだ」

大杉は若松のかすかな口調の変化に、目に見えぬ手応《てごた》えを感じた。証拠も何もなく、単なる直感に過ぎなかったが、腹の中をぶちまけているうちに不思議に筋書きが読めて来た。若松は明星美希の直属の上司だ。津城警視正が美希にスパイを頼むとすれば、その対象として考えられる第一の人物は若松ではないか。

「警視。わたしもあなたがこのことを、はいそのとおりですとすぐに認めるとは思っていないし、認めさせるつもりもありません。しかし今夜のことも含めて、わたしがおかしいと感じたことはすべて警察庁に報告します。辞表を出すとしても、その報告をし終わってからのことです」

大杉は若松に背を向け、戸口に向かった。

「大杉君。警察庁のしかるべき筋とは、具体的にだれのことかね」

若松の呼びかけにも、大杉は足を止めずに答えた。

「それは言えません。失礼します」

「待ってくれ。話があるんだ」

若松の切迫した声に、大杉は戸口で振り返った。黙って相手の言葉を待つ。若松は手にした湯飲みをデスクの上の盆に置いた。湯飲みは倒れ、残った茶がこぼれた。若松はそれに気づかず、口元に手を当てた。

「大杉君。お互いに誤解があるようだな。ゆっくり話し合おうじゃないか」

大杉は内心ほくそ笑んだ。容疑者に口を割らせる技術なら、だれにも負けない自信がある。ここまで来たら押しの一手だ。

「誤解などこれっぽっちもありませんよ。したがって話し合っても無駄ですな」

「この件には、君が察するとおり、深い事情がある。いわば、政治的な背景がね。これからわたしの行く所へつきあってくれ。きみの納得のいくような説明ができるだろう」

若松にそれを言わせたことは、大きな収穫だった。大杉は十分計算して、静かに首を振った。

「たとえ行く先が首相官邸であっても、お供する気はありませんね。では失礼」

そっけなく言い捨て、大杉は捜査本部にあてられた会議室を出た。宿直の署員に軽く手を上げ、署の玄関を出る。

深夜の新宿はまだ明るく、終電車に遅れた酔客が街にあふれていた。車の数も多い。

大杉は通りを渡り、署の玄関を見渡せる位置に立ってタクシーを探した。今夜若松がどこへ行こうが、ぴったり食いついて離れぬつもりだった。

少し離れた街路樹の下に停まっていた車のドアが開いた。大杉は本能的に身構え、運転席から出て来た小柄な男を見つめた。男は歩道へ上がり、大杉の方へやって来た。

「よかったら乗りませんか」

津城俊輔だった。

5

木谷は坊主頭を掻きむしった。

車寄せから正門につながる砂利道をすかして見る。木立ちも植込みもひっそり闇《やみ》に静まり返り、車の音を伝えて来ない。舌打ちして入口にもどり、守衛室にはいる。今夜守衛は裏門の方へ遠ざけ、邪魔がはいらないようにしてある。正門はあいたままで、車はまっすぐ正面玄関まではいって来られるはずだ。

この稜徳会《りようとくかい》病院は都下の稲城《いなぎ》市にあり、新宿からなら甲州街道、鶴川街道をへてほとんど一本道といっていい。例の写真横取り作戦が予定どおり成功したなら、宮内はそろそろ到着してもいいころだ。

野本に緊急の電話がはいり、写真奪取の指示が下るまでどんないきさつがあったのか、木谷も宮内も知らない。それは野本一人が承知していればいいことだ。木谷も宮内も、お偉方とのかけひきに興味はなかった。

宮内の腕なら、こわもてのお巡りの一人や二人あしらうくらいどうということはない。ただ万一のことを考えて、足がつかないように盗んだ車を使い、一時雇いのちんぴらに煙幕を張らせるようにアドバイスしてやったが、その時間があったかどうか。とにかくお偉方の命令ときたら、わけが分からぬうえに突然やって来る。それが頭痛の種だった。筧俊三の知り合いとかいう女が『サタデー』に売りつけようとした写真が、もしもお偉方に探索を命じられていた写真なら、新谷を追い回したのはまったくの無駄だったことになる。新谷の記憶がもどったところで、写真のありかなど分かるわけがない。どうもお偉方のやることはちぐはぐだ。新谷を殺せと命じておきながら、赤井のどじでまだ生きていることが分かると、記憶を呼びもどして写真のありかを吐かせろという。筧の死後それが身辺に見当たらなかったので、新谷が奪い去ったと考えたのだろうか。とにかく宮内さえもどって来れば、その答ははっきりする。なんの写真か知らないが、とにかくこの面倒ごとから抜け出せれば文句はない。

それにしても遅い。木谷は守衛室を出て、もう一度車寄せをのぞいた。エンジンの音は聞こえない。もしかすると、院長室にいる野本に、宮内から電話がはいっているかもしれない。そう思いついた木谷は、階段に向かった。一度院長室にもどってみよう。

二階まで上がって木谷は足を止めた。院長室はもう一階上だが、二階の保護室の様子をついでに見て行こう。今夜入手する写真がお偉方の探しているものだったら、新谷にはもう用がない。今度こそはっきり息の根を止めてやる。

木谷は大部屋の前を通り過ぎ、保護室のブロックにつながるタイル張りの廊下へ向かった。すぐ左手に監視用テレビのモニター室がある。声をかけようとして中にだれもいないのに気づき、木谷は眉根《まゆね》を寄せた。ここにはかならず夜勤の看護人がいるはずだ。トイレだろうか、それとも巡回にでも出たのだろうか。

何げなく十画面並んだモニターテレビを見る。なんの動きもない。みんな眠っているようだ。九号室もちゃんと明りがついている。ぎくりとして木谷は画面に目を近づけた。新谷は頭まで毛布をかぶって寝ているが、その毛布に妙なしみが広がっていた。それに、突き出た足に白い靴をはいている。これは確か――。

木谷はモニター室を飛び出し、九号室へ向かって廊下を走った。ラバーソールの靴が鈍い響きをたてる。くそ、まさか、と思う。しかし新谷を甘く見るわけにはいかない。新谷は赤井を出し抜いただけでなく、木谷と宮内の手からも一度脱出しているのだ。

九号室に駆けつけ、小窓から中をのぞく。木谷は思わず拳を握り締めた。ベッドをおおう血染めの毛布と、突き出た白い靴の底が目に飛び込む。鉄の扉の取手を摑み、一瞬ためらった。新谷がいきなり飛び出して来るような気がしたのだ。もう中にいるはずがないと思い直し、扉を引きあける。やはり人影はない。これほどびくびくしたのは、子供のころ胆《きも》だめしに夜の墓場へ行ったとき以来のことだった。

木谷は怖いもの見たさで、毛布をめくってみたい誘惑と戦うのに苦労した。しかし毛布の下にいるのは看護人で、その看護人がすでに死んでいることは明らかだった。木谷はためらったが、結局中へはいらずに廊下を駆けもどった。顔から血の気が引くのが分かる。新谷に対する恐怖感が、今さらのように湧き出して来る。木谷も相当修羅場《しゅらば》をくぐって来たつもりだが、それとは異質の恐怖感だった。

新谷が野本の指図で、お偉方から指示されたテロの仕事を請け負っていたことは、木谷も薄うす知っている。しかしそれを下請けにも出さず、新谷が自分でやっていたことが今度のいきさつではっきりした。この数日間で新谷は恐らく赤井、そして里村、看護人と、少なくとも三人殺しているのだ。普段は物静かなリビエラ池袋店の店長と、似ても似つかぬすさまじさだった。

とにかく院長と野本に急を知らせ、人手を集めなければならない。この病院の塀《へい》は高く、正門と裏門以外は出口がない。木谷は走りながら舌打ちした。裏門には守衛がいるが、正門は宮内のためにあけたままだ。木谷はモニター室の前を抜け、廊下の突き当たりを右へ曲がった。宿直の看護婦を院長室へ知らせに走らせ、自分は玄関へ取って返すつもりだった。院内の勝手を知らない新谷が相手なら、これから出口を封鎖しても間に合うだろう。

木谷は看護婦詰所に駈け込んだ。

「おい、九号室の患者が脱走したぞ。すぐに院長に言って、院内を捜索させせろ」

背を向けて椅子にすわっていた看護婦に、早口で命じる。あわてて立ち上がった看護婦は、キャップに手をやり、大きくうなずいた。

「ついでに野本専務に、おれは正門を見張りながら宮内を待つと、そう伝えてくれ」

そうたたみかけながら、木谷は看護婦が大きなマスクをしているのに気づき、ふと妙なものを感じた。看護婦は右手を後ろに回している。

「おい、何を隠してるんだ」

木谷は怒気を込めて言い、看護婦の肩にぐいと手をかけた。そのとたん白いキャップが頭から落ち、短い髪があらわになった。木谷はあっけにとられ、摑んだ肩を反射的に突き放そうとした。その寸前に看護婦の体がふっと沈み、木谷はつんのめった。突き出した腕の下を看護婦がくぐるのが、まるでスローモーション映画を見るようにゆっくりと目の隅をよぎる。

何かがきらりと光った。

支えを失った木谷は、倒れまいとして一歩足を踏み出した。その瞬間木谷の首筋の中央に、細く、固く、鋭いものが深ぶかと突き立った。

床に崩れ落ちる前に木谷は意識を失い、そのまま永遠の暗闇へと落ち込んで行った。

6

百舌《もず》は静かにメスを引き抜いた。

木谷の体は床の上で不自然にねじ曲がり、かすかに痙攣《けいれん》している。百舌は床に膝をついたまま、木谷の断末魔を見守った。まぶたが蛾《が》のように未練がましく震えている。しだいに木谷の体から力が抜けていくのが分かる。これで和彦を直接死に追いやった二人の男を、この手で地獄へ送り込んだことになる。空《むな》しい満足感がじわじわと体にしみわたる。それは砂漠に降ったにわか雨のように、すぐに消えてしまった。

百舌はキャップを拾い、しっかりと頭に留め直した。ロングヘアのかつらがなつかしい。怪我《けが》のために短く刈り上げられた髪がどうにもなじめない。

立ち上がって奥のカーテンの中をのぞく。スリップだけの裸にされた中年の看護婦が、仮眠ベッドの上に転がっている。首を絞められ、白目をむいたきりだ。このまま蘇生《そせい》しないかもしれないが、それはそれでいい。何人殺すのも同じことだ。

院長室が三階にあることは看護婦から聞き出していたし、そこに院長と野本がいるらしいことは木谷の言葉で察しがついた。野本を始末してやりたいが、院長が一緒にいたのでは騒がれて面倒になる。ここは一つ気づかれぬうちに脱出して、つぎの機会を狙った方がよさそうだ。看護婦の言によればここは稜徳会という精神科の病院で、場所は都下稲城市の坂浜だという。かつて百舌は稲城市に住む野党の代議士を始末したことがあり、そのときこの近辺を何度か下見したので土地鑑ができていた。稜徳会病院も堺に沿って一度歩いた記憶がある。ここから東中野のマンションへもどり、どこかへアジトを移す準備をしよう。

百舌は看護婦詰所を忍び出た。階段を探して、取りあえず一階へ下りる。人けのない談話室や遊戯室の脇を抜け、薄暗い廊下を用心しながら進む。看護婦の靴はさすがに小さく、歩きにくかった。しかしわりに大柄な女だったので、百舌の華奢《きゃしゃ》な体は制服の中にきちきちに収まった。白いパンティストッキングもうまく合っている。

廊下を抜けるとそこは玄関ホールだった。そばに別の上り階段がある。ガラスドアを抜けると、左右に下足箱と守衛室があり、もう一つガラスの表ドアが待っていた。守衛室にはだれもおらず、ガラスドアに鍵はかかっていない。ドアをあけて外に出ようとしたとき、車のエンジン音が聞こえて正面の植込みをヘッドライトがかすめた。

百舌は素早く守衛室に身を隠した。畳二枚ほどの狭い部屋で、小さな机と椅子があるだけだ。壁にはキーボックスと非常用懐中電灯、それに警棒、ロープなどがかかっている。ガラス越しに様子をうかがうと、車が砂利を蹴散らしながら滑り込んで来た。ブレーキ音がして、エンジンが切られる。ヘッドライトが消える。百舌は右手のメスを強く握り締めた。さっき木谷が、宮内を待つとか言っていたのを思い出す。

ドアの閉まる音、一回。ポーチへ駈け上がる足音、一つ。よし。百舌はそっと首を伸ばした。表ドアを押してはいって来たのは、果たして宮内だった。宮内は黒っぽい服に身を包み、右手に車のキーと左手に紙袋を持っていた。百舌は守衛室の戸口に立った。宮内が驚いて下足箱の前で立ち止まる。宮内からは逆光で百舌の顔は見えないはずだ。

看護婦と見て宮内の体が緩んだ。

「野本専務はどこだ。別棟か、院長室か、どっちだ」

「院長室です」

マスクの内側で、自然に裏声が出る。うなずいた宮内が内ドアを押そうとしたとき、百舌は左手を伸ばしてパーマのかかった宮内の髪をむずと摑み、力一杯引き寄せた。どんなに体格のいい男でも、髪を引っ張られるとかならずバランスを崩す。まして痩《や》せぎすの宮内の体は一たまりもなく傾き、タイルの上に膝を落とした。

「何しやがる」

わめいた宮内の声が途切れた。百舌のメスは狙いたがわず、木谷の命を奪ったのと同じ箇所《かしょ》へずぶりと食い込んだ。宮内は体を硬直させ、首を絞められた鶏のように数回手足をばたばたさせた。百舌はメスから手を放し、上着の襟首を摑んで宮内を守衛室の中に引きずり込んだ。宮内の体はもう動かなかった。

　百舌は宮内が左手にしっかり握り締めている紙袋をもぎ取った。いかにもあわただしく駈けつけて来た様子からみて、何か大切なものがはいっているような予感がした。紙袋を逆さに振ると、中からキャビネの写真が十数枚と裸の現像ずみフィルムが数本滑り落ちて来た。百舌は天井の薄暗い蛍光灯の光が当たるように体をそらし、キャビネの写真を一枚ずつ改めた。何か書類を複写したもののようだ。順序がばらばらになっている。人名のリスト。タイムテーブル。建物の見取り図のようなもの。矢印のついた道路地図。重しとして置いたらしいペン先の形をした文鎮《ぶんちん》が、隅の方に写り込んでいる。

　何枚めかに、表紙らしい一カットが出て来た。目を近づけて題字を読み取る。

『サルドニア共和国大統領来日警備計画書』

　左肩に「極秘」の印が押してある。百舌は首を捻《ひね》った。さらに写真を調べていくと、書類が何枚か続いた最後に、まったく場違いなカラーのカットが三枚現われた。肩を寄せ合った男女が、一見してラブホテルと分かる建物の入口から出て来るところ。数秒間隔で三枚連写したものらしい。望遠レンズで夜間隠し撮りしたのか、粒子は荒れているが、人物の顔は見分けがつく。男はもう若くない。四十代か五十代だ。見覚えはなかった。女の方は三十代か。まず美人の部類に属するだろう。どこかで見たような気もするが、はっきりしない。

百舌は手早く写真を紙袋にもどした。野本たちがしつこく百舌から所在を聞き出そうとしたのは、この写真のことに違いなかった。宮内は今夜これをどこかで手に入れて、野本の元へ届けにやって来たのだろう。この写真が何を意味するのか分からないが、やつらにとってひどく重要なものであることは確かだ。いいものが手にはいった。何かの役に立つだろう。

とにかくここから逃げ出さなければならない。百舌は宮内が右手に握っていた車のキーを取り、守衛室の明りを消して外へ出た。免許は持っていないが、車の運転はできる。ドアをあけ、運転席に乗り込むと、百舌はエンジンをかけて静かに車をスタートさせた。病院の正門を出ると、鶴川街道にはいって東京へ向かった。パトカーに目をつけられたり、検問に引っかからないように気をつけなければならない。看護婦が深夜黒塗りの自家用車を運転する姿は、それだけで注意を惹《ひ》く。

それにしても例の写真は、豊明興業にとってどんな価値があるのだろうか。連中が血眼《ちまなこ》になって探さなければならない理由が、あの写真のどこに隠されているのだろうか。

どこかの大統領の来日警備計画書。豊明興業のような暴力団に用があるものとも思えない。あるいは連中のバックにいる黒幕がそれを探しているのだろうか。和彦がちらりと洩らしたところによれば、連中の後ろにはなんとかいうえせ右翼の団体がついているという。警察にも顔が利くと、和彦はそんなことも言っていた。そのときは聞き流してしまったが、何か重要な関係がありそうな気がした。

それから、ラブホテルの前で隠し撮りされた男女は、何者なのだろう。もちろんあれは夫婦ではない。どこか人目を忍ぶ秘密の香りが漂っていた。あの男は何者だろうか。そしてあの女は。どこかで会ったような気がするのだが。

百舌は突然ハンドルを取られそうになり、急ブレーキを踏んで車を左に寄せた。多摩川を渡ったばかりの所だった。車を停め、ハンドルに顔を伏せる。頭にキャップをつけたままなのに気づき、あわててむしり取る。女の画像が唐突に目の裏に蘇《よみがえ》り、百舌の視界を惑《まど》わしたのだった。あの女だ。写真に映っていたのはあの女だ。

新宿の爆弾事件の直前、例のマンモス喫茶から筧を置き去りにして逃げた女。百舌はその女を追って近くの古いビルまで行った。ところが女は中でコートとかつらを捨て、別の姿になって百舌の目前をすり抜けて行ったのだ。あのとき、ビルから出て来た何人かの女の中に、その女が混じっていた。今百舌は、その中の一人の顔をまざまざと思い出したのだった。写真に写った女の、耳の脇の髪を掻き上げる仕草が、それを思い出させた。ビルから出て来た女の一人が、同じ仕草をしながら足早に歩き去った姿が、はっきり目に浮かぶ。間違いなくあの女だ。

百舌は手の甲で額の生え際をぬぐった。あの女が、筧のボストンバッグに爆弾を仕掛けたと考えれば、話のつじつまは合う。筧がトイレに立ったとき、その機会は十分にあったはずだ。筧のあとを追ってトイレへ行った百舌が、殺しをあきらめて席へもどったとき、女はあわてて店を出て行くところだった。あのあわてぶりが、すべてを物語っていはしまいか。この話をしてやれば、例の女刑事も、それから和彦を追っている倉木とかいう公安の刑事も、爆弾事件の犯人が別にいることを納得するだろう。

百舌はまた唐突に、倉木のことを思い出した。マンションであの女刑事を問い詰めたとき、確か倉木は調布第一病院に入院していると言った。そうだ、調布第一病院の五〇七号室だ。あの病院なら知っている。甲州街道沿いにある、このあたりではいちばん大きい総合病院だ。そしてここから車で五分とかからないこともよく知っている。

倉木がどんな男か知らないが、公安の刑事なら例の警備計画書を複写した写真が何を意味するか、説明することができるかもしれない。相手がベッドに寝ている体なら、何も危険はないだろう。あったとしても、メス一本で十分かたがつくはずだ。

百舌はウィンカーを出し、ゆっくり車をスタートさせた。

## 7

車の中は暖かく、外気がかなり冷え込んでいたことが分かった。

若松警視が拾ったタクシーは、靖国通りの車の雑踏を抜け出し、甲州街道にはいった。津城俊輔は巧みにハンドルを捌《さば》き、間に二、三台車を挟んで気づかれないように若松を尾行した。

「警視正も若松警視を見張っておられたのですか」

大杉が言うと、津城は左手をハンドルから離して拝むような仕草をした。

「その警視正は勘弁してください。民間でも気のきいた会社は、肩書き呼称を廃止しているご時世ですよ。名前で呼んでいただきたい」

「しかし、わたしも長いこと警察官をやっていますので、それは少々ご無理な注文です」

「なぜですか。津城さんと言ってごらんなさい」

大杉は居心地が悪そうに助手席で尻をもぞもぞさせた。

「津城さん」

「それでいい。ところでさっきの質問に答える前に、どうしてあなたが若松警視を尾行する気になったのか、それを聞かせてもらえませんか」

そこで大杉は、問題の写真を横取りされたいきさつを、細大洩らさず説明した。

「そんなわけで、写真受け渡しの一件とその場所を知っていた人間のうち、第三者に通報して邪魔する可能性のある人物は、若松警視しかいません」

大杉がきっぱりと言うと、津城は深くうなずいた。

「分かりました。それであなたは、その疑惑をストレートに若松君にぶつけたんでしょう」

大杉はちょっと驚いて津城の横顔を盗み見した。

「おっしゃるとおりです。分かりましたか」

「あなたはそういう人だと、第一印象で分かりましたよ。しかもそのストレートさは短慮からくるものではなく、計算されたものだ。若松君がそれに刺激されてなんらかの動きを見せるはずだと、そう読んだのでしょう」

大杉は鼻をこすった。

「まあそんなところです」

車は環状八号線を越えた。深夜ともなれば、車の流れは比較的スムーズだった。

津城は一呼吸おいて口を開いた。

「さっきの質問の答になりますが、確かにわたしは若松君を見張っていました」

大杉は肩の力を抜いた。

「やはりそうですか。警視正が——津城さんが明星巡査部長を使って探っていた相手は、やはり若松警視だったんですね」

「まあそうです」

「ご自身で見張るとは、今夜何か変化があったのでしょうな、若松警視の身辺に」

「そういうことです。正確に言うと、明星君が豊明興業を見張ってましてね、そちらの動きがあわただしくなったものだから、こちらの方も監視を強めたというわけです」

「とおっしゃると」

津城は軽く咳払いした。

「あなたに報告する余裕がなかったんですが、実は昨日の夜、行方不明になっていた新谷和彦が、突然姿を現わしたんです。東中野にある妹のマンションにね」

「ほんとですか」

「ええ、因果を含めておいたマンションの管理人が、明星君に電話で知らせてきたんです。わたしは明星君から連絡を受け、二人でマンションへ駆けつけました。といっても、何の容疑もなしに新谷を逮捕するわけにはいかない。そこで様子を探るために、明星君が同じマンションの住人になりすまして、妹の部屋を訪ねることにしました」

「ずいぶん危ない橋を渡りますね。大丈夫だったんですか」

「三十分たっても出て来ないので、管理人に部屋のチャイムを鳴らさせました。念のためわたしは階下の専用庭に潜り込んで待機していました。万が一新谷がベランダ伝いに逃げ下りて来れば、住居侵入罪で逮捕する口実ができますからね」

「それで」

「案の定、一分とたたないうちに、新谷がベランダから飛び下りて来た。すかさず組みついたんですが、ちょっとあの男を甘く見過ぎてしまった」

大杉はそわそわと肩を揺すった。

「つまりその、逃がしてしまったとおっしゃるんですか」

「恥ずかしながら、そのとおりです。植木鉢で頭を殴られましてね」

大杉は咳払いをして、苛立《いらだ》ちを抑えた。現場経験の少ないエリート警察官と、生意気な女刑事がいかにも踏みそうなどじだ。

若松の乗ったタクシーは、甲州街道から左へ折れた。調布を過ぎたあたりだった。一台おいて津城も左折した。

「しかしそのおかげで、いくつか新しい事実を発見することができました。まず明星君の報告によれば、新谷は記憶喪失になっているということです」

「記憶喪失ですって」

「そうです。顔と後頭部に傷痕があったらしい。どこかにひどく頭をぶつけて、記憶を失ったんでしょうな」

「ふりをしてたんじゃないんですか」

「明星君の観察では、本物のようです。新谷は明星君に殺し屋だと言われ、新宿の爆弾事件が自分のしわざだと指摘されても、なんの反応も示さなかったそうです。まあ、実際には妹が殺しの張本人と知っていて、明星君がかまをかけたんですがね」

「当人のしわざじゃないのなら、思い出せなくて当然でしょう」

津城は意味ありげな目で大杉を見た。

「ところが、そうでもない。実は新谷はわたしと格闘して逃げるとき、持っていた拳銃を落として逃げたんです。今日科警研（警察庁科学警察研究所）で、念のためその拳銃から指紋を検出してもらいました。わたしはこの件に取りかかってから、明星君に命じて関係者全員の指紋を採集しています。ところが拳銃から取れた指紋は、二種類あったにもかかわらず、いずれも新谷和彦のものではありませんでした。新谷は手袋をしていたわけでもなく、素手で拳銃を持っていたのに」

大杉は津城の謎《なぞ》かけのような口調に苛立ちを覚えた。

「分かるように説明してください。新谷の指紋でないなら、だれの指紋だったんですか」

「一つは豊明興業の赤井秀也という男です。赤井はこの数日事務所に姿を見せない、と明星君は言っている」

大杉は貧乏揺すりをした。

「それでもう一種類は」

「新谷宏美。やはり行方不明になっている、和彦の妹の指紋でした」

大杉は貧乏揺すりをやめ、一瞬ぽかんとした。

「ちょっと待ってください。それはどういうことですか。まさか新谷和彦と妹の宏美が、同一人物だというんじゃないでしょうね」

「それはありません。和彦と宏美は、一緒にいるところを明星君ほか何人かの人に見られているし、明らかに指紋も違う。和彦が女装して宏美になりすましていた可能性はありません」

「すると逆に、宏美が男装して和彦に化けていた可能性も、ないわけですか」

津城は重おもしく首を振った。

「ありませんね、二人はまったく別人なんですから」

大杉は唇をなめた。津城の話から導き出される結論は、一つしかない。

「それでは、和彦と宏美は非常によく似た兄弟、たとえば双子ということになりますね」

「まさにそのとおりです。二人は男の一卵性双生児だと考えてほぼ間違いないでしょう。ところが弟の宏美は、殺し屋という仕事を世間の目からくらますためでしょうが、普段女装して妹になりすましていたのです」

大杉はゆっくりと首を振った。

「わたしの想像力に乏しい頭では、そのような奇想天外なお話はとても信じられませんね」

「しかし、事実です」

「第一、明星君にしても周囲の人間にしても、宏美が女装した男であることに気づかなかったんですか」

「明星君は仕事の性質上、あまり宏美のそばへ近づくことができなかった。宏美は近所づきあいをせず、新聞さえ取っていませんでした。マンションの管理人は、宏美のことを聾唖者《ろうあしゃ》か何かだと思ったと言っています」

「それにしてもね。わたしなんか、おかまを一発で見分けますがね」

「それは周囲の状況にもよるでしょう。他人の生活に干渉しないマンション暮らしならばこそ、宏美の偽装も可能だったのだと思います」

大杉は親指の爪《つめ》を噛んだ。

「とすると、宏美は何かの拍子で記憶喪失になり、本来の男にもどって姿を現わしたということですか」

「そうです。そのために周囲の人間は宏美を和彦と思ったでしょうし、本人もそのように誤信したに違いありません」

「ではまあ、取り逃がした男は宏美だったとしましょうか。そうなると新谷和彦の方はいったいどこへ消えちまったんだろう」

「分かりません。あくまで推測ですが、和彦はすでに始末されたような気がします。豊明興業の手でね。そこへ和彦とそっくりの宏美が姿を現わしたとすれば、連中が泡を食ったとしても不思議はない。言い忘れましたが、宏美はゆうべわたしから逃げた少しあと、豊明興業の手に落ちた形跡がある」

大杉は津城を見た。もう何を聞いても驚くつもりはない。

「とおっしゃると」

「今日になって付近の聞き込みをしたところ、近所のマンションの住人がゆうべ帰宅した際、宏美と思われる男がマンションの前から、丸豊マークのついた黒塗りの車で連れ去られるのを見たと、そう証言してくれたんです」

「本当に宏美だったんですか」

「頰に傷痕があったと言ってますから、まず間違いないでしょう」

大杉は首を捻《ひね》った。

「それはちょっと偶然すぎやしませんか」

「ある意味ではね。しかし豊明興業の連中も、新谷和彦の妹が東中野界隈《かいわい》のマンションに住んでいるらしい、ぐらいの情報は摑んでいたでしょう。その上であの近辺に網を張っていたとすれば、さほど意外なこととはいえません」

「すると宏美の命も危ないですね」

「たぶんね。そんなわけで、今明星君が連中の動き、特に野本という幹部の動きに目を光らせています」

「野本なら知っています。先日津城さんとお会いした次の日、豊明興業へ乗り込んでちょいと絞め上げてやったんです」

「知っています。明星君から聞きました」

大杉は唇をへの字に曲げた。すると明星美希は、あのとき豊明興業を見張っていたのだ。

津城は座席の間にセットされた自動車電話を軽く叩いた。

「明星君からの最新の連絡によれば、野本は現在稜徳会という病院にいます。残念ながら患者としてではありませんが」

「稜徳会。どこにあるんですか、それは」

大杉が聞くと、津城は薄笑いを浮かべて顎をしゃくった。

「都下稲城市坂浜。これから若松君が案内してくれると思いますよ」

## 8

百舌は薄暗い廊下を見渡した。

遠くに看護婦の詰所らしい明りが見える。五〇七号室は廊下の中ほどだが、あたりに人影はなかった。

たまたま乗りつけて来た、救急車の騒ぎにまぎれて院内に潜り込んだ百舌は、だれにも見咎《みとが》められずに五階まで上がった。看護婦に化けているので、怪しまれることはなかった。キャップや制服が違うかもしれないが、この深夜にそんなことを気にする者はいないだろう。

百舌は五〇七号室の前に立ち、耳をすました。何も聞こえない。もう一度左右を見渡し、素早く中にはいってドアをしめる。

ベッドの横に取りつけられたサイドランプが、ぼんやりと病室の様子を映し出していた。たいして広くないが、トイレと流しがつき、テレビも備えつけになっている。

ベッドに近づき、まず看護婦を呼ぶブザーのボタンを手の届かない所へどける。かすかな寝息をたてている男の顔をのぞき込み、百舌は思わず息を止めた。マスクの下で唇を湿らせる。あの女刑事によれば、倉木は何かの事故で入院したということだった。それが事実ならば、相当ひどい事故に違いなかった。

倉木の顔は傷だらけで、赤黒く変色しており、本来の人相をうかがうことはほとんど不可能だった。左の頬には縫ったあとがあり、糸は抜かれていたが傷口は盛り上がったままだ。右のこめかみからまぶたにかけて無残なあざが広がり、まだ腫《は》れが残っている。百舌は自分の怪我と傷痕を思い出し、急速に体温が下がるのを感じた。

まるでその音が聞こえたように、突然寝息が止まり、倉木の目が開いた。百舌はあわてて右手に握ったメスをかざし、左手で倉木の口を塞《ふさ》いだ。

「大声を出すな」

マスク越しにこもった声で言うと、倉木は反射的に上げた頭を途中で止め、そろそろと枕《まくら》にもどした。

百舌は続けた。

「公安の倉木だな」

「そうだ。あんたは」

倉木がくぐもった声で答える。百舌は倉木の口から左手をはずし、メスを相手の見える所へ突き出した。ゆっくりとマスクを取る。一瞬倉木の目が光るのを、百舌は見逃さなかった。

「おれを知っているのか」

答える前に、倉木はじっと百舌を見つめた。

「新谷和彦。あるいはその妹。もし妹が実在するとすればだが」

百舌は内心たじろいだ。初めて顔を合わせたばかりなのに、この男は鋭く核心をついて来る。

「いい勘をしてるな。おれは弟だ。和彦とは双子の兄弟だった」

倉木は納得したように、薄笑いを浮かべた。

「なるほど。つまりあんたは、ふだん女装していたわけだな。ちょうど今のように」

「そうだ。そのとおりだ」

倉木は軽く顎を動かした。

「今、兄弟だったと言ったね。和彦は死んだのか」

百舌は倉木の注意力の鋭さに舌を巻いた。

「そうだ、兄貴は死んだ。豊明興業のやつらに、能登の崖から突き落とされてな」

「能登。いつのことだ」

「一か月前、新宿の爆弾事件の翌日さ。やつらはあれを兄貴の仕事と信じて、口封じのために殺したんだ。おれはもう少しのところで、兄貴を助けそこなってしまった。そのときこっちも崖から足を踏み外して、危うく死ぬところだった。怪我だけで助かったが、記憶喪失になってしまってな。それがつい さっき治ったところさ」

「記憶喪失だって」

「そうだ。豊明興業のやつらはおれを兄貴が生き返ったものと思い込んで、もう一度始末しようとやっきになっている。たった今も連中の手から逃げ出して来たばかりだ」

「わたしがここにいることを、どうして知ったんだ」

「明星なんとかいう女の刑事に聞いたのさ」

倉木は軽く眉をひそめた。

「明星美希に会ったのか」

「女刑事の話だと、あんたは何か事故にあってここに入院してるそうだが、どうしたんだ」

「豊明興業の雇ったやつにのされたのさ」

百舌はくっくっと忍び笑いをした。

「あんたもやつらにやられたのか」

「あんたは殺し屋だったんだろう」

突然切り返され、百舌は笑いを止めた。無意識にメスを握り直す。野本の言ったとおりだとすれば、この男は妻を殺された恨みを晴らすために、百舌の行方を探し回っていたのだ。

「あの爆弾事件は、兄貴のしわざでもないし、おれがやったのでもない」

「そうかね」

倉木のそっけない反応に、百舌はさらに熱を込めて言った。

「確かに兄貴は豊明興業から筧殺しを請け負って、おれに回した。そして確かにおれはあの日、筧を始末しようとやつをつけ狙っていた。しかしやつのボストンバッグに爆弾を仕掛けたのは、絶対におれじゃない」

倉木は相変わらず無感動な目で百舌を見返した。百舌は居心地が悪くなり、つい弁解するようにつけ加えた。

「つまり筧が死んだのも、それからあんたの女房が死んだのも、おれの責任じゃないということだ」

「それを言うためにわざわざこんな所までやって来たのか」

「悪いか。おれはやってもいない仕事であとを追い回されるのはいやなんだ」

「否定するのはだれでもできる」

「それだけじゃない。だれが筧のボストンに爆弾を仕掛けたか、おれには心当たりがあるんだ」

百舌がそう言ったとたん、倉木の目がぞっとするような光を放った。百舌はそれに気《け》圧《お》され、無意識に上体を引いた。

「それは本当か。いったいだれなんだ」

倉木の声は、無理に抑えつけたようにかすれていた。

「あんたがおれを女房の敵《かたき》と思って、探し回っていたことは知ってるよ」

倉木の歯の間から、しゅっと息が洩れた。

「だれが真犯人だというんだ」

喉に食らいつかれそうな気がして、百舌は急いで言った。

「女だ」

「女だと」

「そうだ」

百舌はあの日の出来事を詳しく話した。爆弾事件の少し前、筧俊三が近くの喫茶店でサングラスの女と待ち合わせたこと。筧がトイレへ行ったすきに、女が店から逃げ出したこと。そして近くのビルで変装を解き、見張っていた百舌の眼前を悠々とすり抜けて行ったこと。

「そのときはまんまと出し抜かれたが、おれはあの女の素顔をさっき思い出したんだ」

「だれなんだ、その女は」

じりじりしたように言う倉木を、百舌はわざと無視した。

「とにかく筧のボストンバッグにだれか爆弾を仕掛けたやつがいるとしたら、そしてそれが筧自身でないとしたら、あの女以外には考えられないんだ」

「頼む、言ってくれ」

枕からもたげた顔に脂汗《あぶらあせ》がにじんでいるのを見て、百舌は驚いた。この男はよほど妻の敵《かたき》を討ちたいとみえる。

百舌は制服の内側に手を入れ、宮内から奪った紙袋を取り出した。

「この写真を豊明興業の連中は血眼《ちまなこ》になって探してるんだ。兄貴がどこかに隠したと思い込んでいたらしいが、そうじゃなかった。今夜やつらはこれをどこかで手に入れたんだが、おれが横取りしてやった。今ごろ大騒ぎしてるよ、きっと」

倉木は枕にぐったりと頭を落とした。

「じらさんでくれ、頼む」

「じらしてなんかいない。この写真の中に、男と女を写したものが三枚ある。そこに写ってる女が、おれを出し抜いて筧を爆殺したんだ。間違いない」

倉木は左手をシーツの下から出した。

「見せてくれ」

百舌は写真を袋から取り出し、女がもっとも鮮明に写っているカットを抜いて倉木に渡した。

「どこかのラブホテルから出て来たところさ。浮気の現場写真だな。粒子は荒れてるが、人相の見分けがつかないほどじゃない。どうだ、その女に心当たりはないか」

百舌はそう語りかけ、ぎくりとして上体をこわばらせた。引ったくるように写真を取り、じっと見入っていた倉木の横顔が、奇妙な生き物のようにひきつったのだった。何か気味の悪い緊張感が病室に充満し、百舌を蝕《むしば》み始めた。知らずしらず手に汗を握る。

倉木はまるで石像にでもなったように、ぴくりともせずに写真を見つめている。百舌は耳鳴りがしたような気がして、頭を振った。苛立ちを込めて言う。

「どうなんだ。心当たりがあるのか、ないのか」

倉木は口をつぐんだまま、なおも写真に見入っていた。百舌は手を伸ばし、倉木の指の間から写真を抜き取った。しかし倉木は、まだそこに写真があるかのように、微動だにせずじっと宙を見つめていた。百舌は背筋に冷たいものを感じ、そっと喉仏を動かした。

長い時間がたった。倉木の左手が音もなくシーツの上に落ちた。

「ほかの写真も見せてくれ」

その声は何事もなかったように響いた。百舌は自分の質問が無視されたことも忘れ、催眠術にかかったように言われたとおりにした。

倉木は時間をかけて、全部の写真を丹念に調べた。最初に見た写真になんらかのショックを受けたとしても、今はもうその痕跡も残っていなかった。

百舌は倉木から写真を取りもどし、袋にしまった。

「まだおれの質問に答えてないぞ。この女を知ってるのか」

倉木の頰の傷痕を、凄みのこもった笑いがちらりとかすめた。

「知っている。しかしその女はもう死んだ。自分が仕掛けた爆弾でね」

9

津城俊輔は高い塀の下に車を寄せて停めた。

エンジンを切り、ライトを消す。それから手を上げてルームランプをつけ、低い声で五つ数えてからまた消した。門の周辺がぼんやり明るいだけで、あたりは漆黒の闇に包まれている。右手は雑木林で、その向こうには何かの工場らしい建物が星明りの空に黒ぐろとそびえていた。

しばらくして、後部ドアの窓がこつこつと叩かれた。大杉が急いで首をねじ曲げると、白い顔がかすかに闇に浮いているのが見えた。明星美希だった。大杉は腕を伸ばしてドアのロックを外した。美希は後部シートに乗り込み、そっけない声で大杉にどうも、と声をかけた。大杉は口の中で短くうなり声を返した。

「どうですか、中の様子は」

津城が美希に尋ねる。相変わらずていねいな口調だ。

「確認した限りでは、豊明興業の野本、木谷、宮内の三人が中にはいったままです」

「出入りはなかったかな」

「宮内が午後遅くに一度車でどこかへ出て行きましたが、一時間ほど前にもどっています」

津城は大杉を見た。

「あなたから写真を横取りしたのは、宮内かもしれませんな」

「そうですね。若松警視がわたしから話を聞いたあと、すぐにここへ電話して指示を出す。それを受けてその宮内とやらが飛び出して行く。十分考えられますね」

大杉はそう言ってちらりと美希を見た。今の二人のやりとりは美希には分からぬはずで、恐らくわけを聞こうと鼻面を突き出してくるに違いないと思ったのだ。ところが予想に反して、美希は口をつぐんだままだった。大杉は拍子抜けがして鼻をこすった。きっと津城の前では猫をかぶっているのだろう。

そのとき車のエンジン音が聞こえ、若松警視の乗って来たタクシーが門を出て走り去るのが見えた。テールランプが遠ざかると、津城は美希の方を見た。

「そのほかに動きは」

「宮内がもどってから十分とたたないうちに、同じ車でだれかが出て行きました。門灯でちらりと見ただけで確信はありませんが、運転していたのは看護婦のようでした。少なくとも豊明興業の人間ではありません」

「だれか後ろに乗っていたんですか」

「いえ、看護婦一人でした」

大杉は口を挟んだ。

「真夜中に看護婦が一人でドライブに出るとは思えんな。見落としたんじゃないのか」

「だれか屋根に張りついていたとすれば、見落としたかもしれません」

美希の返事にむっとして言い返そうとすると、それをはぐらかすように津城が割ってはいった。

「明星君。実は今夜大杉警部補は、筧俊三が水商売の女性に預けていた極秘の写真を、もう少しで手に入れるところだったんです。邪魔がはいって横取りされてしまったが」

「極秘の写真。そう言えば倉木警部は、豊明興業が何か必死に探しているものがあるとおっしゃいましたし、新谷も昨夜写真のことを何か言っていました。それがその写真だったかもしれませんね。彼らはそれを新谷が隠し持っていると考えたようですが」

大杉は渋しぶうなずいた。

「なるほど、やつらはきっと、新谷が筧を始末する前にその写真を奪ったに違いないと、そう考えたんだ」

津城も同じようにうなずいた。

「筧の遺品や住居から写真が出て来なければ、当然そう考えるでしょうな」

「それを知り得る立場にあるのは、若松警視です。彼は筧のアパートから押収した証拠物を一人で抱え込んで、われわれに二週間も手を触れさせなかった。それが合同捜査の場合の公安のやり口ですから、わたしは何も言わなかった。しかし今思えば、若松警視は写真を探すためにそうしたのかもしれない」

「ありえますな」

「若松警視は豊明興業に頼まれて、その写真を探してたんでしょうか」

津城は目をそらし、闇を見つめた。大杉は続けた。

「それとも逆に、若松警視が連中を使って、写真を探させたんでしょうか」

「どちらともいえませんね、今の段階では。とにかくこれまでのところ、われわれは何も証拠を摑んでいないんです。ほとんどすべて推測にすぎない。そもそも発端の新宿事件にしてからがそうだ。新谷宏美が女装して筧をつけ狙っていたのは事実としても、彼が爆弾を仕掛けたという証拠はどこにもない。手口が違うし、むしろ別の人間のしわざと考えるのが妥当です」

「しかしここまでくると、若松警視が筧殺しに深く、それも捜査官としてではなく別の立場から、深く関わっていることは間違いないように思われますが」

大杉が思い切って言ってのけると、津城は分厚い胸一杯に深呼吸した。しばらく間をおいて、おもむろに口を開く。

「それは今夜にもはっきりするでしょう。明星君、きみはここで待機していてくれたまえ。わたしは大杉警部補と二人でこの病院に潜《もぐ》り込むことにする」

大杉は肩を揺すった。もちろん異存はなかった。自分からそれを提案するつもりでいたので、津城に先を越されたのは少々業腹だった。

「ところで拳銃はお持ちですか」

津城に聞かれ、大杉は上着の裾《すそ》を押えた。

「いや。拳銃が必要になると考えておられるんですか」

「なんともいえないが、あった方が心強い」

「お貸ししましょうか、二十二口径ですが」

美希が後ろから言った。大杉はもう一度肩を揺すった。

「いらん。二十二口径なんて水鉄砲みたいなものだからな」

二人は車から下り、門の方へ歩いて行った。あたりの様子に気を配りながら、中にはいる。鬱蒼《うっそう》とした木々が行く手をおおい、その下を水銀灯に照らされた砂利道が奥へ延びている。二人は足音を殺し、道と草むらの境をたどって奥へ向かった。

三分ほど歩くと、砂利道は大きく右へ迂回《うかい》して、病院の正面の車寄せに出た。玄関の灯は消えており、奥の方の明りがかすかに洩れているだけだった。二人はポーチへ上がり、ガラスのドアを押した。鍵はかかっていなかった。さらに内側のドアをあけ、暗いホールにはいる。大杉は何か生臭い臭《にお》いを嗅いだような気がしたが、ホールにはいると、それは消えてしまった。

奥に続く廊下の中ほどの明りが、かろうじてホールのとば口をなめている。二階の踊り場に洩れる明りで、横手に階段があるのがやっと見てとれる。しかしホール自体は、象が寝ていても分からぬくらい暗かった。

どちらへ向かおうかと顔を見合わせたとき、車のエンジンの音が低く響いた。タイヤが砂利をはね、ヘッドライトがガラスドアを一なめした。大杉はその光で、津城の緊張した顔をちらりと見た。

「今見つかるのはまずい。隠れましょう」

津城はささやき、廊下の方へ大杉を押した。固いコンクリートの床は、靴音を妙に大きく反響させた。二人は急いでかかとを浮かせ、忍び足で廊下のとっつきのドアに向かった。取手を押し、中に忍び込む。真暗闇《まつくらやみ》でなんの部屋か分からないが、油とかびをまぜたような臭いがつんと鼻を刺した。

ドアを一センチほど残してしめ、二人は頭を上下に重ねて隙間《すきま》から外をのぞいた。ドアが開く気配がして、せかせかした靴音がホールにこだました。大杉は息を詰めて廊下の明りの届く先に目をこらした。視界を黒い人影がすっとよぎった。しかし足音の主は廊下にはいって来ず、横手の階段を軽やかに上って行ってしまった。

二人は同時に息を吐き出し、体を起こした。足音が聞こえなくなると、大杉は額の汗をぬぐって言った。

「潜り込んだのはいいが、これからどうしますか。かりに若松警視が豊明興業の連中と一緒にいる現場を押えたところで、それだけでは罪にならんでしょう」

「まあ、そうですな。今夜あなたが横取りされた写真を、ここで取りもどすことができれば、なんとか道が開けるでしょうがね」

大杉は突然、調布第一病院に倉木を見舞ったときその口から聞かされた、津城に関する論評を思い出した。倉木がそれを話したときの、皮肉っぽくゆがめた唇までまぶたに浮かんでくる。津城の仕事は、警察内部の犯罪を取り締まるよりも、それが外部へ洩れないように取り繕うことだ――。

津城がドアをあけ、廊下に滑り出た。大杉もそれに続いた。津城は廊下の奥を親指で示した。

「こっちへ行ってみましょう。別の階段から二階へ上がるんです」

二人は人けのない廊下を静かに歩き出した。大杉は後ろにつきながら、津城の薄くなった頭頂部を見るともなしに見た。この小柄な、目つきの鋭い、馬鹿《ばか》ていねいな男は、いったい何を企んでいるのだろう。いや、何を企んでいようが、こっちの知ったことではない。おれはおれが見たとおりのことを報告するだけだ。警察庁の圧力になど負けはしない。

談話室や卓球台の置いてあるホールの脇を抜けると、突き当たりに右へ上る階段があった。津城は先に立ってそれを上り始めた。踊り場に各階の案内板がかかっていた。津城はそこに指を滑らせた。

「三階に院長室がある。行ってみましょう」

三階まで上がり、廊下の左右を見渡した。どこかの部屋から、女のすすり泣くような声がかすかに聞こえて来る。

津城は顎を撫《な》でた。

「こう見通しがいいと、だれか部屋から出て来たらすぐに見つかりますな」

「院長室はどこですかね」

「屋上へ出てみましょう。上からのぞけば、明りのついている部屋が分かる」

大杉は少しの間未練がましく廊下を見渡していた。リノリウムの床で、所どころに長椅子や洗濯かご、ワゴンなどが置いてある。しかし身を隠せるような余地はどこにもなかった。

「大杉さん」

呼ばれて振り向くと、もう津城は屋上へ向かう階段に足をかけていた。右手にいつの間にかペンライトを握っている。

大杉は半ばあきれながら、黙って津城のあとに続いた。

## 10

「なんだと」

百舌は瞬《まばた》きするのも忘れて、倉木の横顔を見つめた。この男は気が狂ったのではないか。今なんと言っただろう。この写真に写っている女を知っていると、確かにそう言った。しかもその女は、自分で仕掛けた爆弾で死んだ、と。

百舌は背筋に冷たい魚を押しつけられたように、思わず身震いした。こわばった口から、やっと言葉を絞り出す。

「まさかあんたは、この女が、あんたの女房だと言うんじゃないだろうな」

倉木の顔はデスマスクのように無表情だった。

「その女はわたしの家内だ。間違いない」

百舌は左手で額の汗をふいた。

「すると、筧のボストンバッグに爆弾を仕掛けて逃げたのは、あんたの女房だというのか」

「そういうことになるね」

「しかしあんたの女房は、どこか別の場所で友だちと会ってたんだろう。野本が見せてくれた新聞の切り抜きに、確かそう書いてあったぞ」

「あんたが女に逃げられた場所と爆発現場とは、二、三百メートルと離れていない。あの日家内は、学生時代の友人と現場のすぐ前にある喫茶店で待ち合わせていた。きっとそれより少し前に筧とマルセーユで会い、すきをみてボストンバッグに時限爆弾を仕掛けたのだ。爆発時間はせいぜい三、四十分後ぐらいにセットしてあったはずだ。あまり間をおくと、筧に気づかれてしまうからな」

倉木が口をつぐむのを見て、百舌は待ち切れずに先回りした。

「そしてあんたの女房は、近くのぼろビルへ逃げ込んで変装を解き、友だちに会いに行ったというわけか」

「そうだ。ところが偶然にも、家内たちが喫茶店から出たところへ、筧が来合わせてしまった。そのとき家内たちは浮浪者にからかわれて、立ち往生していた。筧は声を上げて駈け寄ったんだが、それは浮浪者をたしなめようとしたのではなくて、自分を置き去りにした女を見つけたからにすぎないだろう」

百舌はメスを握り直した。あまり強く握り締めていたので、指がしびれるほどだった。肩の力を抜き、息をつく。

「あんたがこの女を自分の女房だと言い張るなら、それもいいさ。しかしどうして公安刑事の女房が、筧のような過激派の闘士と接触したり、まして爆弾を仕掛けたりしなきゃならないんだ。しかも仕掛けたあとで遠くへ逃げるのならともかく、近くで友だちとお喋《しゃべ》りとはな。巻き添えを食う可能性は大いにありうるし、現にそれをもろに食らってしまったわけだろう。おれには納得がいかないな」

倉木は天井を見た。

「友人と会う機会を利用したのは、一種のアリバイ作りだろう。万が一爆発が近くで起こったとき、その付近にいたのは偶然にすぎないという合理的理由を作るためだ」

「たとえそうだとしても、筧とあんたの女房のつながりを説明する答にはなってないな。二人はいったいどういう関係にあったんだ」

倉木は天井を見たまま答えなかった。百舌はじりじりして写真を振りかざした。

「それに、ここに写っているあんたの女房の連れはだれだ。つまり、だれと浮気していたんだ」

倉木は天井を見たまま答えなかった。頬にぴんと筋が張り、かすかにうねった。百舌は何かひやりとするものを感じて、口を閉じた。

倉木は歯を食い縛るようにしたまま、低い声で言った。

「その写真をどこで手に入れたんだ」

「豊明興業の宮内というやつから巻き上げたのさ」

「わたしは場所を聞いているんだ」

倉木の不気味なほど抑えた声には、どこかうむをいわさぬ圧力がこもっていた。百舌はしぶしぶ答えた。

「稲城市にある稜徳会という病院だ」

「精神科の」

「そうだ。そこがやつらのアジトになってるらしい。おれはそこから車を奪って逃げ出して来たんだ。宮内を始末してな」

そう言って百舌は相手の反応をうかがったが、倉木は毛ほども表情を変えなかった。

冷たい目を百舌に向けて言う。

「わたしをそこへ案内してくれないか。稲城なら車で十五分とかからんだろう」

百舌はむっとして肩を揺すった。

「つけ上がるんじゃない。こっちの質問にも答えないで、その言いぐさはなんだ。命令できる立場にあるのは、おれの方だぞ。少しは考えてものを言えよ」

「わたしをその病院まで連れて行くんだ、新谷。あんたはきっとそうするさ」

倉木の言葉は魔法の矢のように百舌の胸に突き刺さった。百舌は催眠術にかかりそうな自分を励まし、ベッドの上に乗り出した。倉木の顔の上におおいかぶさるようにして、メスをぐいと喉元に突きつけた。

「おれの質問に答えろ。あんたの女房は——」

百舌は突然言葉を途切らせ、体を硬直させた。何か固くとがったものが、へそのあたりに押しつけられるのを感じたのだった。

倉木の目を、憐《あわ》れみのようなものがよぎった。

「やってみたらどうだ。こっちもお返しに、あんたの下腹に鉛の玉をぶち込んでやる」

百舌は無意識に生つばを飲んだ。

「はったりはよせ」

「はったりじゃない。豊明興業の連中が現われたらいつでもぶち殺せるように、ベッドの中に拳銃を入れてるんだ。それくらい予想しておくべきだったな」

百舌は倉木の目の中に狂気を見た。死に対する恐怖はほとんどなかったが、その目の光にはぞっとさせられるものがあった。百舌は自分を恐れさせる人間がいることを知り、驚いた。

百舌の心を読んだように、倉木は続けた。

「写真とメスをそこのテーブルにのせるんだ。ゆっくりとな。もしあんたの下腹に当たっているのが、ただの水道の蛇口だと思うのなら、試してみてもいいんだぞ」

百舌はたっぷり一分、倉木と睨み合った。そしてついに、自分の負けを悟った。ベッドに寝たきりの怪我人にしてやられたと思うと、脂汗が出るほどくやしかったが、やっとのことで自分を抑えた。意外なことだが、さっきから倉木が示している自制心と執念の強さに、ほとんど感嘆に近いものを覚え始めていた。

百舌は肩の力を抜き、そろそろと上体を起こした。目を下に向けると、倉木の言葉どおり、シーツの下から突き出た銃口が下腹を狙っているのが見えた。百舌は上体をよじり、写真とメスをサイドテーブルに置いた。

倉木は部屋の隅にある作りつけの洋服ダンスをちらりと目で示した。

「あの中に着るもの一式と靴がはいっている。それを出してベッドの上へ並べてくれ。並べてしまったら、わたしが着終わるまで洋服ダンスの中にはいっているんだ。邪魔をされたくないからな」

十分後、百舌が洋服ダンスから出ると、倉木はワイシャツに紺の上下を着込んでベッドの脇に立っていた。ネクタイはしていなかった。少し前かがみになっているのは、胸か腹の怪我をかばっているらしい。

「先に行ってくれ。ただしゆっくりとだぞ」

倉木の声がしゃがれているのに気づき、百舌は本気で眉をひそめた。

「そんな状態で歩けるのか」

「あんたに背負ってくれとは言わんよ」

倉木は銃口で戸口を指した。百舌は肚《はら》を決め、ドアに向かった。倉木が稜徳会病院へ行って何をするつもりなのか、見届けたいという気持ちもあった。それにこの様子なら、危なくなったときすぐ逃げられそうだ。

筧のボストンバッグに爆弾を仕掛けたあの謎《なぞ》の女が、確かに倉木の妻だというのなら、そのいきさつを知らずにはすまされない。あの女のおかげで、おれは爆弾事件の犯人と間違えられるはめになったのだ。

非常口から病院を忍び出た二人は、近くの路上に停めてあった豊明興業の車に乗り込んだ。倉木は後部シートに乗り、体をかばうように深く身を沈めた。

深夜の二時過ぎとあって、甲州街道の車の流れはスムーズだった。鶴川街道にはいると、車の数がめっきり少なくなった。しかし百舌はあまりスピードを上げず、慎重に運転した。お巡りにだけは見咎められたくない。

正確に十分後、車は稜徳会病院に着いた。百舌は倉木に命じられるまま、あけ放しの門をノンストップで通り抜けて、建物の正面玄関へ向かった。

車寄せにはいろうとすると、さっきまではなかった白い車が一台、玄関のすぐ前に停まっているのが見えた。百舌は砂利を蹴散らさないように静かに車を停め、ヘッドライトを消し、エンジンを切った。倉木がウィンドーをわずかに下ろす気配がした。風が梢《こずえ》を渡る音が届いてくるだけで、あたりはしんと静まり返っている。

百舌は肩越しに言った。

「さあ、どうするつもりだ」

返事はなく、代わりにドアのあく音がした。百舌は急いで振り向いた。点灯した室内ランプの下で、倉木の変色した顔が不気味に揺れた。唇から声が洩れる。

「あんたはもう自由だ。ここで別れよう」

倉木はドアを押しあけ、そろそろと外へ出た。百舌はその背に声をかけた。

「院長室は三階だ」

倉木は静かにドアをしめた。百舌はハンドルを握ったまま、倉木の黒い影が揺れながら玄関の方へ遠ざかるのを見送った。玄関ホールには、奥からの光がわずかに反射していたが、ほとんど真暗だった。倉木の体の輪郭だけが、ぼうっと闇に浮いていた。

倉木の姿がガラスのドアの向こうに見えなくなったあとも、百舌はじっとシートにすわり続けていた。一分たち、二分たった。

三分たったとき、百舌は運転席のドアをあけ、冷たい夜気の中に下り立った。

# 第六章　謀　略

## 1

いったいどうなっているのだろう。

野本辰雄は壁の電気時計と腕時計をしきりに見比べ、いらいらと煙草の煙を吐き散らした。

宮内はいっこうにもどって来ないし、木谷までどこかへ行ってしまった。宮内を迎えに出て、ミイラ取りがミイラになったとでもいうのだろうか。

野本はソファを立ち、院長のデスクに載った電話を取り上げて事務所の番号を回した。これで五度めだった。電話に出た若い者が、できれば出たくなかったというような声で、同じ返事を繰り返す。いえ、宮内の兄貴からはなんの連絡もありません——。

野本は受話器を叩《たた》きつけるように置き、向かいのソファにちらりと目をやった。若松警視のいかつい顎《あご》が、忍耐の限界に達したようにぐいと持ち上がった。

「宮内のやつ、まさか妙な考えを起こしたんじゃないだろうな」

野本は急いで首を振った。

「とんでもねえ、宮内に限ってそんなことはありませんよ」

「じゃあなんでもどって来ないんだ。写真を横取りしたのは確かなのに、どこへ行っちまったんだ。横取りしてからもう三時間近くたってるんだぞ。それとも宮内は、新宿から石蹴《いしけ》りでもしながら来るつもりなのか」

野本はハンカチを出して汗をふいた。

「あたしにも何がなんだか——。まさかスピード違反か何かで、サツにつかまったんじゃないでしょうね」

若松がいやな顔をしたので、野本は首をすくめた。考えてみれば、若松も警察官だったのだ。野本に向かってボスづらをするので、つい同類と思ってしまった。

「おれが着くころには、とっくにもどってると思ったのに、このざまだ。それに木谷はどうした。だれかにやつを呼びに行かせろよ」

「それが今夜は、なるべく人を遠ざけるように院長に手配させちまったもんですから」

「だったらおまえが呼んで来い」

野本はほっと息をついた。この二人だけの気づまりな院長室から逃げられるのは、願ってもないことだった。まして院長たちがもどって来たら、ますます針のむしろにすわらされたような気分になる。

「分かりましたよ、ちょっと行って見て来ます。玄関のあたりをうろうろしてるかもしれん」

きびすを返し、ドアに向かう。取手を引きあけ、廊下へ出ようとした野本は、ぎくりとして足を止めた。

そこに男が一人、音もなく立っていた。

「なんだ、てめえは」

野本は腹立ちまぎれに罵《ののし》り、相手の顔を見て言葉を途切らせた。そこに立った男の顔は、熊《くま》に張り飛ばされたように傷だらけだった。

つぎの瞬間野本は相手の正体に気づき、今度こそ肝《きも》をつぶして思わず尻込《しりご》みした。

その男は倉木だった。

「どうしたんだ」

ソファから若松が声をかける。

倉木は院長室にはいり、後ろ手にドアをしめた。野本はその動きに威圧され、ソファまで後ずさった。肘掛《ひじか》けに尻をぶつけ、崩れるようにすわり込む。

「倉木君——どうしてここに」

若松の狼狽《ろうばい》ぶりも見ものだった。若松はソファから腰を浮かせ、肘掛けを指の関節が白くなるほど強く握り締めた。顔色が青ざめ、伸びかけた無精髭《ぶしょうひげ》が黒く浮き出る。その様子を横目で見て、野本は少し落ち着きを取りもどした。

倉木の変形した顔が、さらに崩れた。どうやら笑ったようだった。

「その質問はそっくりそちらにお返ししますよ、若松警視」

倉木のしゃがれた声には、刺すような皮肉の響きが込められていた。名前と肩書きを呼ばれた若松は、なおさら居心地悪そうにすわり直した。倉木は野本に目を向け、重い足取りで近づいて来た。野本は急いでソファを立ち、若松の側へ回った。

倉木は野本の立ったあとへ当然のように腰を下ろした。野本は若松の隣にすわるわけにもいかず、ソファの横に立ったまま倉木を見つめた。

あのボクサー崩れは、確かにいい仕事をしたといっていい。これだけ叩きのめされたら、普通の人間なら一か月は起き上がれないはずだ。この男は化けものではないか。

倉木は野本には目もくれず、若松をまっすぐに見た。

「ここで豊明興業の幹部と一緒にいるところを見られたからには、下手な弁解はしないことですな、警視。あなたは公安三課長の要職にありながら、取り締まるべき右翼暴力団と結託して、いったい何を企んでいるんですか」

若松はソファの背もたれに体を預け、深く息を吐いた。

「何か誤解しているようだな、倉木君。きみも公安の刑事なら、情報収集のためにときとしてこういう連中とつきあう必要があることは、よく承知しているはずだ」

「情報収集。とぼけるのはやめてください。あなたは大日本極誠会や豊明興業を隠れみのにして、新谷という殺し屋にテロをやらせていたのだ」

「ばかなことを。何を根拠にそんなでまかせを言うんだ」

吐き捨てるように言う若松を、倉木は憐《あわ》れむように見た。

「新谷和彦を知らんというんですか」

「知らんね」

倉木の目が、罠《わな》にかかった狐《きつね》を見る猟師のように光った。

「豊明興業がやっているリビエラというパブ・チェーンの池袋店も知らないでしょうな」

若松はかすかに喉《のど》を動かした。立場を悪くするのを恐れたのか、返事をしようとしない。

倉木は続けた。

「その店で働いている里村というボーイが、ときどき四十半ばの目つきの鋭い体格のいい男が店長を訪ねて来たと、そう言っている。店長というのは新谷のことですがね。あなたと会えば、里村は間違いなくその男がだれか悟ることになる」

野本はわざとらしく笑った。口を挟まずにはいられなかった。

「残念だが里村はだれにも会えないよ、刑事さん。死んじまったからね」

倉木の目が鋭く野本に向けられた。

「始末したのか」

「冗談じゃねえ、おれたちは何もしてませんよ。やったのは新谷だ」

「新谷だと」

「そうさ。やつは一種の殺人狂なんだ。おれたちとはなんの関係もない。やつが勝手にやったことさ」

若松が余裕を取りもどしたように口を開いた。

「この男の言うとおりだよ、倉木君。新谷は頭がおかしかったのだ」

倉木は冷笑を浮かべ、皮肉な口調で言った。

「新谷をご存じとは意外でした」

若松は浅黒い顔を紅潮させた。

「職務上の機密まで、きみに明かす必要はないと思ったのだ」

「職務上の機密ですか。それはそうだ、新谷に筧俊三殺しを命じたことなど、公《おおやけ》にはできないでしょうからね」

若松は目をむいた。上体がこわばる。

「いったい何を言ってるんだ」

「筧が例の爆発事件で死ぬと、今度は口を封じるために新谷を殺した。実際は新谷が爆弾を仕掛けたわけではないのに」

若松は電池のなくなったロボットのようにぴくりともせず、倉木を見つめていた。野本は膝《ひざ》が棒のように突っ張るのを感じ、その場にしゃがみ込みたくなった。

倉木は続けた。

「もう一つつけ加えれば、あんたたちが殺しの実行者と考えていた新谷は、一度も自分では手を下していない。本当の殺し屋は和彦の双子の弟、宏美なんだ」

「双子」

野本と若松は揃《そろ》って声を発し、顔を見合わせた。

「そう。女装して妹になりすましていたが、実は弟だった。あんたたちはうまく和彦を能登まで連れ出して始末したが、記憶喪失になって現われた弟の宏美を見て、和彦が生き返ったと思い込んだようだな」

野本はあんぐりと口をあけた。

「どうしてそれを――。あんたがそれを知ってるはずはない」

「黙ってろ」

若松が怒鳴り、野本を凄《すご》い目でにらみつけた。野本はあわてて口をつぐんだが、すでに遅かった。倉木の目が異様に光る。

若松は腹立ちまぎれのように顎をしゃくった。

「無駄口を叩くのはやめて、早く木谷の坊主を探して来んか」

野本は弾《はじ》かれたように体をしゃんとさせ、急いでドアへ向かおうとした。その肩口へ倉木が声をかけた。

「坊主頭の男なら、二階の看護婦の詰所にいる。夜勤の看護婦と一緒にね。ただし二人ともすっかり冷たくなってるよ」

野本は足を止め、凍りついたように倉木を見下ろした。心臓が引き締まる。

「死んだというのか」

「そうだ。新谷宏美にやられたんだ。あんたたちが閉じ込めていたはずのな」

野本は言葉を失い、救いを求めて若松を見た。その若松の顔も、古くなった豚のレバーのような色に変わっていた。

倉木は二人を見比べた。

「その様子では、もう一人やられたことも知らんようだな」

野本は思わず足元をふらつかせた。

「宮内もやられただと」

「たぶんね。あんたたちが探していた写真は、宮内から新谷宏美の手に渡ったんだ。いくら待っても来ないわけさ」

若松は肘掛けにしがみついた。

「きみはどうして、そんなことまで」

倉木はそれを無視した。

「若松警視。あんたはその写真を必死で探しているようだな。そんなに見たければ見せてやる」

内ポケットに手を入れ、写真を何枚かつまみ出すと、テーブルの上へ投げ出した。若松は熔《と》けた鉄でも突きつけられたように、体をのけぞらせた。信じられないという表情で、呆然《ぼうぜん》と写真を見つめる。

驚いたのは野本も同じだった。あれほど若松が執着していた写真がこうもあっさりと、それも倉木の手で目の前に並べられようとは、夢想だにしなかった。

若松はおずおずとテーブルに手を伸ばした。指先が震え、二、三度摑《つか》みそこねる。やっとのことでつまみ上げると、食いつくように写真に見入った。

どのような写真か教えられていなかった野本は、好奇心を抑えかねて若松の肩越しにのぞき込んだ。それは何か細かい字で印刷された書類の複写のようだった。表紙らしいカットがあり、サルドニア共和国云々《うんぬん》というゴチック文字が読み取れた。他のカットは字が小さくて見えなかった。

若松が突然咳払《せきばら》いした。野本はぎくりとして体をしゃんとさせた。その咳払いには予想外の勢いがあって、それまでの劣勢をはね返すような力がこもっていた。指の震えも止まっている。

長い沈黙のあと、若松が口を開いた。自信を回復したような口調だった。

「するときみは、この写真を新谷から手に入れたわけだね」

「そうだ」

「きみはこの写真が最初だれの手元にあったか知っているのか」

倉木は一瞬言いよどんだが、すぐに答えた。

「筧俊三だろう」

野本は倉木の勘のよさに内心舌を巻いた。若松も同じ思いらしく、憮然《ぶぜん》として肩を揺すった。しかしすぐに二の矢を放った。

「そこまで分かっているなら話が早い。きみが指摘したとおり、筧が指揮する〝黒い牙〟の一派は、サルドニアの反政府ゲリラ組織と通謀して、エチェバリア大統領を来日中に暗殺する計画を立てていたのだ。その筧がなぜ、こともあろうに大統領の来日計画書のコピーを持っていたのか。これは由々《ゆゆ》しい問題だぞ」

倉木は黙っていた。若松は表紙のカットを一番上にして写真をテーブルに置き、それを太い指で乱暴に叩いた。

「よく見ろ。この計画書の表紙の左肩に、配布番号が打ってあるだろう、09と。01は内閣総理大臣に提出され、02は国家公安委員長、03は警察庁長官のところへ行く。順ぐりに下がって、09はだれの手元に回されたものだと思う」

倉木は身じろぎもせず、口の端で答えた。

「室井公安部長か」

野本は思わず拳《こぶし》を固めた。若松の顔に血がもどり、まなじりが緊張する。

「そのとおりだ。この計画書は公安部長室の金庫に収められていて、ごく限られた幹部しか目にすることができない。その計画書を、筧が警視庁の十一階にある公安部長室に忍び込み、あまつさえ金庫をあけて盗《ぬす》み撮《ど》りすることができたとは、とうてい考えられん。だとすれば、考えられる可能性はただ一つ。部長が計画書をきみに預けた何日かの間に、この写真が撮られたのだ」

野本はそろそろと左手を上げ、鼻の下に浮き出た汗をぬぐった。無性に喉が渇いた。若松の意外な反撃に驚きながら、まだ事情が飲み込めないでいた。若松は、倉木が計画書をコピーして、筧に渡したと言いたいのだろうか。

倉木はしかし、口元に不可解な笑いを浮かべ、さりげない口調で言った。

「その写真をよく見るんだ。計画書を見開きにして写した左肩に、万年筆の形をしたペーパーウェイトが置いてあるだろう。それはわたしの自宅の仕事机の上にあるものとまったく同じ製品だよ。メッキのはげ具合までね」

若松は急いで写真を見直した。それから無意識のようにうなずき、背筋を伸ばして居《い》丈高《たけだか》に言った。

「つまりきみは、トップ・シークレットの資料をコピーして、筧に渡したことを認めるのだな」

「認めない」

「ばかな。これだけ歴然とした証拠が目の前にあるのに、しらを切るつもりか。きみはいったいどうして筧にこんな——」

「わたしではないと言ってるんだ」

倉木が無遠慮に若松の言葉をさえぎった。若松は腕組みを解き、人差し指を倉木に向かって振り立てた。

「何を言う。現にきみは今、ここに写っているペーパーウェイトが自分のものだと認めたばかりじゃないか」

「写真を撮ったのは、わたしの妻だ。珠枝はわたしが持ち帰った警備計画書をこっそり撮影して、ネガを筧に渡したのだ」

若松は目の前で振り立てていた人差し指をぴたりと止めた。口を半開きにして、ぽかんと倉木を見つめる。やがて手が膝の上に落ち、ズボンをぎゅっと摑んだ。

「きみの奥さんが、筧に内通していたと、そう言うのかね」

若松の声は、たっぷり一オクターブ低くなっていた。野本はめまいを感じて、ソファの背もたれに摑まった。

「そうだ。そして筧のボストンバッグに時限爆弾を仕掛けたのも、珠枝のしわざだ」

「そんなばかな。信じられん。なぜきみの奥さんが、過激派と内通しなきゃならんのだ。まさかきみは死人に口なしで、死んだ奥さんに自分の罪をなすりつけようとしてるんじゃないだろうな」

倉木の目に一瞬冷たい怒りの炎が燃え上がったが、それはすぐに消えた。

「珠枝が筧と通じていたのにはわけがある」

倉木は上着の内ポケットに手を入れ、新たな写真を数枚引き出すと、若松の膝に投げた。

「珠枝を後ろで操っていたのはその男だ。筧はその写真をネタに、二人を脅迫していたのさ」

若松は膝に落ちた写真を見た。とたんにその肩が電気に触れたようにびくりとし、やがて細かく震え出した。

「こ、これは」

野本はたまらず、若松の肩越しに写真を盗み見ようとした。

突然ドアの取手が音をたて、冷えた空気が流れ込んで来た。野本はあわてて振り向いた。戸口に男が立っていた。

公安部長の室井玄だった。

## 2

若松忠久は全身から脂汗《あぶらあせ》が吹き出すのを感じた。

倉木に対して優位を回復したと思ったのも束《つか》の間《ま》、新たな写真を目の前にして決定的なダメージを与えられてしまった。これまで若松は室井公安部長のために、ある場合にはその意を受けて、またある場合には独断でいろいろと策動してきた。そしてその苦労が今、ほかならぬ室井自身の手で水泡に帰そうとしている。

室井は真夜中にもかかわらず、グレイのスーツをぴたりと着こなしていた。半白の豊かな髪はきれいに撫《な》でつけられ、髭もたった今そったばかりのように見える。

室井は部屋にはいり、倉木に落ち着いた目を向けた。

「実は娘がこの病院に厄介になっているんだ。あれの夫がサルドニアで非業の死を遂げて以来だから、もう三年になる」

だれも何も言わなかった。部屋に重苦しい沈黙が漂った。

室井がまた口を開いた。

「今まで娘の部屋にいた。しばらく無沙汰《ぶさた》をしていたので、久しぶりに様子を見に来たというわけさ」

まるでそれがここにいる唯一の理由だとでもいうような口調だった。

倉木がひからびた声で言った。

「こんな時間にですか」

室井はそれに答えず、若松がすわっている横長のソファに近づいて来た。若松は奥へ体を移動し、室井をすわらせた。それから首をねじ曲げ、壁際に下がって置時計のように立っている野本辰雄を見た。

「木谷と宮内の様子を見て来い。万が一のことがあっても騒ぎたてるんじゃないぞ。院長と相談して、だれにも分からんように処理するんだ」

野本は首をすくめるようにしてうなずき、ぎくしゃくした足取りでドアに向かった。

野本が出て行くと、室井は腕を組んでソファの背もたれに体を預けた。目はテーブルの上の写真を物悲しげに見つめていた。

若松は、常づね心服している室井に対して、急に意地悪な気持ちになった。

「部長がわたしに、かならず入手せよとお命じになった写真というのは、これのことですか」

室井の目が一瞬うつろになった。

「そうだ。きみはそれを手に入れそこなったばかりか、もっとも見られたくなかった人物に見られてしまうという失策を犯した。念のため言っておくが、わたしはきみを責めているのではないよ。すべてはわたしの身から出た錆《さび》だからね」

若松はうつむいた。室井の綿に針を含ませたようなものの言い方に、むっとした。最初からすべてを正直に打ち明けていてくれたら、まだ手の打ちようがあったのかもしれないのだ。

倉木が暗い声で言った。

「わたしと結婚する前から、珠枝はあんたと関係を持っていたんだな」

若松はひやりとして室井を見た。言葉の中身よりも、その口調に驚かされた。一介の係長が、キャリアの部長に向かってきく口ではなかった。

しかし室井は、かすかに眉《まゆ》をぴくりとさせただけだった。

「今さら否定しても無理のようだね。そのとおりだ、珠枝とは――きみの奥さんとは、彼女が総務部長の秘書をしていたころから、よく知っていた」

「言い直さなくても、珠枝でいい。あんたの方が珠枝のことをよく知っているようだからな」

室井は言われるままにうなずいた。

「珠枝は最高にすばらしい女性だった。明るくて、素直で、頭が切れた。よく気がつくし、思いやりも深かった」

「その上口が固いときている」

倉木の皮肉を、室井は無視した。

「あのころはちょうど、桜田門の新庁舎落成を控えて、西新橋の仮庁舎から再移転する準備が進められていた。そのからみで当時公安総務にいたわたしは、よく総務部長のところへ足を運んだ。それが珠枝と親しくなったきっかけだ。しかし深い仲になってからも、いつかは別れなければならないと覚悟はしていた。わたしには妻があったし――」

「スキャンダルになったら、せっかくのキャリアに傷がつく」

室井は目を落とした。

「そのとおりだ。それに彼女ほどの女性なら、いくらでもやり直しがきく。その気になれば降るほど縁談が舞い込んでくるだろうし、幸せな結婚ができると思った」

倉木の唇がねじれた。

「それがよりによって、わたしのような男と結婚してしまった」

室井は倉木をじっと見た。静かに首を振る。

「信じてもらえないかもしれないが、珠枝からきみと交際していると聞かされたとき、わたしは初めて別れる決心がついたのだ。当時わたしが知っていたきみは、真面目《まじめ》で優秀な公安刑事だった。珠枝を幸せにできる男だと確信した。だから彼女に、早く結婚するようにすすめたほどなのだ」

「ただあんたが早く厄介払いしたかっただけのことだろう」

室井の頬《ほお》が引き締まった。

「それは違う。わたしは珠枝を愛していた」

倉木の唇がよじれ、傷だらけの顔にどす黒い赤味が差した。

「なるほど、それで挙式直前の珠枝の腹に、餞別《せんべつ》代わりに種を仕込んだというわけか」

若松は思わず喉を鳴らした。ただでさえいたたまれないようなやりとりを聞かされた上、ますます話が生臭くなりそうな気配に、ソファの下へ潜《もぐ》り込みたい気持ちだった。

室井が倉木の妻と通じていたなどとは、どう考えても信じがたいことだった。

室井は手を広げ、それを見下ろした。

「そのことについて弁解するつもりはない」

倉木は歯の間から息を洩《も》らし、うめくように言った。

「娘のかほるが大怪我をして輸血したとき、血液型が合わないことが分かった。珠枝がOで、わたしがBだ。この組み合わせから、A型が生まれることはありえない」

室井の顔が初めて苦渋に歪《ゆが》んだ。

「そのとおりだ」

「ではあんたは、かほるがあんたの子供だったことを認めるのだな」

長い沈黙のあと、室井はしゃがれた声で言った。

「認める。——ある日珠枝が会いたいと電話してきたので会った。結婚後初めてのことだった。そのとき珠枝は、娘が一か月ほど前風呂場で溺死《できし》したことと、その娘が実はわたしの子供だったことを打ち明けた。ショックだった。そのこと自体もだが、それを仕組んだ女の性根というものが、わたしにはショックだった」

「しかしそれをきっかけに、あんたは珠枝とよりをもどしたのだろう」

　室井はなおも自分の手を見つめた。

「そのとおりだ。珠枝は、きみに娘と血液型が合わぬことを悟られて以来、夫婦関係が冷え切ってしまったと言った。娘が風呂場で溺れ死んだのも、きみは彼女が溺れさせたのではないかと疑っていたらしいね」

「当時のわたしに、珠枝の言葉を信じろという方が無理だ。狂言自殺を図ったところで、疑惑が消えるわけではない」

　室井は倉木を見た。

「あれは事故だ。珠枝には娘を死なせる理由がない。彼女はきみが、自分の子でないと知りながら娘を愛し続けていたことを知っていたのだ」

「知っていたからこそ殺したとは思わないかね」

　倉木の言葉に、室井はぞっとしたように上体を固くした。若松は室井の目に、憐れみの色が浮かぶのを見た。

　室井は重い口調で言った。

「きみは手厳しい男だな、倉木君」

「わたしは必要とあれば、いくらでも手厳しくなれる男ですよ、部長。しかしだからといって、珠枝があんたとよりをもどす原因がわたしにあったなどとは、言わないでもらいたい」

「分かっている。しかし珠枝には支えが必要だった。だれかがあれを見守ってやらなければ、何度でも手首を切っただろう。狂言だなど、とんでもないことだ」

「それであんたは自分を、珠枝の保護観察官に任命したというわけか」

室井はまた目を伏せ、ズボンの膝をつまみ上げた。

「あのころはちょうど娘婿の大原が死んで三か月ぐらいのときだった。わたしの娘はそれが原因で精神に異常をきたし、すでにここの病院に入院していた。そのためにわたしと妻との間も、しっくりいかなくなっていた。それやこれやで、わたしの方にも珠枝をふたたび求める気持ちがあったことは、正直に認めなければならない」

若松はハンカチを取り出し、顔の汗をふいた。壁際のクリーンヒーターから吹き出す温風が、やけに暑苦しく感じられた。そのくせ手足の先が、じんと冷たくしびれていることも意識する。

自分の人生を室井に賭《か》けたのが正しかったかどうか、今では分からなくなった。しかしここまで来たら、とことんやり抜くしかない。室井の破滅はそのまま自分の破滅を意味するからだ。

倉木はテーブルの上の写真に向かってうなずいた。

「筧があんたたちの密会を嗅《か》ぎつけたのはいつのことだ」

室井は写真に目を向けようともしなかった。

「今年の春先だ。筧はエチェバリア大統領の来日が決定した一月ごろから、本庁公安関係の幹部の動静や私生活を探っていたらしい。わたしはその格好のえじきになってしまった。筧から自宅にこの写真が送られて来たときは、わたしもさすがに立っていられなかったよ」

「筧はそれをネタにして、あんたにエチェバリアの来日警備計画書のコピーをよこせと迫ったわけだな」

「まだほかにもあるが、それが筧の最大の狙《ねら》いだったことは事実だ」

「あんたはそれを自分でコピーせずに、何も知らないわたしに計画書を持ち帰らせて、珠枝に写真を撮らせた。あんたは珠枝を自分と筧の連絡係に利用したのだ」

「結果的にはそのとおりだが、そうするように主張したのは珠枝なのだよ」

倉木は凄い目で室井を睨《にら》みつけた。若松が今まで見たことのない、憎悪のこもった目だった。室井はしかし、それを臆《おく》せず受け止めていた。室井には室井なりの信念があるのかもしれなかった。

倉木は一語一語嚙《か》み締めるように言った。

「珠枝に時限爆弾を渡して、筧を殺すように指示したのもあんたか」

室井はすぐに首を振った。

「違う。筧を殺せなどとは、一言も言わなかった。それだけは信じてほしい」

「爆弾を渡したことは認めるのか」

室井はかすかに躊躇《ちゅうちょ》した。

「――認める」

倉木は苛立《いらだ》ちをあらわにした。

「それではなんのために爆弾を渡したのだ」

室井は一度膝に目を落とし、改めて倉木を見た。

「あの爆弾はわたしが珠枝に、筧に渡すようにと言い含めて預けたのだ」

「筧に渡してどうするのだ」

室井は肩をすくめるような仕草をした。

「エチェバリアを吹き飛ばすためさ。決まってるだろう」

3

若松は反射的に室井の顔を見直した。

その顔は冗談を言っているようには見えなかった。

若松は黙っていられなくなった。

「それはどういうことですか、部長。わたしは部長が筧に警備計画書の中身を知らせていたというだけで十分ショックでした。それが今度は、エチェバリア暗殺のために爆弾まで提供したとおっしゃるんですか」

室井は冷ややかな目を若松に向けた。

「きみはわたしが筧につきまとわれていたことを知っていた。脅迫されていたことも薄うす勘づいていたはずだ。だからこそ独断で、新谷とかいう殺し屋に筧を始末するよう命じたのだろう」

「それはそうですが、わたしはもっと瑣末《さまつ》な公安情報を流しておられるだけだと思っていました。ですから、筧がもっと過大な要求をし始めないうちに始末した方がいいと考えて、それでわたしは独断で——」

「きみはわたしに相談すべきだったのだ。そうしたら今度のような混乱は生じなかった。この写真を手に入れる前に、筧をあの世に送るわけにいかないことも、そのときさみに分からせることができたのだ」

「わたしは部長に、自分が部長の弱味を握っていることを、知られたくなかったんです。それはわたしの本意ではありませんでした」

「しかしきみが先走りしたおかげで、わたしはこうして必要以上に恥をさらすことになったのだぞ」

「いっそわたしにだけでも、今のお話を全部していてくださったら、このような事態にはならなかったはずです」

二人のやりとりを黙って聞いていた倉木が、突然割ってはいった。

「なるほど、それで分かった。あんたは筧が突然死んでしまったことで、この写真が外部に洩れることを恐れた。だからすぐに若松警視を捜査本部に送り込み、筧の周辺に写真がないかどうかチェックさせた。大杉警部補が、なかなか証拠物を引き渡してもらえないとこぼしていた理由がやっと分かりましたよ」

二人が口をつぐんだのを見ると、倉木は若松に目を移して続けた。

「筧の爆死を新谷の仕事と一人合点したあんたは、ただちに豊明興業の野本に命じて新谷を遠くへ連れ出し、始末させた。筧の一件だけではなく、新谷は殺しを何件か請け負ったために秘密を知り過ぎた男になっていた。始末するのにちょうどいいころ合いだったわけだ」

若松は改めて倉木が、予想以上に事態を把握していることを思い知った。

「きみはさっき、殺しの実行者は新谷自身ではなくて、弟の方だと言ったな」

「そうだ。ところが弟は記憶喪失になっていたために、あんたたちは兄と勘違いしてやつを追い回した。もしかしたら、新谷が筧をやる前にその写真を奪ったかもしれんと、そこに一縷《いちる》の望みをかけたんだろう」

若松は唇を嚙み締めた。倉木が指摘したとおりだった。始末させたはずの新谷が、生きて東京に舞いもどっていると野本から聞かされたとき、怒鳴りつけるかわりに生かして捕えろと命令し直したのは、そういう事情があったからだった。

室井の目が若松に向けられた。

「きみもずいぶん無駄骨を折ったものだな」

その冷ややかな言葉つきに、若松はかっとなった。いったいその無駄骨を、だれのために折ったと思っているのだ。室井がこちらの思い入れほどには自分を買っていないことに気づき、若松は愕然《がくぜん》とした。

「部長。わたしはこう申してはなんですが、これまで部長のためにずいぶん危ない橋も渡って来たつもりです。新谷を使って、法の手の届かぬ不穏分子を何人か始末させたのも、部長の在職中に何か起きてキャリアが傷つかぬようにと、わたしなりに判断したからでした」

「そんなことまでしてくれと頼んだ覚えはない」

「しかしそれによって何度かほっとされたことはあるはずです」

「きみはいったい何が言いたいんだね」

室井が眉をひそめて言う。若松は体を斜めにして、室井の方に向き直った。

「わたしがそこまでして守ろうとした部長のキャリアを、部長はご自身の手で傷つけようとされた。よりによって筧に爆弾を渡し、エチェバリアを暗殺させようとするなど、正気の沙汰《さた》とも思えません」

倉木が口を挟んだ。

「そのとおりだ、部長。かりに筧から爆弾をよこせと脅されたにせよ、そこまで言いなりになるあんたとは思えん。珠枝を使って筧を殺すのが目的だったと考えるのが妥当だな」

　室井は二人を見比べ、首を振った。

「いや、さっき言ったことに嘘《うそ》はない」

「ではあの爆弾は、単なる暴発だったというのか」

　室井の顔に、ためらいの色が走った。

「あの爆弾は、きみがにらんだとおり南米産の高性能爆弾で、とくに時限装置の信頼性に関しては定評のあるものだ。したがって、暴発ということはまず考えられない」

　倉木の顎が緊張で引き締まった。止めた息を吐き出すのと一緒に、荒い口調で言う。

「すると珠枝は、あんたから預かった爆弾を独断で筧のボストンバッグに仕掛けたと、そういうのだな」

　室井は溜《た》め息《いき》をついた。

「残念ながらそう結論せざるをえまい。珠枝はこう言っていた、筧はわたしたちの幸せを破壊する悪魔だとね。筧さえ死ねば、二人の幸せは永久に続くと、珠枝はそう考えたのだろう」

　若松は、室井が幸せという言葉を口にするたびに、倉木の顔がひきつるのを認めた。

　しかし室井はそれに気づかずに続けた。

「きみも承知しているだろうが、珠枝には思い込んだら命がけというところがあった。

一つのことに夢中になると、ほかのことが見えなくなるのだ」

倉木は何も言わず、身じろぎもしなかった。

「冷静に考えれば、筧のボストンバッグに爆弾を仕掛けることが、周囲にどれほどの惨事を引き起こすか容易に想像がつくはずなのに、珠枝にはそれが分からなかった。信じがたいことだがね。そのために、まさか珠枝自身が巻き添えを食うことになるとは、まさに神のなせるわざとしか言いようがない」

倉木は凄い笑いを浮かべ、とげのある声で言った。

「あんたの口から神の名が出るとは、お笑い草だな」

室井は顔を赤らめ、自分の手を見下ろした。

倉木はそれをじっと見つめ、おもむろに口を開いた。

「よし、話をもどそう。あんたがなぜ筧の脅しに屈して、警備計画書ばかりか爆弾まで渡そうとしたのか、その理由を聞きたい」

若松は室井を見た。その点については、自分も倉木と同じ疑問を感じていたのだ。室井はしばらく黙っていたが、やがてふっと口元に奇妙な笑いを浮かべた。

「さっき久しぶりに娘の病室を訪ねたことは言ったね。きみたちは神経の鋭敏な一人の女が、最愛の夫を失って発狂したとき、どんなふうになるか考えてみたことがあるかね」

若松は発狂という言葉を聞いて、わけもなくどきりとした。その言葉には何か、地獄をのぞいたような恐ろしい響きがあった。

倉木が苛立たしげに言い捨てた。

「考えたことはないし、考えたくもない。わたしが聞いたことに答えてくれ」

室井はそれに構わず続けた。

「娘は外界の出来事にはまったく関心を示さない。夫と二人だけの思い出の中に生きているのだ。いや、娘の意識の中では、大原はまだ死んでいないらしい。娘は朝から晩まで、わずか半年しか続かなかった幸せな新婚生活を再現するのだ、たった一人でね。亭主を起こす。朝食を作る。会社へ送り出す。ここまでは行動を伴うが、それが終わると窓際にすわったまま日が暮れるまで動かない。体が石像のようになって、文字通り瞬《まばた》きまでしなくなるのだ。汚い話だが、下《しも》の方は全部垂れ流しになる。無理に動かそうとすれば発作を起こして、格子に頭を打ちつけるわ、壁を掻《か》きむしるわで、手がつけられないのだ」

室井は言葉を切った。倉木も今度は黙っていた。

「夜になると娘は、いそいそと亭主を出迎える。服を着替えさせる。風呂にはいって背中を流す。食事の用意をして給仕をする。これを毎日繰り返すのだ。汚物にまみれたままでね。体の清拭《せいしき》と栄養補給のために、毎日一回麻酔薬で眠らせなければならない始末だ。ところでさっき様子を見に行ったとき、娘は何をしていたと思う。畳の上に裸で大の字になって、セックスしていたのだ。オナニーではないよ、夫と交わっているのだ。

それでしかも、ちゃんとオルガスムスに達する。実にみごとにね。わたしは感動した」

若松は口の中がからからに渇くのを感じた。倉木は微動だにしない。

室井は一息ついてまた口を開いた。

「それにしても、娘のそんな姿を見なければならぬ父親の気持ちを察してくれたまえ。娘をこんな目にあわせたやつを、わたしがどれだけ憎いと思っているか、分かってもらえるかね」

その言葉で若松は我に返った。

「もちろん分かりますよ、部長。だったらなおのこと、大原君を虐殺したサルドニアの左翼ゲリラと共闘する筧なんかに、爆弾を与えようとしたのはおかしいじゃないですか」

室井は若松を見た。

「少しもおかしくはない。大原は左翼ゲリラに殺されたのではない」

「しかし新政府の公式調査によれば、そのように伝えられていたはずです。目撃証人も何人かいたと記憶していますが」

「それくらいでっち上げるのはたやすいことさ。なにしろ真犯人が大統領になってしまったのだからね」

若松は頭をどやしつけられたようになり、呆然と室井を見つめた。自分の耳が信じられなかった。そっと倉木の方を盗み見る。倉木の崩れた顔にも、驚きの色があった。

若松は室井に目をもどし、確認するように言った。

「部長はその、エチェバリア大統領が大原君を殺させたと、そうおっしゃるんですか」

「殺させたのではない。エチェバリアが文字どおり自分の手で大原を殺したのだ」

「そんなことが、どうして分かるんですか」

室井はわざとのようにゆっくりと煙草を取り出し、火をつけた。ライターをしまい、深く煙を吸う。

「今年の一月、エチェバリアの来日が正式に決まった直後のことだ。確か日曜の夜だったと思うが、突然自宅にサルドニア大使館の一等書記官と称する男が訪ねて来た。アロンソという日本語のうまい男だった。アロンソは大統領来日に関して、大使館のイバニエス参事官がお目にかかりたいと言っているので、ぜひ同行してもらいたいと言うのだ。わたしは大使のスワレスとは面識があったので、スワレス大使は承知しているのかと尋ねた。するとアロンソは顔を緊張させて、大使はこのことを知らないし、知らせるつもりもないと言う」

室井は煙草を灰皿でもみ消し、続けた。

「わたしは、今の自分の立場ではそうした非公式の面談には応じられない、と断った。するとアロンソは、イバニエス参事官の用件は大原義則の死の真相に関するものだ、と言うのだ。わたしが同行を決心するのに、長くは迷わなかったことは察してもらえるだろうね」

若松は咳込むように言った。

「それでそのイバニエスが、真犯人は大統領だと――」

「話は最後まで聞くんだ」

そう言ったのは倉木だった。室井の目もそう言っていた。若松は顔が赤らむのを感じ、口をつぐんだ。

室井がまた口を開いた。

「アロンソはわたしを、都内のあるホテルへ連れて行った。そこの一室で、イバニエス参事官が待っていた。自己紹介がすむと、イバニエスはアロンソに命じて、部屋のテレビにビデオデッキをセットさせた。そこで見せられたわずか数分のビデオテープが、すべての始まりだった。――そのテープは三年前のクーデタのとき、サルドニア国営テレビのニュースカメラマンが撮影したものの一部だという。そのカメラマンは結局反乱軍兵士に殺されたそうだが、テープは人手から人手を伝わって生きのびたわけだ」

若松は口をききたくてむずむずしたが、室井の顔色をみてどうにか自分を抑えた。

「そのテープは粒子が荒くて、画面もひどく揺れていたが、人物の顔を見分けられないほどではなかった。それは、逃げ遅れた政府軍の将校や政府側についた民間人の捕虜《ほりょ》を、エチェバリアがみずから処刑する場面を隠し撮りしたものだった。音ははいっていなかったが、いや、はいっていなかったからこそかもしれないが、その処刑場面はすさまじいものだった。今思い出しても身の毛がよだつほどだ」

室井は喉を動かし、かすかに身震いした。重苦しい沈黙。

倉木がその沈黙を跳《は》ね返すように言った。

「その犠牲者の中に、大原義則がいたというわけか」

室井は目を伏せ、小さくうなずいた。じっと手の平を見つめる。

「そうだ。エチェバリアは泣いて哀願する大原のこめかみに四十五口径の拳銃の銃口を押しつけ、頭を吹き飛ばした。一瞬のうちに頭が砕け散って、消えてなくなった。あの距離だと、人間の頭も西瓜《すいか》も同じだね」

若松は胸が悪くなり、唇を湿した。何か言わなければ、そこに胃の中のものをぶちまけそうだった。

「いったいどうしてそんなことになったんですか」

「イバニエスの話では、クーデタが起こったとき大原は首都マンサナレス市内のレストランで、政府出入りの御用商人と商談をしていたらしい。その同じテーブルに、たまたま来合わせた政府軍の情報担当将校がすわっていたのだ、御用商人の顔見知りというだけの理由でね。そこへ反乱軍の兵士が乱入して来て、三人一緒に逮捕されたということのようだ」

「それだけで銃殺されるなんて、とても信じられませんね、わたしには。日本の大使館は何をやっていたんですか」

「大使館が開設されたのは、エチェバリアが大統領に就任して一年後のことだ。当時わが国は領事館を置いていただけだし、大原の一件は処刑後一週間たつまで領事館に知らされなかった。エチェバリアにとっては、逮捕された人間が無実かどうか、あるいは外国人かどうかなどという問題はどうでもよかったのだ。自分の権力を誇示し、敵対者に恐怖心を植えつけるためなら、赤ん坊でも虐殺しかねないような男なのだよ、エチェバリアは」

倉木が口を開いた。

「するとイバニエス参事官と一等書記官のアロンソは、反政府組織にくみしているのだな」

「そのとおりだ。スワレス大使はこちこちのエチェバリア派だが、イバニエス以下大半の大使館員は反政府派なのだそうだ」

倉木はソファの上で軽く身じろぎした。

「イバニエスの狙いはなんだったのだ」

それを聞くと室井は、小さく笑った。

「もう察しはついているだろう。イバニエスはわたしに、来日するエチェバリアの暗殺を依頼したのだ」

「そんなばかな」

若松が思わず口走ると、室井はじろりと冷たい目を向けてきた。

「何がばかなものか。大原君が殺されたおかげで、わたしの娘がどんなことになり、そのためにわたしや妻がどれだけ苦しんだか、彼らはちゃんと調べていたのだ。そのような不幸を生んだ元凶がまだ生きており、しかも近ぢか日本へやってくると分かれば、わたしがどんな気持ちになるかも彼らは十分に計算していたのだよ」

「しかし部長には立場というものがあります」

「その立場に彼らは目をつけたのだ。これまでエチェバリアに対して企てられた、二十回を越える暗殺計画がことごとく失敗に帰したのは、警備担当部門の内部に協力者を見つけられなかったのが最大の原因だったといわれている。彼らにとってわたしは、これ以上望めぬ最初にして最後の協力者だったのだ」

倉木が言う。

「例の爆弾は、イバニエスから手に入れたんだな」

「そうだ。彼らは爆弾を、外交行囊《こうのう》に入れて日本に持ち込んだ。彼らの組織の別の人間が筧とコンタクトをとっており、わたしは筧にその爆弾を渡すように指示された。彼らが直接渡さなかったのは、両者の関係を他人に知られる危険を冒したくなかったからだろう」

「それはちょうどあんたが筧に直接爆弾を渡そうとせずに、珠枝を使ったのと同じ理由なわけだ」

「それは否定しない。しかし珠枝もいやな顔をするどころか、積極的に引き受けてくれたのだ。今思えばあのとき珠枝は、あれを使って筧を爆殺する決心を固めていたに違いない」

倉木は低く笑った。

「それはどうかな。いくら否定したところで、あんた自身が筧を殺すように珠枝に指示しなかったという証拠はどこにもない」

「しかし現に、そんな指示はしなかった」

「ほのめかしもしなかったか」

「しない。筧を殺す必要が出てきたら、わたしが自分で手を下しただろう」

「きれいごとを言うのはやめたらどうだ。あんたは結局両天秤《りようてんびん》をかけたんだよ。珠枝が筧を殺すならそれもよし、厄介払いができるからな。あるいは爆弾が無事筧の手に渡って、エチェバリアが暗殺されるのもよし。娘と娘婿の仇《あだ》を討つことになるからな」

室井は息を吸い、倉木を睨んだが、それ以上反論しようとしなかった。

若松はそのすきに、助け舟を出すような格好で口を入れた。

「しかし筧に爆弾を渡したからといって、エチェバリアを暗殺できるとは限らんでしょう。事前に警備計画書に目を通したくらいでそうそう厳重な警戒網を破れるもんじゃない」

室井はさげすむように若松を見た。

「迎賓館だ。エチェバリアが泊まる赤坂迎賓館に、筧を潜り込ませることぐらいわけはない、わたしが手を貸せばね。完璧《かんぺき》な警備計画などというものは、どこにも存在しえないんだよ、きみ」

助け舟を出したつもりの若松は、むっとして肩を揺すった。

「わたしにはまだ納得がいきませんね。大原君とお嬢さんの仇を討つだけのために、部長がこれまでのキャリアを棒に振って、エチェバリア暗殺の陰謀に荷担するとはね。何かほかに理由がおありなんじゃないですか」

「そのとおり。ほかにも理由があるんですよ」

そう言ったのは、室井でもなければ倉木でもなかった。三人は一様に驚き、ベランダに面した窓を見た。そこには天井から床まで厚手のグリーンのカーテンがかかっていたが、声はそのカーテンの後ろから聞こえてきたのだ。

カーテンが揺れ、冷たい空気が足元に這《は》い寄って来た。若松は体を固くしてカーテンを見つめた。

## 4

明星美希は自分の胸を強く抱いた。

エンジンを止めたままの車内は、外気と同じくらい冷え切っている。しだいに募る焦燥感《しょうそうかん》に、美希は大声でわめきたいような気分になっていた。

胃袋が空腹と緊張できゅっと引き締まる。最後に食事をしてから何時間たっただろうか。昨日の昼過ぎ、野本辰雄を豊明興業の事務所からここまで尾行して来て以来、とうに十二時間が過ぎている。その間持ち場を離れたのは、近くのパン屋へ軽食を買いに行った十分間だけだ。

街灯にすかして腕時計を見る。午前三時。津城と大杉が院内に潜入してから、一時間経過している。しかし美希が焦《あせ》りを感じているのは、そのせいではなかった。公安の仕事に待機はつきものであり、そのための訓練は積んでいる。問題は二人が中にはいったあと、ほとんどときを置かずに二台の車が乗り入れたことだった。

一台めは白の自家用車で、運転者の顔はちらりとしか見えなかった。髪の白い男だということは分かったが、それだけだった。もう一台は例の看護婦がもどって来たもので、やはりほかに人を乗せているようには見えなかった。美希はその看護婦に、妙に引っかかるものを感じていた。さっき大杉が言ったように、こんな時間に看護婦が一人で車を運転して出入りするのは、どう考えてもおかしい。

そこまで考えたとき、美希はどきりとしてシートから背を浮かした。もしかしてあれは、新谷ではなかっただろうか。新谷は一昨夜津城と美希の手から逃れたあと、豊明興業の手に落ちた形跡がある。だとすれば連中がここに新谷を押し込めている可能性も、なくはないではないか。

津城の推理によれば、記憶喪失になった新谷は和彦ではなく、弟の宏美の方だという。新谷が落としていった拳銃の指紋は、確かにそれを証明していた。しかし宏美が妹ではなく、双子の弟だったという津城の指摘には、にわかにうなずくことができなかった。

遠くからとはいえ、何度も見た宏美の体と仕草に、男をうかがわせるものは何もなかった。男があのように完璧に、女になりおおせるものだろうか。

いや、それは恐らく、心理的な先入観がそのように錯覚させたのだろう。もし一度でも、宏美のことを男ではないかと疑ってみる余裕があったら、まったく新しい局面が見えていたかもしれないのだ。

それと同じで、看護婦を見れば無意識に女と思い込んでしまうが、もしさっきの看護婦が男ではなかったかと考えれば——。美希はハンドバッグを膝に引き寄せ、背筋を伸ばした。津城は美希にここで待機するように指示した。津城の指示は絶対服従の命令と同じ重みをもっている。しかし事態が緊急を要すれば、予定外の行動もやむをえないのではないか。

美希は自分が中にはいる口実を作ろうとしていることに、半ば気づいていた。かりにあの看護婦が新谷宏美なら、出て行くことはあってももどって来ることはないはずだ。せっかく逃げ出した敵のアジトへ、のこのこ舞いもどるほど愚かな男ではない。しかし——。

美希はドアをあけて外へ下り立った。少し離れた道路の反対側に、津城たちが来るまで潜《ひそ》んでいた自分の車の影が見える。静かにドアをしめ、深く息をついた。念のため所轄の南多摩署の電話番号は調べてある。一応連絡して状況を説明しておこうかと思う。

いや、電話では無理だし、警察の応援を求めるときはかならず相談するようにと、これだけは厳しく津城から釘《くぎ》を刺されている。やめておこう。

活動しやすいように、少し緩めのパンタロンと平底のズックをはいて来ている。美希はハンドバッグを体に引きつけ、門に向かって歩き出した。門灯の下を足早にすり抜け、黒ぐろとした木立ちの下の砂利道を奥の方へ向かう。風が出て来たらしく、梢《こずえ》の葉ずれが妙に大きく耳を打った。

玄関の車寄せにたどり着くと、先刻はいって行った車が二台、不自然な間隔をおいて停まっていた。人けはない。

暗いホールにはいる。何か生臭い臭《にお》いが漂っていたが、気にする余裕はなかった。すぐ横手に階段があり、美希はそれを上り始めた。木の階段には、いやな油の臭いがしみついていた。

二階まで来ると、保護室と書かれたプレートが目にはいった。精神病院で保護室といえば、刑務所の懲罰房のようなものだ。美希は矢印に従って廊下を歩き始めた。

二度角を曲がると、リノリウムの床がタイル張りの廊下に変わった。途中に鉄格子の仕切りがあったが、くぐり戸には鍵がかかっていなかった。保護室の扉は刑務所のそれとよく似ており、鉄製でいかにも頑丈そうにできている。

美希は足を止めた。薄暗い廊下に、一つだけのぞき窓から光が洩れている扉があった。足音を忍ばせてそばへ行く。のぞき窓は美希の目の位置より高かった。爪先《つまさき》立《だ》ちになろうとしたとき、突然耳に人声と靴音が響いて来た。美希ははっとして振り向いた。仕切りの鉄格子の向こうに階段の昇降口があり、だれかが下りて来るような気配がした。

美希はタイルの上を走り、T字型の廊下を右に曲がった。すぐに角に体を寄せ、片目をのぞかせる。間一髪だった。白衣を着た初老の男と豊明興業の野本が、鉄格子を抜けてこちらへやって来ようとしていた。後ろ姿を見られてもおかしくないような、きわどいタイミングだった。美希は急いで振り向き、行く手に延びる長い廊下を見て唇を嚙んだ。まずい。隠れる場所がない。

足音が止まり、扉の開く音がした。もう一度様子をうかがうと、二人の姿はなかった。例の明りのついた保護室にはいったようだった。ほっとしたのも束の間、野本が興奮しただみ声とともに廊下へ飛び出して来た。あの野郎、と罵ったようだ。白衣の男があとを追って出て来る。二人は足早に美希が隠れている廊下の方へやって来た。

美希は急いで身を引き、絶望的にあたりを見回した。その目に、すぐ右手のガラス張りの部屋が映った。薄明りが洩れている。看護婦の詰所のようだ。中に人影がないのを見すますと、美希は素早くドアのない入口から滑り込んだ。中ほどのテーブルの陰へ回ろうとして、もう少しで声を上げそうになった。そこの床に人が倒れ、あたりに血の海が広がっていたのだ。

美希は危うく悲鳴をこらえ、血溜《ちだ》まりに一歩踏み込んだ足を引きもどした。坊主頭が目をむいたまま、逆さにこちらを見上げている。木谷だ——。そう悟ったとき、野本ら二人の足音が廊下を曲がるのが聞こえた。さすがに木谷のそばへしゃがみ込む度胸はなかった。思わず後ずさりした美希の手に、カーテンが触れた。美希はとっさに後ろ手にカーテンを分け、その内側に隠れた。

カーテンを閉じるか閉じないうちに、詰所に足音が踏み込んで来た。美希は息を詰め、じっとカーテンの布地を見つめた。それがかすかに揺れているのに気づき、肝を冷やす。

「木谷だ。くそ、新谷の野郎」

野本が木谷を見つけたらしく、罵り声をあげた。テーブルをずらす音。だれかがしゃがむ気配。

もう一人の男が低い声で言う。

「だめだ。死んでから二時間はたっている」

「新谷のやつ、ただじゃおかねえぞ」

「わたしの病院で、とんでもないことをしでかしてくれた。みんなあんたたちのせいだぞ」

「黙ってろ。いいか、あんたは院長の権限で、今夜のことがいっさい外部へ洩れないように手配するんだ。看護婦は使うな、女は口が軽いからな。体力があって口の固い看護人を三人選んで、こいつとさっきの死体をうまく始末するんだ。それから院内をくまなく捜索させろ。宮内もどこかで死んでるかもしれんし、新谷がまだその辺をうろついてる可能性もあるからな」

「死体を二つも三つも隠しおおせると思うのか。いったいあんたは——」

「うるせえ。自分が死体になりたくなかったら、さっさと手配するんだ」

「しかしどこから手をつけたらいいか分からん」

「とにかくほとけを片づけろ。それから院内の捜索に取りかかる。まずはこの部屋からだ」

美希は身をすくませ、そっとバッグの口金を外した。そのとき、床とカーテンのわずかな隙間《すきま》から、自分のズックの爪先が外にのぞいているのに気づき、心臓が縮まった。院長と呼ばれた男が何か言い、野本が罵り返すのが聞こえたが、それに聞き耳をたてる余裕はなかった。そろそろとまず左足を引く。それから左足に重心を移し、今度は右足を後ろにずらす。

爪先がカーテンの内側にはいり、ほっとしたとたん、何か柔らかいものが太股《ふともも》の裏に触れた。反射的に背後を見返った美希は、ひっと喉を鳴らした。そこの仮眠ベッドに、スリップ姿の中年の女が白目をむいて横たわり、左手を美希の太股のあたりに突き出していたのだ。

美希は自分が声を洩らしたことを悟り、バッグに手を入れて拳銃を取り出そうとした。つぎの瞬間カーテンが爆発したように美希に襲いかかり、美希は女の冷たくなった体の上に押しつぶされた。ハンドバッグはどこかへ跳ね飛ばされ、拳銃も手から滑り落ちた。

美希の体はカーテンごと抱きすくめられ、自由を奪われていた。間近に迫った野本の赤黒い顔が、驚きにゆがむ。

「おまえはだれだ」

どうやら野本は新谷が隠れていると思い、ものも言わずに先制攻撃をかけてきたらしい。野本の力が緩んだすきに、美希はカーテンを振りほどき、体を起こした。野本が女の死体を見て目を丸くする。

「院長、看護婦はここだ」

院長は美希の拳銃を拾い上げ、野本に渡した。看護婦の死体を見て、うめくように言う。

「あの男は、この病院の人間を皆殺しにするつもりなのだ。恐ろしいやつだ」

野本は拳銃を調べ、美希を睨んだ。

「こんなものを持ちやがって。おい、おまえはだれなんだ。ここで何してやがるんだよ」

美希は髪を後ろに振り払った。

「わたしは警視庁公安部の明星巡査部長。あなたは豊明興業の野本辰雄ね」

野本はぽかんと口をあけた。

「巡査部長だと。公安の」

「そうよ」

「おれを知ってるのか」

「ええ」

野本は納得のいかない顔で美希を見つめた。疑い深い口調で言う。

「公安というと、室井部長の部下だな」

美希は驚きを押し隠した。この男が室井を知っているとは、どういうことだ。

「ええ」

美希がうなずくと、野本の表情がわずかに和《やわ》らいだ。

「じゃあ、部長と一緒に来たわけか」

美希は一瞬その意味をつかみそこね、口ごもった。しかし反射的に、さっき車で乗りつけるのをちらりと見かけた白髪の男のことを思い出し、はっと気づいた。

「ええ、そうよ。車で待っていたんだけど、あまり遅いので様子を見に来たの。そうしたら迷ってしまって」

野本の顔がまた固くなった。わずかな反応の遅れが、疑いを招いたようだ。美希はひそかに唇を噛んだ。

野本は院長にハンドバッグを拾わせ、中を改めた。警察手帳を広げ、困惑したように美希を見る。

「確かにデカには違いないようだが、まさか部長じゃなくて、倉木と一緒に来たんじゃないだろうな」

美希は倉木の名を聞くと、背筋に焼きごてを当てられたようにびくりとなった。急激に動悸《どうき》が早まる。室井ばかりか、倉木までこの病院に来ているというのか。

美希が答えずにいると、院長が野本の袖《そで》を引いた。

「とにかく室井部長のところへ連れて行った方がよくはないかね」

野本は疑わしそうな目で美希を睨んだ。それから渋しぶうなずき、拳銃を上着のポケットに落とし込んだ。警察手帳とハンドバッグを美希に投げ返す。

「よし、院長室まで一緒に来てもらおう」

野本に顎で促され、美希は先に立って詰所を出た。背後で野本が院長に命令するのが聞こえる。

「いいか、さっき言ったとおり、うまく処理するんだぞ。この病院をつぶされたくなかったらな」

「そんなことは不可能だ。これだけ外部の人間に知られたら、とてもわたしの手には負えん」

「心配するなよ、先生。こっちにゃ公安部長がついてるんだ。下っ端のデカなんかに手が出せるもんか」

野本に背中を押され、美希は廊下を歩き出した。室井と倉木がここに来ていることを知り、頭がひどく混乱していた。しかし野本と院長の断片的なやりとりから、ようやく図式が読めたような気がした。

一年近くも前になるが、美希は津城警視正から極秘裡に、直属の上司である若松公安三課長をスパイしてもらえないか、と打診された。津城にはかつて警察大学で教養の講義を受けたことがあり、その人柄はよく知っていた。常づね若松の言動と指揮ぶりに、漠然とではあるがどこか不明朗なものがあるのを感じていた美希は、津城の頼みを引き受けるのにさして時間をかけなかった。

若松がリビエラに出入りし、新谷和彦とコンタクトを持っていることはすぐに分かった。新谷が妹、実は弟の宏美にやらせていたテロも、若松が豊明興業の後ろで糸を操っていたらしいことは察しがついた。しかし直接的な証拠は何もなかった。宏美をテロの現場で逮捕し、若松との関係を白状させる狙いも、結局失敗に終わった。

新宿事件を利用し、倉木に新谷に関する情報を与えて行動を起こすように仕向けたのも、搦《から》め手《て》から若松に揺さぶりをかけ、ぼろを出させるのが狙いだった。それはある程度功を奏したといえる。

しかも野本の口ぶりから察すれば、若松のさらに背後に室井公安部長が控えていたことになる。美希には、若松に対する疑惑が相当深くなってもなかなか腰を上げようとしなかった津城の狙いが、ようやく読めた。津城の真の標的は、室井だったのだ。

それにしても、このまま野本に院長室へ連れて行かれてよいものだろうか。院長室には恐らく室井と若松がいる。いったい自分の立場をどう説明しよう。せめてその前に、津城に相談できればと思う。津城と大杉は、この病院のどこへ潜り込んだのだろうか。

鉄格子の仕切りを抜けると、野本は左手の狭い階段の方へ美希を押しやった。美希は先に立って三階へ上り始めた。わざとゆっくり上りながら、野本に声をかける。

「倉木警部もここに来てるらしいわね」

「それがどうした」

「警部は確か調布の病院に入院していたはずだけど、どうしてここにいるのかしら」

「直接ご当人に聞きゃあいいだろ」

野本はそっけなく言い、せかすように美希の背中を小突いた。三階まで来ると、また長い廊下に出た。どこかでかすかに女の泣き声がした。美希は足を止めた。野本が小さく笑う。

「気にするな。ここにゃいろんな患者がいるんだ」

野本の指示に従って廊下を右へ行く。まもなくそこは突き当たりになり、左へ折れていた。廊下を曲がり、洗面所と書かれた扉の前を通り過ぎたとき、すぐ近くでかたりと軽やかな音がした。美希は反射的に洗面所の扉を見た。野本の目もそこに吸い寄せられている。

野本は無言で美希の肘を摑み、体のそばへ引きつけた。左手を伸ばし、取手を回して扉を押しあける。薄暗い蛍光灯の下で、汚れたタイルの上に木のサンダルが不揃いのまま並んでいるのが見える。野本は美希の肘を握り直し、上体を傾けて中をのぞき込もうとした。

そのとたんタイルの上を白い影がよぎり、美希の肘に電撃のようなショックが伝わった。ガラスを擦《こす》り合わせるようないやな音がしたかと思うと、野本は足元を乱して洗面所の中へ倒れ込んだ。右手は強く美希の左肘を摑んだままだった。美希はバランスを崩し、野本と一緒に洗面所の中へ引きずり込まれようとした。そのとき美希の頭が、戸口の木枠に激しくぶつかった。ショックと激痛で、一瞬意識が遠くなる。

野本の手が離れ、美希は野本と並ぶようにしてタイルの上へ突っ伏した。野本が喉をひゅうと鳴らした。まるで赤いペンキをバケツでぶちまけるように、野本の首からどっと血が噴き出した。体が小便器に激突して止まる。美希は恐怖のあまり我を忘れ、本能的にタイルの上を転がって血しぶきを避けた。洗面台の鏡を背にして、看護婦が立っていた。右手に赤く染まったメスのようなものを持っている。あの看護婦だ——美希は胃がせり上がってくるのを必死に押えた。

新谷だ。キャップを留めた短い髪、頰の傷は間違いなく新谷和彦、いや、新谷宏美だ。うつぶせに倒れていた野本の体が急に突っ張り、ゆっくりと回転した。体の下になった野本の右手に、いつの間にか二十二口径の拳銃が握られていた。美希は叫ぼうとしたが、声が出なかった。その様子に、新谷の目がちらりと動いた。野本の体が亀の子のようにあお向けに転がる。左耳の下から顎にかけて、赤黒い傷口がぱくりと口をあけているのが見えた。

新谷が野本の拳銃に気づくのと、銃口が火を吐くのとほとんど同時だった。狭い洗面所の中で二十二口径は大砲のように轟《とどろ》き、美希は反射的に身を縮めた。新谷の体が洗面台に叩きつけられ、一回転してタイルの上へ崩れ落ちる。

野本のこわばった体から、徐々に力が抜けるのが分かった。喉が鳴り、顎が細かく震える。

やがて野本は動かなくなった。頸動脈《けいどうみやく》を切り裂かれながら、拳銃をたとえ一発でも発射するとは、驚くべき執念だった。しかし美希がもっと驚いたのは、タイルに崩れ落ちた新谷の体が、むくむくと動いたことだった。上体が起きると、白衣の脇腹《わきばら》が真赤に染まっているのが見える。視線が合う。

美希は跳ね起き、野本の大きな体に飛びついた。拳銃をもぎ取ろうと手を伸ばす。流れ出た血溜まりに足を取られ、わずかに指先が及ばなかった。体をずり上げ、拳銃に手をかけたとき、その手首を新谷がむずと摑んだ。

血まみれのメスが、美希の首筋にぐいと押し当てられた。

5

大杉は津城のあとについてカーテンを搔き分け、院長室にはいった。

体が震えているのは、冷えたベランダにずっと潜んでいたためばかりではない。院長室に集まった人間の顔ぶれと、そこで交わされたとてつもない話の内容に、ひどい衝撃を受けたからだった。

若松の後ろに室井公安部長が控えていたばかりか、その室井が倉木の妻と深い関係にあったとは。しかも倉木の死んだ娘が、実は室井の子供だったとは——。

しかし今ショックを受けているのは、室井と若松の方だった。二人が口もきけずにいるのを見て、大杉は自分たちが優位に立っていることを確信した。

倉木が不思議に落ち着いた声で言う。

「津城警視正。あなたはいつもこんなドラマチックなやり方で病院にはいって来られるんですか」

津城は恐縮したというように、軽く気をつけをして頭を下げた。

「津城警視正」

若松が呆然として声を洩らす。それと重なるようにして、どこかで何かを叩いたようなこもった音がした。大杉は一瞬銃声ではないかと思ったが、音は一度だけだったので、だれもそれ以上気にとめなかった。

「お二人とも面識はいただいておりましたね、だいぶ昔のことですが。まさかこんな所で旧交を温めることになるとは、夢にも思いませんでした」

津城が例によって馬鹿《ばか》ていねいな口調で言う。室井の端整な顔に、ちらりと不快さと苛立ちのまじった苦みが走る。

「これはいったいなんの真似《まね》だ。いつからそこに隠れていたのだ」

「お三方のお話を全部拝聴するくらいの時間はありました」

若松の青ざめた顔が、怒りにこわばった。大杉に向かって人差し指を突きつける。

「大杉君。きみらはわれわれの話を、ベランダに隠れて盗み聞きしていたのか。ずいぶん汚い手を使うじゃないか」

大杉は愛想よく笑い返した。

「わたしは公安の手口を参考にしただけですよ」

若松は言葉に詰まり、こめかみに青筋を立てた。

室井はことさら抑えた口調で津城に言った。

「すると今夜のことは、あんたがわれわれに仕掛けた罠というわけかね。怪我人まで動員して」

「いや、少なくとも倉木警部とは、なんの関係もありません。わたしは大杉警部補と二人で、若松警視を追ってここまでやって来たのです。屋上から非常はしごを伝ってベランダに下りて来るまで、あなたがこの部屋に見えていたことも知りませんでした。あなたと院長がお嬢さんの様子を見に行かれたあと、驚いたことに倉木君が姿を現わしたのです」

大杉は津城があなたという言葉を使ったとき、室井の目に不愉快そうな色が浮かんだのを見逃さなかった。あなたは敬称のようではあるが、目上の人間への呼びかけには用いられない。室井公安部長の位が警視長であり、自分より一階級上であることを津城が知らないはずはなかった。

室井は津城から若松に目を移した。

「きみは津城君の仕事を知っているだろうね。警察庁の特別監察官。そんな人物に目をつけられるくらい、きみの行動は不注意だったということさ」

　大杉は若松の頰の筋が、生きもののようにうねるのを見た。

　津城がやや固い口調で言った。

「室井部長。確かにわたしはだいぶ前から若松君に目をつけていました。公安三課長として正統派の右翼に厳しく当たりながら、暴力団まがいのえせ右翼には妙に甘いという評判を聞いたものですからね。しかしわたしは、若松君の後ろにあなたが控えていることを見落とすほど、甘くはありませんでしたよ。若松君をぴったりマークしたのも、最終的にはあなたをいぶり出すためでした。今ここで顔を合わすことができたのは、幸運ではあったが偶然ではない。わたしは今日にでもあなたを直接お訪ねするつもりでした」

　倉木が割ってはいった。

「津城警視正。さっきカーテンの向こうで、室井部長がエチェバリアの暗殺に手を貸そうとしたのは、娘さんの敵《かたき》を討つためだけではなくて、ほかにも理由があるとおっしゃいましたね。その理由とやらを聞かせてくれませんか」

　津城は姿勢を崩さず、室井を見つめたまま倉木の言葉が終わるのを待っていた。

「いいですとも。室井部長のさらに後ろには、民政党の森原研吾《もりはらけんご》がついているのです」

　院長室に氷のような沈黙が張りつめた。

　大杉は予想もしない名前を聞き、耳を疑った。森原研吾は現在法務大臣を務める、民政党の重鎮《じゅうちん》だ。党内きってのタカ派といわれ、現職についてからも保安処分や代用監獄問題に関して、人権運動を逆撫でするような過激な意見を吐いて物議をかもす老獪《ろうかい》な政治家だった。

その森原が室井のバックについているとは、いったいどういうことだろうか。

大杉は室井の顔に少しずつ血が上るのを見た。津城のさりげない一言が、痛烈な打撃を与えたようだった。ベランダから闖入《ちんにゅう》した二人を見ても、予想したほど動揺を見せなかった室井だが、今度ばかりは痛いところをつかれたらしい。

静まり返った室内に、津城の声が流れた。

「森原は近い将来総裁選に打って出ると見られていますし、現に水面下でその準備をすすめています。森原が民政党総裁になり、国政を手中にしたとき、まず何をするかお分かりですか。治安体制を強化し、国民に対する監視の目をふやして、長期政権の維持を図ることです。そのためにはなんといっても警察力を強化しなければならない。そこで森原が企図しているのは、現在の警察庁を解体し、新しい治安組織、公安省を作り上げることなのです」

「公安省ですって」

大杉は驚愕のあまり声を出した。倉木も若松もあっけにとられた形で、身じろぎもせずに津城を見つめている。室井の紅潮した顔から徐々に血の気が引き、やがて蒼白《そうはく》に変わった。急に頰がこけたように見える。

津城は重おもしくうなずいた。

「そうです。みなさんご存じのように、一般に警察といえばだれでも刑事警察を思い浮かべる。殺人、強盗、誘拐。新聞やテレビをにぎわす派手な事件は、ほとんどすべて刑事警察の手に委ねられていますからね。しかし実際の警察は、公安警察の思想と組織によって完璧に牛耳《ぎゅうじ》られており、その事実はわれわれを含めて警察内部の人間ならだれでも承知していることです。口には出しませんがね」

大杉は唇を引き締めた。津城が何を言おうとしているのか分からないが、日ごろ自分が思っていることを代弁してくれたと思った。

「ところで森原は、そうした隠然たる公安勢力を一挙に表面に押し出し、はっきり公安優位の体制を確立しようと狙っています。刑事警察は公安省の下部組織に組み込まれ、刑事のかたわら公安のお先棒をかつがされることになるでしょう。いわばドイツ第三帝国の、秘密国家警察的な発想ですな」

室井は眉を険しくした。

「われわれをゲシュタポ扱いするつもりか。時代錯誤も甚だしいぞ」

「しかし一度それが実現されると、時代錯誤でもなんでもなくなってしまう。そこが恐ろしいところなのですよ。さて、室井部長。あなたはそうした森原の意を受けて、公安省創設のための体制づくり、根回しに奔走《ほんそう》しておられた。最近警察官や元警察官による犯罪や不祥事が急増し、あるいは世間を騒がす凶悪犯罪が未解決のままになっているなど、警察、それも刑事警察に対する評価ががた落ちして、世論の風当たりが極端に厳しくなっています。刑事警察を叩き、公安警察をアピールする絶好のチャンスが到来しているのです。エチェバリア大統領の暗殺計画は、その流れの延長線上にあったといえるでしょう」

倉木が肩を動かし、口を開いた。

「大変興味深いお話だが、最後の指摘は少々うなずけませんね。もしエチェバリアが暗殺されたら、公安警察もひどく評判を落とすことになる。それも国際的な規模でね」

それは大杉も同感だった。津城がどう答えるかと、じっと横顔を見つめる。津城はちょっと肩をすくめるような仕草をした。

「表面的、あるいは一時的にはそのとおりです。しかし公安省を発足させるためには、現在の警察庁と警視庁の既成勢力を解体し、中でも反対勢力を叩きつぶさねばならない。エチェバリア暗殺は、その引き金になりえたでしょう。すなわちエチェバリアが殺されれば、まず責任をとらされるのは警備部長です。高桑《たかくわ》警備部長は次期警視総監と目される、いわば室井部長の最大のライバルです。もちろん公安部長としても立場上なんらかの処分は受けるでしょうが、警備部長ほど致命的なものではありません。さらに河村《かわむら》警視総監と大和田《おおわだ》警察庁長官の退陣も必至といえるでしょう。となれば、室井部長はキャリアにわずかな傷を負うだけで、三人の有力な警察官僚を楽々としりぞけることができる。森原政権が誕生した暁には、室井部長の警視総監の地位は約束されたようなものです。そして行くゆくは、公安大臣の席もね」

　魂を抜かれたようにじっと津城の話を聞いていた若松が、ふと我に返ったように体を揺すった。馬鹿にしたように言う。

「公安大臣ね。それはちょっと考えすぎじゃありませんか、警視正」

「いいえ、少しも。さっきの室井部長の話を思い出してごらんなさい。エチェバリアが死んで反体制派がサルドニアの政権をとれば、彼らにとって室井部長はいわば革命の英雄ですよ、表向きは何も言わなくてもね。彼らは石油交渉を武器にして、いくらでも室井部長を政治的にバックアップすることができる。大原義則君がエチェバリアの手で殺されたことを公表して、室井部長に同情票を集めることもできる。それに森原自身の引きがあれば、室井公安大臣の誕生は決して夢物語ではなかったのです。つまり、倉木警部の奥さんが、室井部長から預かった時限爆弾を、覚自身を殺すのに使おうと決心するまではね」

「しかしそれにしても――」

「室井部長が公安大臣に就任すれば、あなたも秘書官ぐらいにはなれたかもしれない。惜しいことをしましたね」

　津城の痛烈な皮肉に、若松は顔面を紅潮させたが、それきり口をつぐんだ。大杉はもう少しで笑い出しそうになった。

　しばらく静寂が続いたあと、室井が軽く咳払いをして口を開いた。

「さてと、津城君。きみの大演説はなかなか興味深いものがあった。わたしもほとんど感動したよ。しかしきみの話には、だからどうするという結論が欠けていたように思う。それを一つ聞かせてもらえないかね」

津城は上体をわずかに傾けた。

「それはご自分でよくお分かりのことと思いますが」

室井は両手の指先をつけ合わせ、じっと津城を見つめた。

「きみは大和田長官の差し金で、わたしに引導を渡す機会を狙っていたのだな」

「差し金も何も、わたしが警察庁に所属している限り、警察庁長官の命に服するのは当然のことです」

「わたしが言ったのはそういう意味ではない、分かっているだろう。所詮《しょせん》きみ自身も、他人の権力争いの道具にされているにすぎないと、そう言ったのだ」

大杉は津城を横目で見た。室井の鋭い指摘に、津城がどう答えるか興味をひかれた。

しかし津城は眉一つ動かさなかった。

「ご自分の尺度で他人を判断されては困りますな」

室井はしばらく津城を睨みつけていたが、やがて深く息をつき、自分の両手を見下ろした。

「どうやらわたしの負けのようだ。明日辞表を書こう」

「そうしていただきましょう。森原法相には相談も報告も無用です。警察庁からしかるべき処置をとるつもりですから」

大杉は拳を握り締めた。何かいやな予感がした。津城はこの一件をどう処理するつもりなのだろうか。口を開こうとしたとき、突然若松が立ち上がり、身を翻《ひるがえ》してソファの後ろへ回り込んだ。

向き直ったその手に、拳銃が握られていた。

6

銃口は津城に向けられた。

虚をつかれた大杉は、身動きできなかった。

若松の額には汗が浮き、目が正気を失ったように異様に輝いていた。

「部長、この場はわたしに任せて、お引き取りください。森原法相に相談されるおつもりなら、早い方がいいです」

室井はソファの上で半身になり、困惑した表情で若松を見上げた。

「どういうつもりだ、そんなものを持ち出したりして」

「部長、お分かりにならんのですか。これは部長が辞表を書いて収まるような問題じゃない。新宿事件の方はなんとか収拾をつけるとしても、この病院の中には死体が二つか三つ転がっている。倉木がさっきそう言ってました。その始末をどうつけるんですか」

室井は若松から目をそらし、津城を見た。

「死体のことなど知らんし、わたしにはなんの関係もないことだ」

若松の顔に朱が注いだ。

「部長。この期《ご》に及んでまだ、都合の悪いことは全部わたしに責任を押しつけるつもりですか」

「きみが独断でしたことに、どうしてわたしが責任をとらなければいかんのかね」

若松は怒りに唇を震わせ、じっと室井の横顔を睨んでいた。大杉が左手を上げてこめかみの汗をふくと、びくりとして銃口を向けて来る。相当頭に血がのぼっているようだ。

若松は二、三歩下がり、声を抑えて言った。

「その話はあとにしましょう。部長は辞表を書けばすむかもしれませんが、わたしはそれでは収まらない。なんといっても弱い立場にありますからな。部長のバックアップなしでは、この苦境を切り抜けることはできません。もしバックアップしないとおっしゃるなら、これまでのことを洗いざらい公表するだけのことです」

「きみはわたしを脅迫するつもりか」

「部長とわたしは一蓮托生《いちれんたくしょう》だ。一人だけ助かるわけにはいかないと言ってるんです。わたしはここにいる全員を始末してでも、この一件が外へ洩れるのを防いでみせます」

それを聞くと、大杉は腹の底に熱い塊《かたまり》が盛り上がるのを感じた。一歩前へ出る。

「ご大層な口をきくじゃないか、若松。あんたにそんな度胸があるなら、まずおれから撃ってみろよ」

若松は大杉の見幕に驚き、また一歩下がった。しかしすぐに言い返す。

「大杉、それが上の者に対する口のきき方か」

大杉はせせら笑った。

「今さら警視も警部補もあるものか。暴力団や殺し屋を使って身の安泰を図るようなやつに、きんたまがあるならぜひお目にかかりたいもんだ。さあ、そこでズボンを脱ぐか、それともおれを撃って根性を見せるか、どっちかに決めろよ」

大杉が詰め寄ると、若松はたじたじとなってついに壁を背負った。銃口は大杉の腹に向けられていたが、引き金にかけられた人差し指は力なくなえたままだった。

「どうした。公安のエリート課長が、捜査一課の警部補風情《ふぜい》に、手も足も出ないのか」

大杉は、人に向かって発砲したことのない警察官が、簡単に引き金を引けるものではないことを知っていた。まして大杉は丸腰だった。

案の定若松は拳銃を投げ捨てると、歯をむいて大杉に殴りかかって来た。大杉はそれを悠々と掻いくぐり、若松の厚みのある腹に渾身《こんしん》の力を込めて拳を叩きつけた。日ごろの公安警察に対する恨《うら》みつらみと、若松個人に対する怒りがその一撃に爆発した。若松は体を折り曲げ、床に倒れ込むと、うめきながら胃液をあたり構わずに吐き散らした。それを見下ろしているうちに、大杉も嫌悪感でへどが出そうになった。

大杉は津城の方に向き直った。

「津城さん。室井部長に辞表を提出させて事足れりとするおつもりなら、わたしは黙っていませんよ。ちゃんと刑事責任を追及してもらわなければ、倉木警部の奥さんだって浮かばれません」

「かりに室井部長を死刑にしたところで、倉木夫人が生き返るわけではない。わたしとしては室井部長に身を引いてもらい、森原の野望を打ち砕くことができればそれでよい。警察内部のうみを、必要以上に外へ洩らすことはできるだけ避けたい。同じ警察官として、あなたにも分かっていただけるでしょうな」

「大杉さん。この人の口車に乗ってはいかん」

そう言ったのは、ずっと沈黙を保っていた倉木だった。大杉は倉木を見て、無言で先を促した。

倉木は続けた。

「室井部長が辞表を提出すると思いますか。冗談じゃない。それはこの場を切り抜けるための方便にすぎない。ここを出たとたんに森原のところへ行って、善後策を講じる手筈《はず》を整えることは首を賭けてもいい。そうなったら完全に手後《ておく》れになる」

「しかしわれわれ三人が証人になれば――」

「二人です。そうなったときには、津城警視正は証人に立たない」

大杉はちらりと津城を見た。表情が固い。

「たとえ二人でも証人は証人でしょう」

「なんの証人かね。今夜ここで話されたことには、何一つ物証がない。いわば容疑者の自白を耳で聞いただけで、わたしもあなたもただの伝聞証人でしかない。室井部長がすべてを否定すれば、われわれにはそれを立証する手だてがない。そこの写真も紙くず同然だ」

大杉はまた津城を見た。津城はやっと口を開いた。

「わたしの仕事にも限界はある。しかし倉木さん、あなたの言われたような事態にならないよう、全力を尽くすとお約束します」

「いや。何年か前にわたしの同僚だった桂田《かつらだ》という刑事が、あなたに射殺されて悪徳刑事の汚名を着せられる事件があった」

「しかし彼は現に悪徳刑事だった」

倉木は首を振った。

「彼だけが悪かったのではない。ところが彼一人が汚名を着て墓場へ行った。あの処置をみただけでも、わたしはこの一件をあなたに任せる気持ちになれない」

「わたしには警察の組織と尊厳を守る義務がある。そこを分かっていただきたい」

「あなたの義務など、わたしには関係ない」

倉木はきっぱりと言い、上着の内側に手を入れて拳銃を取り出した。室内に緊張がみなぎった。

倉木は大杉に向かって冷笑を浮かべた。

「大杉さん。念のため言っておくが、わたしにはさっきのようなはったりは通用しませんよ」

大杉は冷や汗をかいた。津城の表情が引き締まるのが目の隅に見える。

倉木が拳銃を取り出したのは予想外だった。しかし取り出した以上、若松のようなわけにいかないことはすぐに分かった。倉木の顔には、一つの決意がありありと見えていた。

それに逸早《いちはや》く気づいたのは、室井かもしれなかった。室井は今脂汗を浮かべ、身を守ろうとするように握り締めた拳を胸に引きつけていた。死刑の宣告を待つ被告人のように見えた。先刻までの毅然《きぜん》とした態度が消え、死の恐怖に怯《おび》える初老の男の姿がそこにあった。端整な顔がゆがみ、白髪が汗にまみれて額にへばりつく。その様子は哀れを催すほどだった。

大杉は機先を制するように倉木に声をかけた。

「倉木警部、その拳銃を室井部長に使うのはやめた方がいい。彼が死ねば生き証人がいなくなり、森原の陰謀を阻止することができなくなります。それをしまってください。あなたが納得するような解決のために、わたしも腕を貸します」

倉木は室井を見つめたまま首を振った。

「無駄だ。われわれ個人の力で、巨大な警察組織にどう立ち向かえるというのかね」

大杉はぐっと詰まった。大杉自身それは百も承知ではなかったか。

しかし倉木に室井を撃たせるわけにはいかない。もし撃てば、室井だけではなく、倉木も終わりだ。そして倉木がそれを望んでいることは、痛いほど分かった。自分はやはり女房に惚《ほ》れていたのだと思う——そう言った倉木の言葉が、今さらのように耳の底に蘇《よみがえ》る。大杉は両足を踏み締めた。

倉木が銃口を上げた。室井は泣き笑いするように口をぱくぱくさせた。

「やめてくれ、倉木君。きみの気がすむように、なんとでもする。だから撃つのだけはやめてくれ。わたしには、妻子がある」

「わたしには妻子がない。死に際ぐらいきちんとしたらどうだ」

室井の顔がろうそくのような色になり、唇が細かく震えるのが見えた。大杉は憐れみよりも嫌悪感に襲われ、倉木を手で制した。

「撃つのはやめなさい。見れば分かるでしょう。室井部長はもう死んでいる。抜け殻を撃ったところでどうにもならない」

「いや、撃つ」

倉木が自分を励ますように言い放ったとき、突然ドアが開いた。戸口を見た大杉は、自分の目を疑った。

車の中で待っているはずの明星美希が、そこに立っていた。

美希の体は血まみれだった。

## 7

戸口に立っているのは美希だけではなかった。

美希の背後に白衣の看護婦がぴたりとつき、右手に握ったメスを美希の喉に押し当てているのだった。しかも脇から突き出された左手には、小型の拳銃まで握られている。

ドアが開くと同時に、銃口の向きを変えた倉木の口から、驚きの声が洩れた。

「新谷」

それを聞くと、大杉はさすがに目をむき、看護婦を見直した。

短い髪、華奢《きやしや》な体つき、整った顔立ち。そして頬に残る醜い傷。これが例の殺し屋、新谷宏美か。

大杉はそっと喉を鳴らした。どこから見ても、それは女だった。看護婦の制服を抜きにしても、十分女として通用する美貌《びぼう》の持ち主だった。これなら女装して人目をあざむくのも不可能ではない。

しかし今、その顔は汗にまみれ、目ばかりぎらぎら光っている。美希を盾《たて》にするというよりも、美希の背にもたれかかっているという方が適切だった。美希の腰の後ろに、鮮血にまみれた白衣が見える。どうやら負傷しているようだ。

津城の鋭い声が飛ぶ。

「どうしたのだ、明星君」

美希が首をのけぞらせながら答える。

「様子を見に院内にはいったところを——申しわけありません。この人は記憶を取りもどしています。野本を殺しましたが、自分も脇腹を撃たれて——」

新谷がメスをぐいとしゃくり、美希を黙らせた。

「無駄口を叩くんじゃない。おしゃべりをさせるために連れて来たわけじゃないぞ。おれはそいつに用があるんだ」

新谷は美希の体をねじり、銃口を室井の方へ向けた。室井はすくみ上がり、ソファの上をすさった。警察官僚のプライドはとうにけし飛んでしまっている。

新谷はあえぎながら続けた。

「おまえが兄貴を殺させた張本人だということがよく分かったよ。兄貴の恨みはきちんと晴らさせてもらうぞ」

「ま、待て。わたしじゃないんだ」

室井が言うのにかぶせるように、倉木が怒鳴った。

「新谷、待て。この男はおまえに殺させるわけにいかん」

「それはこっちの台詞《せりふ》だ。おれはもう助からん。おれにやらせてくれ」

「だめだ。とにかく女を放せ」

「お断りだ。撃ちたければ撃て。女に当たってもいいのならな」

ソファの後ろに転がっていた若松が、いきなり飛び起きた。二人のやりとりに気を取られていた大杉は、一瞬気づくのが遅れた。

若松は拾った拳銃を両手に構え、戸口めがけて躊躇なく発砲した。美希の悲鳴が耳をつんざき、二人の体は後ろざまにドアに叩きつけられた。折り重なるようにして床に崩れ落ちる。

さらに引き金を絞ろうとする若松を見るや、大杉は我を忘れて若松の方へ突進した。若松は素早く銃口を巡《めぐ》らせ、大杉に狙いをつけた。その目に狂気を認めて、大杉は一瞬死を覚悟した。

轟然《ごうぜん》と銃声が鳴り響き、大杉は頭から床に突っ込んだ。絨緞《じゅうたん》の上を一回転し、若松の足元に転げ込む。しかしそこに若松はいなかった。

若松は真横に吹き飛ばされ、壁に激突すると、朽木《くちき》のように大杉の上へ倒れ込んで来た。若松の上着の胸が裂け、血が溢《あふ》れ出す。目はうつろに天井を睨み、倒れる前に絶命したことが分かった。

大杉は若松を押しのけ、よろめきながら立ち上がった。命拾いをしたと思うと、にわかに冷や汗が噴き出す。危ないところだった。

倉木を見る。右手に握られた拳銃の銃口から、まだ薄い硝煙が立ち上っていた。倉木が以前人を撃ったことがあるかどうか知らないが、今ためらいもなく若松を撃った決断力と腕前はたいしたものだった。

倉木が銃口を下げたのに気づき、大杉は室井を見た。思わず床につばを吐きたくなる。室井は靴のままソファに這い上がり、頭を抱えてうずくまっていた。こんな男が、公安大臣の椅子を狙っているというのか。冗談ではない。

室井を眺める倉木の目に、憐れみと失望の色を認めた大杉は、ほっと肩の力を抜いた。倉木はもう室井を撃つ気がない、と確信する。こんな男を撃てば、自分がみじめになるだけだ。

倉木の背後を回ってドアの所へ行った津城が、倒れている美希の上にかがみ込んだ。大杉も若松の死体をまたいでそばへ行った。新谷は胸を朱《あけ》に染めて倒れている。美希の顔をのぞき込むと、まぶたがかすかに震えるのが見えた。軽いうめき声が洩れる。

津城が美希の黒いセーターの脇を指す。

「ここをかすって、新谷の胸に当たったようです。血まみれだが、ほかに怪我をしている様子はない。大丈夫でしょう」

そばへ来た倉木が大杉に言う。

「ソファへ運んでやってくれませんか」

その口調に、大杉は胸をつかれた。それは今まで聞いたことのない、穏やかな口調だった。大杉はうなずき、美希の体の下に腕を差し入れた。まったく最初から最後まで、手間ばかりかけさせる女だ。

抱き上げてみると、見かけよりもずっとふくよかな体つきをしていることが分かり、大杉はちょっとたじろいだ。急いでソファへ運ぶ。そこにうずくまったままでいた室井を、倉木が容赦なく押しのける。

室井はソファとテーブルの間に滑り落ち、あわてて這い上がった。

大杉は美希をソファに横たえ、頭の下にクッションを押し込んだ。

倉木が院長のデスクから水差しを取り、ぬらした手の平で美希の頰を軽く叩いた。

横から津城が呼びかける。

「明星君。明星君」

美希は眉をしかめ、薄目を開いた。視線が宙をさまよい、やがて倉木の上にとまる。

二人が黙って見つめ合うのを見て、大杉は背筋がくすぐったくなった。

照れ隠しに言う。

「あんたはやっぱり刑事じゃなくて、宝塚向きだな」

美希は苦しそうな笑いを浮かべた。

「すいません、足手まといにばかりなって」

珍しく殊勝な様子に、大杉が何かやさしい言葉でもかけてやろうかと思ったとき、津城が横で鋭い声を発した。

「どこへ行く」

大杉は急いで振り返った。

こっそりドアへ向かおうとしていた室井は、首をすくめて足を止め、おずおずと向き直った。無理やり口元をほころばそうとする。

「わたしはその、もう用がないと思ったものだから」

「部下が一人死んで、一人怪我をしたというのに、用がないと思ったのかね」

津城のそれまでとは打って変わった厳しい口調に、室井は後ずさりした。まるで老人のように目をしょぼつかせる。

「いや、わたしはつまり、そう、院長を呼びに行こうとしたのだ。明星君の応急手当をしてもらおうと思ってね。早くしないと——」

途中で言いさし、室井はくるりとドアに向き直った。一歩足を踏み出そうとしたとたん、室井は倒れていた新谷の体につまずき、四つん這いになった。起き上がろうとして足をもつれさせ、新谷の体を踏みつける。

そのとき、それは起こった。

朱に染まった新谷の上体が突然むっくりと起き上がった。室井の体が、恐怖にこわばる。

「新谷」

倉木が叫んだ。

同時に、新谷の右手に握られたメスが、百舌のくちばしのように一閃《いっせん》した。

這いつくばった室井の耳の下を、メスが真一文字に切り裂いた。新谷の汚れた白衣に、どっと血しぶきが降りかかる。

大杉は夢でも見るように、呆然とその光景に見とれていた。

室井の死とともに、すべての謎《なぞ》が闇の彼方《かなた》へ溶け去るのを、本能的に悟った。

まるでそれは虹《にじ》のように、百舌の体に降りそそいだ。

百舌は室井の血しぶきを浴びながら、だれにも聞こえない声で高笑いした。

やったぞ、おれはやったのだ。

和彦を孤狼岬で殺した赤井と木谷。

仲間の宮内。

彼らに和彦を殺すよう、直接命令を下した野本。

そいつらを全部、始末した。それもすべてこの手で、命をえぐり取ってやった。

おれは和彦の敵《かたき》を、確かに討ったのだ。

豊明興業を陰で操っていた、張本人の若松を倉木に取られてしまったのは、返すがえすも残念だった。しかしそれも仕方あるまい。妻を殺された倉木に、一人くらいいけにえを分け与えても、罰は当たらないだろう。

しかし最後の最後に、黒幕の室井の喉首《のどくび》を切り裂くチャンスが巡《めぐ》って来ようとは、まさに天の恵みとしか言いようがなかった。すべての元凶が室井にあったとすれば、この男を地獄へ送り込むことは、おれがこの世に残す唯一の功徳《くどく》ではないか。しかもそれは、妻を奪われた倉木の恨《うら》みを同時に晴らすことにもなるのだ。

百舌は宙に突き上げたメスを、少しの間見つめた。

兄であった和彦。

父であった和彦。

母であった和彦。

そして、ただ一人の男であった和彦。

その和彦はもうこの世にいない。和彦のいないこの世に、もう何一つ未練はない。

孤狼岬から落ちて行く、和彦の幻影がまぶたをよぎる。幼いころの出来事が、目まぐるしく脳裡《のうり》を駈《か》け巡る。

自分自身が、孤狼岬から落ちて行く。

おれはいったいだれだろう。

男か、女か。

新谷宏美か。それとも和彦か。

おれはもしかすると、和彦ではなかったか。いや、おれは百舌だ。百舌は百舌であり、宏美でも和彦でもないのだ。

百舌はメスをしっかり握り締めた。周囲が次第に暗くなる。

やがて百舌は、二度と明るくなることのない闇《やみ》の底へ、静かに落ちて行った。

# 後記

自分ではそれほど筆が遅い方だとは思わないが、長編を仕上げるとなるといつもひどく時間がかかる。かけもちが嫌いなせいもあって、短編の注文がはいったりすると、とたんにそこで中断してしまう。そんなわけでこの作品は、構想を得てから書き上げるまでに、ざっと三年半かかった。

せいぜい一日か二日もあれば読み飛ばせる小説を、何が面白いのか三年半もかけて書くという作業は、馬鹿《ばか》ばかしいといえば馬鹿ばかしいし、ほほえましいといえばほほえましくもある。長い時間をかけたからといって、それだけ出来がよくなるというわけはないので、閑人《ひまじん》の道楽と言われれば正直なところ返す言葉がない。

三年半の間には、いろいろなことがあった。阪神タイガースの優勝をはじめ、とかくびっくりすることが多かった。とりわけ、のんびりこの作品を書いているさなかに、同じような状況設定の海外ミステリが翻訳されたときは、さすがに愕然《がくぜん》とした。

この種の小説を書いていれば、そうしたリスクは常に避けられないのであるが、三年半という歳月が無駄になったかもしれないと思うと、今でも冷や汗が出そうになる。筆を折らなかったのは、その翻訳物が、状況設定を除いては全く別の小説であり、わたしの作品も独自に存在を主張できると判断したからである。

もうひとつ、書店の店頭で、あとがきを読まずにいられないほど気が短く、かつ冷酷なる読者に。もしこの本をお買いになるなら、一つだけお願いしておくことがある。

各章の数字見出しの位置が、上下している点に、どうか留意していただきたい。これは必ずしも視点の変化を意味しない。時制の変化を示したつもりである。

死んだはずの人間が生き返ったからといって、くれぐれも短気を起こして投げ出さないでほしい。

これが読者の過分な期待に対する、作者のささやかなお願いである。

昭和六一年一月

逢坂　剛

# 解説

船戸与一

逢坂剛はスペインものを書くときは速球を投じ、日本国内に舞台を設定するときは変化球を投げる。『百舌《もず》の叫ぶ夜』はその変化球の最高の切れを示した作品だ。球はぐらぐら揺れながら斜めに曲がり落ちてくる。バッター・ボックスで読者は幻惑感に呆然となったことだろう。逢坂剛は一ページだって退屈させないぞと絶妙のコントロールでこの小説を書いたのだ。本書が際立っているのはきっちりと計算されたストーリィの精密さだけではない。とにかく登場人物が多彩なのだ。そのだれもがこころに深い傷を負っている。重い過去に引きずられている。それがゆえにだれもが一筋縄ではいきはしない。倫理なんか糞くらえとでも言いたげに破産寸前の情念が執拗に葛藤しつづける。唯一まっとうに見える明星美希ですらがふつうじゃない嗜好を持つ。倉木尚武にいきなり腫れあがって血の臭いのする唇で口を塞がれ、「満腹したひるのようなおぞましい感触」を覚えながら、その戦慄のさなかに胸の裡で「奥のベッドが空いているわ」と発情するのだ。宝塚出身と揶揄された女刑事は恐怖によって性欲を昂進させるのである。このような多士済々な人物群が組み合わされてストーリィはダイナミックに進行していく。いわば心的外傷《トラウマ》がこのサスペンス小説の基盤なのだ。華麗な変幻性はそれが発するいびつな夢《トラウム》によって支えられていると言ってもいい。逢坂剛はスペインものでみせる登場人物へのやさしい眼差しをかなぐり棄て、『百舌の叫ぶ夜』ではみずからが造型した人間たちをこの心的外傷《トラウマ》と夢《トラウム》の渦のなかに抛りこみ、きわめて複雑な役割を苛酷なまでに強いているのである。

「彼はむかしから身が顫《ふる》えるような犯罪小説を書きたいと言っていたよ」逢坂剛の開成高校時代の同級生が私にこう話してくれたことがある。「だから、大学も文学部じゃなく、もっと実際的で現実的なものが学べるところを選ぶとね」

おそらく『百舌の叫ぶ夜』の想を起こすにあたっては、中央大学法学部出身の彼のことだ、ロンブロゾの犯罪学説やゴルトンの双生児法が念頭にあったろうと思う。もちろん科学的方法とやらで「カインの烙印」説に着手したランゲの著作も。とりわけアドルフとオーギュスト兄弟にたいしての研究例が。これは今日の犯罪学ではいかに否定されていようと小説家ならだれでも魅きつけられる資料である。厳格な父と性格の異なる一卵性双生児。『百舌の叫ぶ夜』ではまるっきりべつの展開を見せたにせよ、アドルフとオーギュストが犯罪者として成長を重ねていく過程は逢坂剛の脳裏から離れることはなかったろう。スペイン内戦に関する厖大な知識が『カディスの赤い星』を産んだように、『百舌の叫ぶ夜』もまた彼の犯罪学についての博識の所産なのだ。私は日本の警察機構がどうなっているのか市販されている書物でしか知らないが、本書で提示された公安警察と刑事警察のすさまじい確執も具体的な資料に基づいてのことにちがいあるまい。

次に本書に登場するサルドニアという南米の架空の国家はチリをモデルにしていることは容易に想像がつく。エチェバリア大統領とはピノチェットのことだと断じてもよかろう。チリは十年まえに独立したわけでもなく、石油もほとんど産出しない。だが、本書に描かれたクーデタはアジェンデ政権ぶっ壊しの状況に酷似しているのだ。「カメラが素早く彼らの顔をなめる。全員が男だったが、人相を見定めるには時間が足りなかった。すぐあとに一人の男のアップ。ラテン系の端整な顔だちだ。すすで汚れた頬に、赤い血がにじんでいる。突然画面が揺れ、男の首ががくりと前へ落ちた。カメラが引く。サファリシャツを着た大柄な男の背中が映る。右手に握られた拳銃が、棒杭の男の胸から離れる。胸には焼け焦げと赤黒い穴があいていた」。これはまさに一九七三年九月サンチアゴの光景だ。逢坂剛が社会主義に傾倒した形跡は微塵もない。しかし、彼はスペイン内戦史の研究家でもあるのだ。それを材に取った小説のシンパシーはいずれも人民戦線側に傾いている。なかんずくイベリア・アナキスト連合（ＦＡＩ）のブエナベントゥーラ・ドゥルティに。逢坂剛は筆を進めながら、エチェバリアすなわちピノチェットとフランコ総統を知らず知らずのうちに重ね合わせていたかも知れない。そして、ピノチェット訪日の折りには本書が覗かせたようながちがちの警備体制が現実に敷かれたのである。

逢坂剛は本書ではエチェバリアすなわちピノチェットへの嫌悪感を隠そうとはしてい

ない。しかし、その爆殺を計画する過激派にたいしては特別の感情を示そうとはせずに伝聞形でさらりと処理している。敵意もなければシンパシーもないと言わんばかりに。その替わりというわけではあるまいが、彼は闇からの刺客には魂のアンドロギュヌスとでも言うべき強烈なキャラクターを与えた。この設定は単にストーリィ展開のためだけではないと思う。国文学の泰斗・松田修は言っている。日本の演劇の根幹は古来から総じて「晴《はれ》」と「褻《け》」の対立であり、その激突の最前線に「褻」の世界から颯爽と飛びだしてくるのは両性具有のアンドロギュヌスである、と。逢坂剛の眼には過激派もまた光の国の住人であり「晴」の世界に属していると映っているのだ。だが、闇の領域すなわち「褻」の世界の住人は光の国から見ればまさに理解不能な異形性を有していなければならない。逢坂剛の脳裏にはそれがあったにちがいなかろう。闇からのデーモニッシュな刺客はこうして造型されたと考えられる。

このようにいくつかを拾ってみただけでも『百舌の叫ぶ夜』の変幻自在性は彼の多彩な知識の積み重ねのうえに成立していることがわかる。この超弩級のサスペンス小説が二度三度と読んでも飽きないのはそのためだろう。

「自分ではそれほど筆が遅い方だとは思わないが、長編を仕上げるとなるといつもひどく時間がかかる」

逢坂剛は本書の後記にこう書いている。彼は今後も量産体制はとらないだろうし、他に仕事も抱えているので量産できる状態にもない。だが、執筆開始にあたって考えていることは何となくわかるような気がする。作家ならだれしも何かに挑戦しようという気概を持つものだ。私には逢坂剛はフロイト理論を小説的に発展させることをいつも目ざしているように思えてならない。その執拗な試みは『百舌の叫ぶ夜』だけではなく『さまよえる脳髄』や『十字路に立つ女』にもはっきり見て取れる。『スペイン灼熱の午後』や『カディスの赤い星』にさえも。百舌の鋭い嘴《くちばし》は最初に何を啄《ついば》んだかを想起して欲しい。「首筋に突き立てた火箸を伝って、血が流れ落ちる。引き抜いた火箸を追い求めるように、ぴゅうと血潮が吹き」でたのはいったいだれだったか？　つまり、本書はオイディプス・コンプレックスの進展していく行方について書かれた物語とも読めるのである。波乱に富んだ血で血を洗う熱きこの小説はべつの意味では実に冷んやりとした深層心理サスペンスと言ってもいいのだ。それはひとえにフロイト理論の小説化がもたらすものだろう。論理の言葉を感性の言葉に置き替えるのは難しいし、ましてやそれを発展させてダイナミックなドラマに仕上げるのはきわめて骨の折れる作業である。だが、逢坂剛はこれまでその労を取ってきたし、たぶんこれからもそういう作業をつづけていくにちがいなかろう。

逢坂剛の小説についてもうひとつ付け加えておかなきゃならないことがある。それはどの作品にも血縁へのこだわりが強く滲みでていることだ。この特徴はデビュウ以来、今日までずっと変わっていない。何がゆえに逢坂剛は血の絆に縛られつづけるのか？　血縁への過剰な愛のせいか？　それとも逆に秘められた憎悪のためか？　あるいは両方の複雑な絡みあいがゆえか？　私は一度そのことをじかに訊いてみたことがある。彼は笑って答えない。しかし、わからないからこそ小説を書いているんだよとでも言いたげだった。おそらくそうだろう。名状しがたい血縁への前論理的《プレロジカル》な固執が逢坂剛に小説を書かせる原動力なのかも知れない。

最後にあらためて明記しておこう。私はこの稿を書くにあたって本書を読みなおした。読後感は発表直後の初読のときと変わらないほど新鮮だった。そして、この作品は意識的に詩情性を拒否して冷徹に構成されたはずなのに、四年まえに読んだあと脳裏をよぎったあの詩の一節が今度もまた忽然と想い浮かんだのだ。

一匹の光り輝く蛆虫《うじむし》が囁くようにこう言うのをぼくは聞いた。「照らしてやるから、墓碑名を読め……」（マルドロール）

逢坂剛が『百舌の叫ぶ夜』でこういう余韻まで計算していたかどうかはわからない。だが、これこそ一級品のサスペンスのみが持つ残り香なのだ。乾いているようで湿っている風。湿っているようで乾いている風。それが読了とともに胸の裡を吹き抜ける。まさしく『百舌の叫ぶ夜』はそんな作品である。

（ふなど・よいち　作家）

本作品は一九九〇年七月、集英社文庫として刊行されたものを改版しました。

この作品はフィクションです。実在の人物・団体・事件などには、いっさい関係ありません。

逢坂　剛の本

# 幻の翼

かつて、能登の断崖に消えた〝百舌〟が、復讐を誓い、北朝鮮の工作員として日本へ潜入した。巨大な陰謀を追う倉木警視。宿命の対決に大都会の夜が膨張する！

集英社文庫

逢坂　剛の本

# 砕かれた鍵

倉木警視と美希の子どもが爆殺された！　闇を支配する恐るべき人物〝ペガサス〟とは何者か？　愛児を失った悲しみを憤りに変えて、倉木のあくなき追跡が始まる——。

集英社文庫

逢坂　剛の本

## よみがえる百舌《もず》

後頭部を千枚通しで一突き。そして現場には鳥の羽が一枚。あの暗殺者・百舌が帰還したのか？　警察の腐敗を告発し、サスペンスの極限に挑む大ヒット・シリーズ第４作。

集英社文庫

逢坂　剛の本

## 鵟《のすり》の巣

警察内で多くの異性関係を結ぶ女警部・かりほ。彼女が体を使って実行しようと目論む陰謀を、探偵・大杉と特別監察官・美希が追う！　大人気「百舌シリーズ」、待望の第5作。

集英社文庫

逢坂　剛の本

# 裏切りの日日

同時に起きたビル乗っ取りと右翼の大物の射殺事件。こつ然と現場から消えた犯人の謎は？犯人を追って現場に居合わせた公安刑事・桂田の暗い炎が燃える。迫真のミステリー。

集英社文庫

集英社文庫

百舌《もず》の叫《さけ》ぶ夜《よる》

1990年７月25日　第１刷
2013年５月14日　第29刷
2014年３月25日　改訂新版　第１刷
2022年３月16日　第９刷

定価はカバーに表示してあります。

著　者　逢坂《おうさか》　剛《ごう》

発行者　徳永　真

発行所　株式会社　集英社
東京都千代田区一ツ橋2-5-10　〒101-8050
電話　【編集部】03-3230-6095
【読者係】03-3230-6080
【販売部】03-3230-6393（書店専用）

印　刷　凸版印刷株式会社

製　本　凸版印刷株式会社

フォーマットデザイン　アリヤマデザインストア　　マークデザイン　居山浩二


ISBN978-4-08-745166-5 C0193